渭南文集

四部備要

集部

中華書局據汲古閣本校刊

桐鄉　陸費逵總勘
杭縣　高時顯
杭縣　吳汝霖輯校
杭縣　丁輔之監造

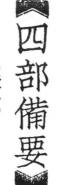

渭南文集目錄

卷第三十六

渭南文集卷第三十六

呂從事夫人方氏墓誌銘

維中國呂氏自五代至宋歷十二聖常有顯人忠孝文武克肖先世婚姻多大家名冑婦姑相傳以德先後相勉以義富貴不驕汰雖甚貧喪祭猶守其舊養上撫下恩意曲盡雖寓陋巷環堵之屋鄰里敬化服之猶在京師故第時於虖盛哉從事郎諱大同之夫人方氏嚴州桐廬人曾大父楷尚書駕部員外郎大父蒙朝散郎尚書屯田員外郎父元矩朝散郎知建州建州之歿夫人尚幼事母已爲宗黨所稱年二十有一來歸生一男一女而從事不祿夫人能篤禮孝義哀死字孤爲子求師擇友日夜進其業而教其女以婦事皆訖於成不幸得年不長四十有九而卒於淳熙三年祖平猶未仕也及祖平通朝籍以宗祀恩贈從事通直郎夫人亦追封孺人故祖平每言輒賈

涕曰祖平不天不得以斗升之祿養吾親視斯世尚何聊惟圖所以慰親於九原者在墓隧之文乎遂來告某於山陰澤中曰願有述某亦早失先親與吾子之憾無異也行年八十每思之殆欲忘生則吾子之悲哀某實能深知之其敢愛一日之勞不以成吾子之悲乎初從事葬於信州上饒縣明遠鄉之德源山以潦水齧墓趾改卜於舊墓少東二百步寶慶元二年十二月庚申而夫人初沒時祖平窶不能以柩祔從事墓乃即婺州武義縣明招山祖墓之旁葬焉自改葬從事諏日奉夫人歸祔而筮未得吉祖平於是爲承議郎知興化軍仙遊縣事女嫁朝請郎添差通判鎮江府曾棐孫男楞年孫女萊孫銘曰

維呂世世有令德繄女父母皆得職夫人熏陶成厥質行則尊矣壽胡嗇歸柩同穴慰存歿先刻此銘俟卜吉

夫人陳氏墓誌銘

紹熙慶元之間予以故史官屏居鏡湖上有東陽進士呂友德自太學來與予遊問學論議文辭皆有源流而衣冠進趨甚偉予固異之訪於東陽人則曰是清潭呂君紹義之子呂君蓋賢有德而其配陳夫人又賢生三子孟則友德仲定夫季友之孟固奇士仲季亦有聲學校場屋間能稱其兄者也自是友德不閱歲必一過予過必見其進予老病謝客無貴賤多不能接獨友德來欣然倒屣不知疾痛之在體也歲戊午十月壬午忽墨其衰經叩予門哭且言母夫人不幸以八月戊子歿矣得年六十有五卜用十二月壬申葬於孝順鄉蟠谷之原以其家君之命徵銘於予予方病亦不勝悲不敢以病爲解乃按從事郎陳君黼狀序次爲銘夫人與呂君同邑人曾大父懿大父嚴父子淵皆鄉長者夫人幼孤女功不待教而能稍長佐其母經紀家事如成人大父猶無恙奇之爲擇所歸得呂君既嫁事舅姑以孝聞女妹適人傾其

嫁時橐裝無少靳積勤儉以裕財隆祭享以盡孝厚振施以立義呂氏之興夫人之助爲多處事明果雖呂君有不能囘者諸子獻疑亦堅守初意不爲變曰後當如是及事定一如夫人言人人歎服其後呂氏家益康大第千礎堂寢尤宏麗而夫人顧自挹損齊居玩道即東偏汛掃一室蕭然如老釋之廬或終日不出閾如是歷十餘年呂君與諸子屢勸其歸堂中皆不可然絲枲紩縷之事至老猶自力暇日勉諸子以學授諸婦以家事諄諄不惰雖古賢婦殆無以加不幸一日不疾而臥醫藥至皆卻之曰吾固無疾也已而遂不復語諸子方就試馳歸省疾頷之而已神宇泰定超然就蛻及有司以友德名上禮部報至夫人不及見矣可哀也已夫人三女嫁吳一夔徐僑徐鼒皆良士孫男四人銘曰

山盤水紆龜食簭從吉日壬申宅是幽宮表表三子奮繇詩書維夫人之賢有以基之

承議張君墓誌銘

君諱鎭字深父年三十有八慶元三年十一月壬辰病卒以四年九月庚申孤某葬君於臨安府西湖佛首山之原因其伯父寺丞功父鎡以君之友太學內舍生陳公道原狀請銘予與功父交二十年信重其言而陳君所敘文亦甚美可考據遂與爲銘君家秦之三陽曾大父安民靖難功臣太師靖江寧武靜海軍節度使淸河郡王追封循王謚忠烈配饗高宗皇帝廟庭大父諱子厚左武大夫康州刺史帶御器械贈少傅考諱宗元通議大夫敷文閣待制贈少師君幼而穎異强記好學少師遇郊祀恩任爲承事郎稍長主管建昌軍仙都觀遭少師憂未除而母夫人繼卒君執喪累年毀瘠幾不可識族人以不勝喪爲憂共諭勉之始稍自抑然終喪猶羸甚歷兩浙轉運司明州造船場簽書安豐軍判官廳公事江淮荆浙福建廣南路都大提點坑冶鑄錢司檢踏官監總領淮

西江東軍馬錢糧所太平惠民局積官承議郎君之爲船場人或唁其非勳閥所宜處君謝之曰景迂晁以道先生所嘗爲也吾處之懽弗稱敢薄之邪訖代去不以卑冗怠其事自守以下皆歎譽之晚官藥局尤號閑冷顧無所施其才又素簡儉遠聲色獨以書自娛時屬文辭見志然未嘗妄出以示人所居帷屏壁門皆有銘以自警戒其文尤高沒後始或見之皆驚其才服其識以爲使未死得享中壽其所至詎可量哉孰謂不幸年止於此君嘗以進士試禮部見黜不以懟有司亦遂不復踐場屋諸公貴人多知之然仕常從銓與寒士竝進至終其身其靜退乃天性娶楊氏太師和王存中之孫繼室以潘氏少保安慶軍節度使邵之孫皆封孺人子男一人渥將仕郎有賢稱女一人與孫伯東皆幼銘曰

君家勳德奕世傳圖像麟閣侍甘泉佳哉公子何翩翩才當用世不永年有美樂石可磨鐫百世之下知

此賢

朝奉大夫石公墓誌銘

公諱繼曾字興宗周武王之弟康叔封於衛五世生靖伯邑於石是爲石氏之始祖而會稽新昌之石實自青之樂陵南徙距公二十三世世其詳見於世譜左朝議大夫累贈正奉大夫諱端中朝散大夫大理正出爲福建路參議諱邦哲迪功郎温州平陽縣主簿累贈朝奉大夫諱祖仁公之三代也公幼穎異入家塾日誦千言過目不再寺正築堂名博古藏書二萬卷每撫公歎曰吾是書以遺爾無恨矣客至侍左右進退應對唯謹客悚然不敢童子視之曰石氏興未艾也朝議捐館舍時公尚未生遺言吾致仕得任子恩當以予適曾孫公既生補明州文學調黃州黃陂縣尉以便養親監潭州南嶽廟歷臨安縣新城縣主簿楚州司理參軍監行在編估打套局門監建康府戶部贍軍西酒庫知饒州德興縣兩浙轉運司主管

文字提轄行在文思院未及造朝以疾卒於家享年
五十有八自迪功郎十遷至朝奉大夫公事親孝執
喪如禮毀瘠幾不可識除喪久之乃復居官守家法
以廉自勵俸入可以受可以無受必辭餽贐可以取
可以無取必却徇公而忘私約己而裕物捐利而篤
義爲主簿新城時謹簿書抳吏姧以善其職聞移於
潛丞邑民讙於境上曰奈何奪我主簿久乃涕泣辭
去在楚州治獄尤詳明屬縣尉一日獲盜十輩意且
得醲賞同僚爲言君雖恕然不可縱盜公正色對曰
盜誠不可縱罪亦不可入因辭亦不可不盡同僚退
相顧曰尉賞不諧矣然憚其正不敢復言獄成真盜
財伍人餘破械遣去部使者趙公思尤賢公一路有
疑獄滯訟輒以委公公治之無遺察雖受罰者皆稱
其平德興壯縣俗喜負氣健鬭而終訟公始下車歎
曰是不可以柱後惠文治也於是爲政一本於教化
有兄弟宗族爭訟者輒對之泣下多感愧而去俗爲

一變繕治學宮聚經史豐饍羞尊延耆老而賓友其秀民又創小學以誘進其童子誦書之聲聞於行路會科詔下德興與薦送者二十有三人比他邑爲最盛縣之遠郊貧民憚多子或不能全公舉行胎養之令置保伍以察之甚悉而盜攘因不得輒發其政大抵類此郡以上聞勢孤無爲援者不報還朝從吏部得兩浙漕司屬官公澹然無滯留色浙江西陵渡舊設官護舟檝歲久不復擇人其弊叢出歲有覆溺公建言請各命文臣一員察其懃惰以爲陞黜且渡舟一置備舟二以翼之雖有惡風怒濤可無大害江之津官舊爲築舍數十區爲待渡之所後輒廢往來有暴衣露蓋之患公亦請以官廢屋復之事有施行者皆至今爲利而議者惜其不盡用也公雖以任子入仕然志在繼世科嘗貢禮部不合有司退而力學著書比卒遺稿可次第者數十卷多可行世娶郭氏封安人先公一歲卒丈夫子三曰正大正誼正權皆舉

進士而正大亦嘗至禮部女子子九已嫁者五鄉貢進士郭湀修職郎新邵武軍司戶參軍趙善驗從政郎新隆興府府學教授王益之國學進士孫之淵國學進士劉敏文其壻也諸孤將以卒之明年慶元六年正月丙午葬於山陰縣謝墅之原以安人祔前葬來請銘銘曰

噫大夫秀而文學自強仕有聞秩中郎返蒿君我作銘賁其墳後百世仰遺芬

方伯謩墓誌銘

伯謩甫姓方氏名士繇一名伯休莆陽人曾大父會事徽宗皇帝出入榮顯顯謨閣待制贈少師大父昭左朝請大夫嘗入尚書省爲駕部郎中父豐之右迪功郎監建州豐國監中書舍人呂公居仁著作郎何公晉之皆屈年輩與之遊紹興間有名士方德亨者是也予嘗序其文今行於世伯謩甫所自出曰兵部尚書呂公安老尚書以臨大節不撓死淮西之難載

在國史伯謩甫遭父憂時財十二歲從太夫人依外家居邵武軍執喪已能無違禮而事太夫人及庶祖母以孝謹稱入小學與他童子從師授經旣退意不滿爲朋儕剖析義理師聞之悚然自失旣冠遊鄉校試屢在高等聞侍講朱公元晦倡道學於建安往從之朱公之徒數百千人伯謩甫年尚少而學甚敏不數年稱高弟因徙家從之於崇安五夫籍谿之上所以熏陶器質涵養德業磨礱浸漬以至於廣大高明者蓋朱公作成之妙而伯謩甫有以受之也伯謩甫旣見朱公卽厭科舉之習久之遂自廢不爲進士專以傳道爲後學師六經皆通尤長於易亦頗好老子嘗歎曰老子之言蓋有所激者生於衰周不得不然世或黜之以爲申韓慘刻原於道德亦過矣又曰釋氏固夷也至於立志堅決吾亦有取焉其博學兼取不以百家之駮擠所長如此亦足見其資之寬裕忠厚與世俗異也伯謩甫晚得脾弱之疾春夏之交輒

作不能食者彌月乃已慶元五年夏疾如常歲至五
月庚申忽命家人爲之總髮既畢取鏡自照正冠危
坐而歿得五年十有二娶黃氏曹氏男女各三男曰
丕曰立曰平女嫁張崟劉學稼幼未行明年卜葬於
武夷山石門寺之原六月丕書來請銘其辭指甚哀
予雖老病昏眊亦重違孝子之意且伯謨甫之賢固
願有所述遂不敢辭初德亨之文豪邁警絕人莫能
追及而伯謨甫之作則閑澹簡遠有一唱三歎之音
世莫能優劣之也工於書自篆籀分隸行草諸體皆
極其妙又能講其時世之變與圜方腴瘠之法聽之
終日忘倦遺稿數百篇與它著書甚衆丕等方輯之
未成好方技治疾有奇驗能逆決生死著傷寒括要
亦未成嘗謂予曰士貧惟賣藥可爲然子孫繼爲之
有愈且欺則不免害人不若不爲之愈也大抵伯謨
甫多才藝所能輒過人其思慮精詣又若此然在伯
謨甫皆不足言故不詳著銘曰

方氏三徙而不出閫君從朱公始爲建人武夷山麓鬱有封樹車過必式曰是爲伯蓍甫之墓

留夫人墓誌銘

慶元六年十月余之友信安徐賡赴告其母夫人之喪於山陰澤中曰賡不天早失先人先人無他子賡於母氏相恃爲命稍長娶婦韓賡出游獲從一時知名士學問母氏與婦韓治家事以待賡歸賡雖游不敢甚遠母氏壽而康間有小疾則馳歸省到家往往已愈母氏見賡所與諸公論議辨質文章則大喜曰使汝嘗在吾傍詎有是哉今年六月賡客都下得報母氏有疾賡卽日歸行二日而遭大變至家已無及矣俯仰天地豈能生存大事未終不敢致毀惟是幽隧之銘敢請於執事賡忍死以須執事忍却乎按狀夫人姓留氏常山之馬厓人曾大父唐大父永父師古世爲儒夫人適西安人徐君諱國潤徐君一鄉善士其卒也故尚書謝公諤狀其行而內相洪公邁誌

其葬不知徐君者以二公許與可信其賢夫人資端重色莊言厲然遇慢己者輒退自省曰吾其有以致之舅姑御家嚴夫人左右無違嫁女妹凡己嫁時服飾粧澤無所惜與先後處自始逮終歡如一日凡徐君行事見稱於族黨閭里者多夫人相之而賡之學識卓然聞於世者抑又夫人教誨之力也是可以得銘矣夫人享年七十生丈夫子一賡也女子子三知武當縣劉錧新知樂安縣劉璹前監太平縣稅韓朴其壻也孫男曰魯孫女長適進士翁時敏餘二尚處卒之歲某月某日葬於清平鄉官檥山袝徐君之墓

銘曰

三代益遠世廢女史豈無淑人曾莫之紀埋玉於泉孰知貞堅我文尚傳夫人與焉

渭南文集卷第三十六

渭南文集目錄

卷第三十七

渭南文集卷第三十七

朝議大夫張公墓誌銘

於虖士有才足以任重責成謀足以折衝經遠而不見知於人不獲用於時者世固有矣人猶未以爲憾也至於知之而不盡用之而不極利安元元之功卒不克見則後世讀其事至於悲傷歎息有不能自已者某自壯歲客遊四方獲識其豪傑如朝議大夫張公其殆是已公諱郯字知彥和州烏江人曾大父諱延慶大父諱補蓄德深厚然皆不仕父諱幾才尤高以子貴贈金紫光祿大夫公少用兄待制邵出使恩授右迪功郎調開化尉兼主簿歷平江府西比較務監南嶽廟平江府錄事參軍全椒令復監南嶽廟監行在激賞酒庫所糯米場樞密院編修官通判建康府主管台州崇道觀主管淮西轉般倉監登聞檢院太府寺丞知真州鄂州提舉江南東路常平茶鹽公

事復主管崇道觀建寧府武夷山冲佑觀積九遷至朝奉大夫遂請老以子遇郊祀恩積四封至朝議大夫公爲人魁磊不凡學問識其大者臨事前見逆决若燭照龜卜無秋毫疑滯他人極思慮不能可否者公一言處之常有餘裕初爲編修官公府吏素容養習爲姧利無所畏忌視掾屬無如也公因事時白發其甚不可者羣吏縮栗至相語以公白事爲憂未幾坐臺評免歸孝宗皇帝受內禪虜猶窺江淮上慨然思却虜復中原廟堂共謀拔擢人材分任兩淮事築城浚隍什伍民兵漕上江之粟以儲兵食乃自杸地起公主管淮西轉般倉然初議乃欲槩付以淮西邊事不獨治倉庾也會更用大臣所議不果行乃以公監匭院丞大府無深知公者求試外出守儀真得對言臣疎賤歷州縣頗熟民間事今蒙恩使治郡不敢不力惟淮南新被虜禍民杸徙未還臣當體聖意安輯撫摩察其蠹弊一皆上聞惟陛下省察如臣不任

職固不敢逃罪前守員琦獻羨緡八萬皆文具實不
有一金公到郡悉以實聞訖得免輸俄詔兩淮郡守
及部使者各上用錢券利害公力言券用於四蜀全
盛之地故能流轉然猶有弊今兩淮凋瘵如此諸郡
賴以給用度者不過酒稅新爲戰場無復土產可以
貿易獨賴錢幣而已若用券商賈且不行何以爲郡
時議者多妄揣時事謀開邊隙公密奏虜盟固不足
恃然其主孱懦懲故酋敗盟之失方幸無事其任事
之臣又皆齷齪日事琴奕無遠略可知我若惑浮言
遽動不惟力有未給又激彼使生事朝廷且旰食矣
上頗采用其說公因言眞爲楊楚之衝當城此郡以
固人心度費緡錢十萬米三千斛而郡有上供與經
制羨數可得大半止乞給降三萬緡發傍近屯兵二
千人臣身自督役不再閱月可成既得請果以四十
有四日告畢樓櫓屹立而民不與知上聞益知公可
用代歸入對所陳又合上指乃有武昌之命入辭上

慰諭曰卿眞州之政不苟鄂上游重地是以委卿卿
便宜體此意到郡有事第奏來御前當遣金字牌報
卿公感奮益盡力鄂爲江湖間一都會總領轉運及
都統制三司鼎立異時多縱肆雖幙府僚屬皆下視
郡守公素剛介難犯人固已震畏其名及視事衣冠
視瞻甚偉號令設施皆當人心由是莫不敬憚而軍
中猶倔强自如縱羣卒入市視民及郡兵有長身中
度程者輒毆以往公捕至郡庭呼吏作奏軍吏羅拜
請後不敢自是訖公去無敢犯都統入朝有營卒夜
挾刃貸於富室脅使不敢言公廉得之馳入提舉軍
事張平家平素以兄事公呼家人置酒公曰我來正
欲飲但當得劫富民者行軍法乃快飲爾平惶恐立
捕治如公言妖人吳興居屬邑有詔命捕公求得善
捕盜者唐青厚資給之且授以方略遣行而方士皇
甫坦挾禁輿勢爲私請公弗聽俄獲興以獻及公還
朝上首問獲興之狀公謝曰妖人在郡境不即置法

至煩詔命臣乃有皐然唐青實盡力賞未償勞敢昧死以爲請蜀士以喪歸遇名盜破舟殺人又欲斲其棺公厚賞捕之竟伏法由是江路清夷有誤觸舟者柁師大言曰今張公在此汝尚敢爾邪歲大疫公爲之營醫藥以全否爲醫殿最餓給之食死予之轊民家一牛死貸錢三萬以買犢治聲聞於行在及使江東公言部中旱饒南康尤甚濟之當如救焚拯溺今當奏事往返且兩月請先馳至部議所以賑䘏者又條上其事甚悉上皆從其請事略定乃入對且以聞上惻然曰何以使吾民得食至麥熟邪公又具以計畫對上勞勉遣行會詔諸路諸郡陳事之不便於民者公因言歲饑民流去年渡江而北者殆數百萬至淮南亦無所得食死者相枕藉今僅中熟而郡縣不度民力督常賦及私負甚厲加之造寨屋教民兵行和糴刱馬棚鑄錢幣未見其利已不勝其擾願發德音一切罷之此數事有主之者施行方力而公盡言

乃如此武臣提點刑獄怙權侵官公略不爲屈職業所及必力爭得直乃已至甚不可者又以互察法劾上之其人懼乃與池州守相附結排公賴上素知公譖不得行歲滿請奉祠而歸初待制治命以遺恩官諸姪仲兄祕閣公祈辭不取以予公之子初不告也公聞亦固辭而乞官孤姪孝嚴寓家蕭山收養孤嫠與同甘苦視所居之鄉如其宗黨進善人誨責其有過者俗爲一變門當吳越大道有病於旅死於行公以私財療治斂瘞之無遺力歲惡飢民爭歸公公爲設食不可數計然用度初不給足食或不肉也間無事時出門尚羊扶一童立里巷老稚遙見稽首祝之曰願吾父壽百千歲爲窮民歸淳熙十六年八月七日晨闢戶有方外士二人來謁公接之如平時將食曰吾今日病不能同汝食家人請命醫公不許且麾使去家人行數步回視之奄然逝矣享年八十有七娶余氏進士芾之女封恭人贈碩人先公三年卒諸

孤以公捐館之明年十月二十有八日奉公之喪與碩人合葬於慶元府鄞縣桃源鄉西山之原子六人孝伯朝請大夫權禮部尚書兼侍講兼實錄院同修撰孝仲承議郎京西南路安撫司幹辦公事孝叔孝季未官而卒孝稱從事郎監嚴州神泉監孝聞從事郎新差管押紹興府石堰慶元府鳴鶴鹽場袋鹽女四人修職郎高得中進士王孝友其壻也其二早卒孫六人守之宜之約之及之卽之能之孫女十有五人初公兄弟皆負異材惟待制稍顯榮然皆不得盡行其志祕閣之子中書舍人孝祥以進士第一起家出入朝廷二十年文學議論政事隱然號中興名臣亦未四十而卒公晚遇主又壽最高亦竟不用識者謂天嗇其報將大興張氏後而公之陰德在人其後亦當大今尚書公忠孝文武方極柄用公旣以通議大夫告第矣追榮且繼下然後知識者之言爲驗某生晚不及拜待制之門若祕閣及中書則辱知厚甚

晚始識公於武昌公又特期之遠不惟以祕閣中書故也時方葺南樓公朝夕召與燕飲慨然語曰吾南樓天下壯觀要得如子者落之子之來造物以厚我也謝不敢當今尚書之客皆一時賢傑其巨筆鴻藻皆足以慰公於九泉而尚書獨以誌墓屬某豈猶以公遺意邪用是不敢辭銘曰

世患無才才大輒棄萬里之塗方駕而稅若時張公表表國器入掾樞庭謗讒亟至兩城一節所至大治抱負萬億出微一二猶或忌之竟以讒躓言歸江濱風雨財蔽聃然耄期化被閭里天其知我報在孠子教忠之榮四品告第尚有寵褒震耀一世爰勒斯銘式賁幽隧

王季嘉墓誌銘

予自尚書郎罷歸屏居鏡湖上郡牧部使者多不識面至縣大夫以耕釣所寄尤避形迹弗敢與通惟兩人曰山陰張君槖會稽王君時會相從驩然如故交

張君端亮英達不幸卒於官王君尤淵粹有守官滿造朝來別予悵然語之曰贈行當以言願足下自愛毋以用舍媿初心敗晚節君曰是我志也及見除書從天官銓調湖南轉運司主管文字以去方是時大臣多知君賢近臣或奏疏薦君而揚歷久且嘗爲邑以最聞近比當得美官君一不顧方上書論進退人才當考實不宜以近似斥善士已而迂道來過予喜津津見眉宇曰某於是粗能不負公所期矣予作而畣曰僕不失言足下不失己皆可賀也及卒予聞訃歎驚爲朝廷惜此一士亦竊喜君仕雖躓而志達也會其子前葬來求銘因敘而銘之君字季嘉慶元府奉化縣人曾大父起大父元發皆布衣考中立以君有列於朝再贈至宣教郎君自少時事親孝事兄悌處鄉里學校從師擇友甚嚴言語舉動忠敬有法與兄時敘同登乾道五年進士第仕自台州司戶參軍歷袁州州學教授監行在左藏西庫知紹興府會稽

縣最後終於長沙自迪功郎七遷至朝散郎賜緋魚袋初魏惠憲王判明州累年君移書丞相史魏公言國家早建儲宮以定天下之本而魏王偃藩在外天下皆以爲當然者父子異宮天下爲家東藩之守猶異宮也然父子兄弟之情終若有間雖曲加恩禮豈若用故事使得日奉朝謁外庭濟濟示天下以公內庭熙熙從家人之樂哉史公讀之太息稱善會魏王薨言不果行觀君此書使得居中任用其補國家化天下必有大過人者矣有識之士恨君之不遇也會稽歲霖潦郡方督已蠲之賦甚急君持不可守不聽乃袖告身易服立庭中力爭守爲之奪氣民賴以紓遂修社倉之政因立保伍以察不孝不悌惰遊不逞者風俗一變會營奉永阜陵吏按舊比拖文檄如山環案立君徐視去十之七餘不可已者召民面給錢粟與爲期會於是民不知役而事悉集君所至設施多可稱述論事亦多識大體予所書特其章章可備

史官之求者若廉於貨財簡於自奉不納妾餽不受羨俸此在君爲不足言故皆略之君銳意經學有易詩書論語訓傳鄉飲酒辨疑凡數十百卷文辭簡古尤喜爲詩與范文穆公及尤延之楊廷秀倡酬諸公皆推之有泰菴存稿三十卷病已亟猶强起拱手端坐無惰容顧家人曰吾學易晝夜之理甚明遂卒享年六十有四慶元六年正月丙申也娶楊氏封安人淑柔孝恭晚益好靜安於死生有學士大夫所難者先君一歲卒男女各五男宗廣以君遺恩入官宗大太學生宗朴早卒宗野宗愚女長嫁進士楊琪迪功郎沈黯進士杜思問進士孫之穎幼尚處孫男五人與點與冋與賜與文與求孫女七人皆尚處諸孤將以十二月甲午奉君及安人之柩合葬於某地之原

銘曰

君才雋偉天所授早篤於學晚益富年過六十是亦壽道悠運促志弗究子孫森然敏而秀如芝在庭蘭

在廐築丘植檟日高茂盛德表表宜有後

石君墓誌銘

會稽之姓石爲大君諱允德字迪之會稽剡人梁開平中分剡爲新昌君之籍在焉爲新昌人五世祖開府儀同三司待旦以學行爲范文正公所禮子孫又多賢爲聞人而石氏益爲名家君曾祖景恭祖端怡父圖南獨皆不列仕籍然邑人皆推以爲賢長者至君繼以好學謹行事後母至孝舉鄉進士亦每在選中然卒不遇以死吾嘗觀一邦一邑之士其犯法觸禁流離困踣者非必皆其身不善也問其先往往喪節而貴者也否則不義而富者也否則養交黨事頰舌飾詐售僞以取名譽者也其仕而達處而給足且有才子令孫者非必皆其身之賢也問其先往往正直而不遇者也否則廉讓而貧者也否則篤學守道而不爲人知者也若君之家世庶幾於正直廉讓篤學守道者歟君又能繼之而滋不遇初君先世寡兄

弟至君亦孑立而君乃生四子皆不墜詩書之業天之報將有在矣君薄於自奉厚於賓友所居財蔽風雨而作東園有大堂方池爲宴客之地客至把酒賦詩奕棋投壺或終日迺休平居尤樂施惠嘗葬不舉之喪遺失時之女晚與族人吏部公晝問議同作義莊以給族之貧者會吏部下世君乃與其子提刑宗昭將終爲之而君又歿提刑亦歿善之鮮克舉如此於虖悲夫君歿以慶元六年四月癸丑享年四十九娶許氏朝散郎知辰州從龍之女子孝本孝施孝聞孝積皆進士女孟嫁太平州司戶參軍趙時儒仲季未行諸子將以嘉泰元年十二月甲申葬君於仙桂鄉大姚山之原實祔大墓來請銘銘曰

維石畜德世克嗣至君宜顯迺復躓報不在身在後裔天之昭昭其可恃

夫人陸氏墓誌銘

夫人陸氏吳興人曾大父某大父某皆爲薦紳士大

夫父某有學行爲進士母劉氏同郡戶部侍郎劉公岑之女劉公蓋與進士君遊甚久夫人幼有美質懿行既笄嫁金谿人故通直郎黃君齊黃君仕至靖州軍事判官以歿夫人持家教子有法度廟享賓燕合禮嫁娶不苟里中多稱之遇疾雖篤不亂起坐盥櫛正衣冠乃歿其歿以慶元六年十一月己未享年六十七上距黃君捐館舍三十六年初葬以嘉泰二年十月壬午實祔黃君之墓夫人三男子曰甲曰庚曰丙一女嫁陸綦四孫自勉自得自立自防一孫女予與夫人皆吳人夫人之先徙吳與而予家徙山陰其實一族也而綦又予從子故其孤以朝奉郎通判江州黃君榮之狀來請銘銘曰

生苕溪嫁汝水夫善士又有子家方興孫嶷嶷葬得銘永弗毀

程君墓誌銘

君諱宏濟字志仁兵部尚書諱瑀之子尚書鄉里世

次家有譜墓有碑國史有傳君生於宣和六年客有
得古劍於武夷山中以獻尚書已而君生遂以劍命
之幼讀書記誦博敏號奇童十二能爲詩有老成氣
紹興初尚書以給事中勸講邇英殿敷繹古義開廣
上聽以濟中興之業者甚衆君槩聞其說輒嘆息不
已一夕夢道君皇帝大駕南還且以告尚書尚書悲
慨爲賦詩他日以示中書舍人傅公崧卿傅公抱負
大節常思捐肝腦死國家與尚書尤厚讀詩感欷曰
忠義出天資非勉强可至吾輩老矣使後生皆如此
兒寤寐不忘國事尚何慮讎耻之不雪哉十年以宗
祀恩授右承務郎久之不調官或勸之仕皆不從秦
丞相檜亦嘗以問尚書君尤不謂可凡再爲監南嶽
廟法不許復請乃命以江南西路安撫司屬官尚書
壽終君哀慕過人除喪監通州金沙鹽場秦丞相用
事久數起羅織獄士大夫株連被禍者袂相屬也廉
得尚書所著論語說摘近似語以爲訕禍且叵測毋

夫人憂懼不知所爲君侍左右無俄頃捨去且慰解
言先人逮事三朝上所眷禮必且蒙矜宥願毋戚戚
母夫人賴以少安君雖竟坐罷官然母子居家如平
日同時得罪莫得與比蓋高宗皇帝終保全之如君
所料久之起家爲江南西路轉運司幹辦公事時李
莊簡公光自海南歸舟下瀟湘而病君曰吾先友也
且兒時蒙公知得一見死不恨亟謁告往迓兼程抵
江州則李公至蘄州薨矣君弔祭盡哀歷江南西路
提舉常平司幹辦公事遭內艱除喪監建康府榷貨
務乾道元年六月丙戌以疾卒年財四十有二官止
通直郎明年五月庚申葬於番陽縣鑒山之原夫人
臨川黃氏吏部郎季岑之女六男子有功宣教郎故
通判秀州有孚朝散郎戸部犒賞酒庫所主管文字
有元進士有徽太學內舍生充國子監小學教諭當
赴殿試正奏名有初有大皆進士二女子長適進士
鮑庭掞次適黃州黃岡縣尉臧誨一孫莭始予自蜀

召歸出爲江南西路常平使者進士程君有章字文若以五字詩爲贄卓然有元和遺風予刮目視之自是二十餘年間數相見及見於臨安程君已入太學更名有徽字晦之才名動一時卽君第四子也來屬予銘君墓不獲以衰病辭銘曰

古士奚學惟忠暨孝君雖不試志猶名教中蹈嶮艱凜不回撓咨爾後人是則是傚

渭南文集卷第三十七

渭南文集目錄

卷第三十八

渭南文集卷第三十八

朝奉大夫直祕閣張公墓誌銘

公諱珵字子律寧州真寧縣人其先爲邠寧望族世以學行著或居邠或居寧居邠之後故吏部侍郎兼侍讀舜民爲元祐名臣居寧者則公之大父太中大夫也諱居擢元祐六年進士第元符三年徽宗皇帝嗣位下詔求言太中時爲黔州彭水令上疏切直出數百人上而數百人者得其副亦數以爲不可及會蔡京入相取奏疏次第之置姦黨上等特降官衝替永不許改官數年遂卒於沉廢後以子仕登朝累贈至今官實生朝請大夫通判永州事諱遹則公之考也亦累贈至中奉大夫中奉遭亂南渡從大將岳少保飛爲之屬身先將士屢與金虜鏖戰走其名王大酋策功進官方慨然以功名自許會朝廷與虜和中奉去幙府調知岳州巴陵縣有異政久之佐永州以

歿識者謂用不究其才後當有興者公始以郊祀恩入官調贛州會昌縣主簿未幾以材選攝事興國丞信豐令皆閱歲會昌與梅州比境梅移文捕逃卒卒已亡去巡檢司乃發卒圍其所親李杞舍杞雄其鄉以爲恥詬聚謀亂令託辭委縣去以印屬公公不爲動械巡檢卒繫獄親爲檄諭杞以禍福杞皇恐聽命縣賴以無事興國有婚訟久不決公察其婦人不類良家一問引服信豐俗悍輸賦率不以時吏亦以此擾之至相率抱嶮自固吏計窮即以民拒官爲言公曰豈有是哉馳至近村憩僧廬中以善言招其鄉之爲士者及父老與之酒食從容曰稅賦豈可終負然已失時姑使吾得十二藉手若何皆踊躍而去吏相告即日皆集如約公去而之他鄉悉如之旬日歸報太守洪公邁異其能方薦於朝而忌者間之於部使者遂止調潭州右司理參軍有老卒夫婦居牙城中白晝爲何人所屠而掠其貲卒有義子兵官疑之執

送州且以同處之卒及牧羊兒爲證旣繫獄公親詰之皆詞服公察其寃他日取牧羊兒寘壁間引義子者與他重囚雜立庭中出兒問孰爲殺老卒者懵無以對乃入白州請揭厚賞募告真盜不閱日獲之則卒王青也捕至具伏且得其貲於市庫無遺卽日釋義子去湘鄉縣械鋪卒張德上州以爲手刃其叔祖公引至前語之曰玆罪十惡赦宥所不及汝兄與叔祖同居汝暫自外來有何憾而戕之德泣曰因來省叔祖不得見兄以疾告就視則死而非疾也方愕眙兄與里正及鄰人共謀執誣之且以言脅誘謂決不死今乃知死矣因稱寃不已公亟呼其兄與對兄情得語塞遂伏辜他死囚類此得不死者十有七人終不言賞府帥林公栗以直得名臨事剛果小人揣知之有榜於州治門言提轄官者爲帥謀將稱兵林公怒闔門徧呼吏卒驗其書一兵典者與榜出一手親詰不服乃以付僉廳苛慘雖至終不服乃屬公卽僉

廳鞫問公寬之而諭使以情言且許以不死始具言提轄官横甚爲所患苦之狀度不可訴故出下策爲此榜以爲不及帥則無以激其怒不知乃陷重辟公問於六局兵人人言同公乃白帥且求寬其罪林公大怒嘻笑必誅之公一日凡十餘進力爭曰帥所以屬某者欲得其情也今得其情而失信則有司自是不復可鞫獄矣爭至莫林公亦悟黥隸嶺外而已民有訴一寃死而十年不見理者訴於提點刑獄馬公大同馬公以屬公公閱其獄皆謂震死公獨得其死狀實以鬭毆非震也公曰辠固有所歸然歲月久屢更赦令當從末減馬公强果自信下吏莫敢與爭公獨不爲屈又有訟者馬公直判委公勘某罪公力陳其不可馬公皆霽威嚴如公請識者兩善之公每白事姓名歲月及事之名數曲折皆成誦在口無一遺者馬公始亦疑因强記一條驗之牘皆合乃大歎服自謂不逮又調常德府武陵縣丞政事益明習攝縣

及府從事者凡再閱歲紹熙中武陵大水犯縣城不沒者三版門不得闔水且入城公時方攝縣亟命實土於布囊以窒門俄而水定乃設方略募舟救民且親載粟戶給之泥行露宿無所憚蠲閣賦輸一切必以實吏不得一搖手民忘其災縣三里港灌溉甚廣久弗治數遇枯旱公爲築之不愆期訖事因治他陂塘無遺利迨今賴焉以薦者及格改宣教郎知隆興府奉新縣縣有營田征賦比他爲最薄民競耕之久而營田罷以鬻於民履畝取稅比舊已增俄而復命折粟帛以緡錢其低昂或至十百民皆破家不能輸令屢以病告不見聽公力請又不聽則欲棄官去會帥張公杓來是公言始奏蠲之戶千有九十皆若更生楊公萬里記其事他興除利害勸農桑築陂防與學校不可勝載所部及府俱以其事論薦於朝而王公大人亦自知公乃命主管官告院進將作監主簿太府寺丞方公在朝子右史舍人翺翔三館俄擢從

班父子相望於班列中客至門見公便坐從容聞國
朝故事前輩履行後生所未聞者人人饜足退而見
舍人碩大雋傑之資同時進用爲國光華史冊所載
殆無以進焉而公了不以自滿方勤其官如仕州縣
時文思院火告身綾無在者士大夫不以時得告身
公時在告院建言援故例便宜以雜華綾紓目前從
之藥局舊隸太府積姧弊至衆公日夜窮極弊原髮
櫛而縷析之都人無貴賤皆得善藥方擢寘要官而
近比厄於未爲郡公亦小疾思彷徉外藩力請去乃
知嘉興府中貴人籃氏殖產於崇德縣名田過制而
役不及有鍾淳者糾之籃迫期去產以規免官吏欲
許之公判曰兩家物力相去遠甚而籃又白腳必如
法乃可一郡稱快故人子棄舟方醉縱從者與將官
朱槱年忿爭交訴於府公察故人子不直治其從者
不少貸民張瑨得臨安營妓與之歸遂欲棄妻出子
其兄止之復悖兄兄以告官公爲逐妓歸臨安且以

大義開諭之於是瑨爲兄弟夫婦父子如初其爲政有古循吏風類如此且摘發隱伏照了如神良民雖相與化服而姦豪之讒作矣改主管建寧府武夷山冲佑觀公怡然命駕去郡人錢公孜鄉之老成人嘗以書抵其舅婁公機曰張公廉直有守近時鮮及今乃遽去此無他吾鄉士民福薄耳歸過國門右史方請外乃檥舟北關需同載而歸會右史被命使金國右史將懇奏辭行公不許曰使事不可辭我留此待汝自薊門回乃偕去未晚也遂寓錢塘門外張氏園甫再旬右史旣渡淮而北公女孫醜老生十歲暴得疾醜老慧而孝公甚愛之朝莫親撫視因亦感疾比其夭家人不敢告而公揣知之曰吾與此孫偕逝矣遂卒享年六十有四上始聞公疾革以子方遠使加直祕閣蓋異恩也公自宣教郎七遷至朝奉大夫賜緋魚袋娶韓氏魏忠獻王元孫通直懿冑之女封恭人三子嗣真從事郎新新州新興縣尉先公七年卒

嗣祖苦學得心疾未能仕其季則朝散大夫侍立修
注官兼實錄院檢討官國史院編修官資善堂小學
教授嗣古也一女適宣教郎新知太平州蕪湖縣趙
汝鍔三孫烜煜舉進士幼未名公資磊落恢疎與人
交洞然無城府而默察其賢否邪正無能遯者善則
稱之不遺餘力不善則苦言規之雖愠不恤也初中
奉公遭亂去秦生公於襄陽遂卜居宜春公仕宦五
十年先疇之外不增一壟比右史奉公喪歸至無屋
可廬其清約如此右史卜以開禧元年八月丙申葬
公於袁州宜春縣歸化鄉宜化里大富嶺趙家衝之
原以王君克勤之狀來屬某爲銘某與舍人同爲史
官因得從公遊義不可以耄疾辭銘曰

彭原之張與邠相望邠遷杜城元祐之英彭原綿綿
獨處不遷至太中公得譴以忠中奉履囏有功兵間
傳家禾興益以才稱剛不容世方用而躓是生記注
麟儀鳳翥父子在廷國有典刑子聘於幽公逝不留

上聞歎息加錫祕職生誰不終貴耀無窮刻銘隧道
百世是告

山堂陸先生墓誌銘

陸氏之遺譜曰漢太中大夫賈生仕爲豫章都尉葬於吳胥屏亭始爲吳人至晉侍中贈太尉玩生始始生萬載萬載生子真子真生惠澈惠澈生閑閑生兒兒生丘公丘公生探探生山仁山仁生玄之玄之生元生元生生景融景融後四世曰文公希聲仕唐爲戶部侍郎同中書門下平章事文公生崇崇生德遷猶居吳遭唐季之亂始徙家撫州之金谿德遷生有程有程生演演生處士諱戩配曰周氏處士生贈宣教郎諱賀配曰孺人饒氏宣教生從政郎諱九思配曰孺人賜冠帔彭氏從政生山堂先生諱煥之字伯章一字伯政生而穎異端重五歲入家塾坐立語默悉有常度讀書自能質問出長者意表與季父象山先生九淵生同年學同時先生不敢以年均狎季父

象山則朋友視之磨礱浸灌甚至十三學爲進士卽有聲十六諸父開以大學先生一聞輒窮深造微極其指趣而文章機杼自成一家宿士見之多自貶以爲不可及屢貢禮部皆不合學益成文章益奇閔世學多淪於異端尤務自拔出以張吾道意所不可雖名儒顯人爲時所宗者必力斥之恨力之不足也諸父雖繼以進士起家亦不用於時象山晚爲朝士陸陸百寮底旋復斥死先生滋信其道之窮蓋將退耕於野著書傳世而未及也以嘉泰三年十月戊子卒年六十有四諸孤以是年十二月乙酉葬先生於某鄉之福林娶陳氏鄱陽人有賢行先十八年卒子男三洽濬浹洽篤於養先生出遊賴以經理家事無後憂濬遊太學有雋才而器度淵粹可喜浹方就學女五項點朱日邁鄧文子其壻也皆良士餘二尚處先生葬日迫幽隧之銘未刻既葬二年濬以先生之友晁君百談之狀來請銘某以旣嘗序先生文章所謂

山堂集者而先生多朋游不應併以銘見屬因辭焉
連三年請益勤乃敘而銘之銘曰
陸姓入漢祖好時兮迨及豫章始南徙兮吳晉至唐
世見史兮斷自文公三百祀兮傳世八九皆可紀兮
雖不公卿世爲士兮後乃浸大名實偉兮培養旣久
產杞梓兮維時伯章繼以起兮白首篤學未見止兮
攘斥異端正而不詭兮天不少留使耄齒兮伯章之
志在其子兮我銘於隧亦以誄兮

監丞周公墓誌銘

公諱必正字子中曾祖諱衎朝奉郎祖諱詵左朝散
大夫皆贈太師秦國公曾祖妣郭氏祖妣潘氏李氏
張氏俱贈秦國夫人考諱利見左朝請郎贈金紫光
祿大夫妣尚氏贈鄭郡夫人世居鄭州管城縣祖秦
公通判吉州遇亂不能北歸因家焉光祿與弟秦公
諱利建皆世以進士擢第公與從父弟丞相益公諱
必大成童俱入家塾學行修立俱以世科自期已而

益公策名又舉博學宏詞如其志公乃不偶始以祖遺澤補將仕郎易迪功郎監潭州南嶽廟亦嘗貢至禮部久之調袁州司戶參軍適歲旱盜起分宜尉巡檢捕之皆不能獲安撫龔公茂良聞公至召問計公曰此皆飢民羣聚貸粟以自活耳桀黠爲之倡者財一二輩可以計取餘必自散龔公乃檄公往捕至則諭以禍福解散其黨而陰募鄉豪授之策俾擒致盜首於是盜盡得坐誅者二人而已龔公復委公以荒政當是時自郡至屬邑流民坌集公日夜行視凡累月全活鉅萬諸司共薦於朝孝宗皇帝召對便殿論奏合上指諭以將褒用遂改宣教郎知建昌軍南豐縣南豐劇邑也公遇事明敏常若有餘民柏氏夜被盜併殺守藏奴賊逸去公物色求之果獲面詰猶不承搜其家得白金器一篋既至倒奩出之囚聞其聲即引服淨梵寺有盜夜斬關入既獲公察其非盜挺出之立賞捕真盜僧恨甚以公爲故出訴之郡郡方

以他事怒公卽逮所縱囚繫鞫甚峻囚不能自伸并邑吏皆重坐未幾獲眞盜送郡拒不肯治公乃以白諸司雖治猶久不決御史聞之奏徙大理乃得實如公所言邑賦色目極繁以入償出不足者猶四萬緡率苛征預借苟宜追吏責公至一切罷之且以其實言於轉運司得稍朘邑賴以蘇鄉校久不治公凡可以補弊起仆者一切爲之甫滿秩詔赴都堂審察除主管官告院進軍器監丞會益公參知政事公請外知舒州陛辭所陳又合指命公卹民隱修武備闢田萊并究鼓鑄利害先是同安宿松兩監歲鑄鐵錢三十萬緡言者以爲擾旣損其半而監亦遽廢亟復會歲薦饑又命罷鑄故臨遣及之公至郡乃知地產鐵炭民以不售爲患而兵工失業亦或轉而爲盜故當饑歲尤宜鼓鑄以聚民條上便宜詔命復鑄且省宿松監入同安公奉行尤有術公私皆便又奏自昔鼓鑄未始殽以鉛止因議者謂入鉛之錢不可爲兵始殽

鉛以鑄臣嘗親視之鉛之精者為飛煙其滓惡下墜
鑪底與鐵初不相為用亦嘗以入鉛不入鉛錢較其
堅脆及冶為兵初無異徒使處信兩州歲歲輓運謂
宜廢夾鉛之制又奏郡歲輸上供緡錢五萬八千舊
皆倚辦於常賦不足則取征榷之贏以補之乾道間
守臣偶以羨餘為民代輸租稅一年而來者因踵為
例會征榷之贏不能當其半餘三萬趣辦於坊渡二
十九所今諸場舊餘鐵炭及民所貸錢凡一萬五千
緡若取以為鑄本可歲得三萬緡代舒民上供悉罷
坊渡之征百世利也事俱施行大修學宮如在南豐
時又立文翁廟於學立周將軍廟於城南皆舒人也
復故隄城北以禦瀦溪漲溢民田數千畝復為膏腴
因作四橋於北西東門之外其一公自捐俸為之州
民號周公橋郡東南有烏石陂分其流旁則為石塘
陂烏石之民欲專其利乃壅水使不得行石塘之田
歲以旱告公命懷寧令丞視之得實圖上於州公按

圖自以意定水門高下甫去壅水未尺餘得古舊迹
與所高下不少差陂利始均石塘民喜至感泣乃歌
曰烏石陂石塘陂流水濺濺有盡時思公無盡時徙
知贛州過闕上諭曰聞贛兵悍驕死徙之餘今亦無
幾可勿復補儻尚循故習卿當便宜行事朕將以他
郡兵更戍公對守臣古號郡將今結銜云知軍州事
苟有過臣自當臨幾應變不敢勞聖慮上喜明日語
宰相曰周必正有器識似其弟謂益公也至郡江西
副總管錢卓本起行伍暴人也入境下令諸校將以
翼日部肄其子弟選補軍額初不以告郡會卓請見
公詰其率意力止之且微諭以上指錢驚謝然意不
悅乃漏公言於諸校將激使詣郡訴公徐曉之如所
以告卓辭指明辯卒皆帖服無敢譁者章貢二水來
自郡南夾城東西流皆有浮梁以濟而城南獨以舟
渡溪惡或至覆溺公始作南橋又治道路以石易甓
最數百丈與國縣之安陂溉田六十頃水勢自上奔

突故難築而易壞壞且五十年公命復之費不及民
擢提舉江東常平茶鹽公事入奏還道玉山縣縣有
徐田陂其渠瀕江數決將徙渠則地主不可將徙陂
而下則柘陂居下流懼爲己害復不可交訟於公公
諭徐田民買地鑿渠倍讎其直柘陂民遂幡然無靳
色不三日渠成溉田三百餘頃民大感悅江自陂而
下避礙析爲兩支其一掠縣壖而去歲久岸潰民居
其濱者聞公修渠以利民乃遮道自言公爲相水之
衝爲石隄民欣賴之相與繪公像祠於玉虹橋側歲
時奉牲酒抵今不懈舊法沒官之產以畀民耕而歸
其租於常平及是議臣請鬻田以價充糴本公言如
此則常平儲愈匱請除新令光宗皇帝從之因幷行
於諸路池州舊試貢士率寓景德寺監不能容士病
之會闕守公兼領郡事始作貢院植八桂於門名其
門曰擢桂是歲貢士五人而三奏名士以爲公之賜
言者訹於間言誣玉山之役以爲擾罷歸主管建寧

府武夷山冲佑觀上章納祿不許再命武夷祠而公歸志已決告老益力乃許致仕公自江東還闔門屏外事讀書賦詩者累年益公少公一歲亦謝事歸第相與置酒高會無少間時人比漢二疏益公薨公哭之慟不復有世間意開禧元年十一月旦感疾不起享年八十一娶向氏文簡公五世孫封恭人前公一年卒男二人綖蚤夭綱今爲修職郎前潭州醴陵主簿一女適進士胡榆孫男二人頌穎皆將仕郎孫女一人尚幼恭人之歿也葬廬陵縣膏澤鄉金鳳山祔大墓之東至是乃以十二月庚申奉公柩合葬焉維公仕自迪功郎積遷至奉直大夫爵管城縣開國男服三品公孝友最篤歸自龍舒築第於永和鎮聚族共爨弟姪蚤世育其孤如己子伯氏宜春守出妾之子世修流落贛境公訪得之爲治產築室於永豐蓋伯氏志也其處閨門率如此鄉人有寓旁近者皆歲饋之剛介有守不以進退累心方家居時前後當國

數公多與公有雅故數問公安否公應之泊然益公屢推恩數以貤公亦辭不受善屬文尤長於詩孝宗皇帝嘗訪當代詩人於胡忠簡公銓忠簡首稱公敷文閣直學士程公大昌亦稱公文學操行之美晚取莊周息黥補劓之說名其堂曰棄成因以自號有文集三十卷書有古法四方豐碑巨扁多出公筆既葬綱以朝奉大夫新知真州郭君贇之狀來求銘某與益公定交五十年且嘗遇公於臨川適重九日同集擬峴臺風度話言尚可想也而女孫又歸公之從子紀情好厚矣銘其敢辭銘曰

仕不為不逢人不以為通年不為不究人不以為壽有愛在民百世不泯有業其丘利爾後之人

夫人樊氏墓誌銘

廬陵隱君子宣溪王英臣之夫人樊氏同郡永新人曾大父佐大父仲文學行皆見推於其里中父才字子明尤以賢著聞敬其里之長老而教其子弟環數

縣從之決曲直雖所不與亦皆厭服往往內省而從
義爲善士矣二男五女獨奇夫人以爲吾門亦將賴
焉及少長女工婦儀未習而能事親左右無違及笄
歸英臣君舅南鵬交友傾一世食客塞門君姑不幸
早沒二長子亦不得年冢婦嫠居悲傷齋居不能與
賓祭事亞婦又父母奪志獨夫人佐英臣仰事俯育
凡祭祀燕享將迎慶吊婚姻之事一皆身任之英臣
隱操達識見於楊公廷秀誌銘先夫人十五年捐館
舍夫人不以家事累諸子使皆得用其力於學暇則
勉以道義名節不獨責其仕進起家也及琳以進士
策名又嘗有列於朝出爲大縣文章得盛名然後薦
紳間愈知英臣及夫人之賢夫人母壽百歲夫人無
一日不遺人問起居珍膳良劑必出其手終身不少
怠又請於朝得封卒如子明之言夫人以宣和五年
五月某日生以開禧二年十一月甲辰卒享年八十
有四卒之明年三月甲申葬於廬陵縣膏澤鄉山寺

岡之原子男四人長卽琳也宣教郎新知潭州衡山縣次揚杲揚烈揚暉皆進士女二人迪功郎辰州敘浦縣主簿張履免解進士曾霈二女及履皆已卒孫男八人霽之彬之勝之濛之得之沖之隆之豐之嘗試吏部孫女九人壻則迪功郎新道州江華縣主簿張淵進士左利見戴元崇曾克寬易應龍彭舜牧劉侃劉治元曾克愿利見克寬亦皆嘗貢禮部曾孫女各七人尚幼琳予友也遣一介行千七百里持書抵予於山陰澤中以臨安府府學教授危君積之狀來求銘予年八十三不敢以老疾辭銘曰

女也而行則士耄也而志不惰敏而好修靜以寡過持身如畏趨義則果我銘之悲維以代些

渭南文集目錄

卷第三十九

渭南文集卷第三十九

求志居士彭君墓誌銘

廬陵太和有士曰彭君惟孝字孝求曾大父述大父琮父汝弼三世皆篤於爲善鄉人過其門棄車者式放驚者肅忿爭者解去蓋古所謂一鄉之善士歿而可祭於社者至君不幸甫冠而孤服喪致毀族姻憂其不勝喪共以大義寬譬之乃少自抑而事母盡子道鄉人皆喜曰是稱其家子也稍長力於學聚書萬餘卷號彭氏山房延老師宿士主講說命子姪執弟子禮惟謹君亦造其席日莫不懈每自勵曰學而不施於事猶不學也於是賙鄉閭之急赴公上之難必行其志乃已鄉士當試禮部而以道遠食貧未能駕者君不待其求亟饋之蓋非一人其他館寓客藥疾癘藏死字孤多至不可數造梁以濟涉甃甓以夷途周其鄉百里無不以身任之退無夸辭矜色以人不

知爲喜識者謂且享天報然舉進士輒阨於命乃浮江東遊遂詣行在所上書言天下事自丞相以下多稱其言議英發將推挽之而卒報聞公卽日南歸自誓老於故鄉築第閎壯園林臺沼爲一邦之盛自號求志居士或曰玉峯老人日置酒觴客笑談不倦間則賦詩多警邁之思以開禧三年五月癸未考終於新第享年七十有三明年嘉定改元正月甲申葬於石陂臬岡之原初君從艮齋平園誠齋三先生遊君之卜築也三先生賦詩屬文以表之一日而傳天下由是無遠近皆知彭孝求國士也及君之葬將求銘而三先生皆已歿於是諸孤與君之友曾君之謹謀曰然則捨陸渭南將安歸乃以曾君之狀來請銘君之配倪氏婉嫕有法度先君九年卒丈夫子五一飛前卒一鳴一德太學生一愚禮部進士一遵皆有學行女子二一周瓌曾煒其壻也孫模果棄榘宲棐臬檃棻檕榮模檕皆繼君卒女孫七已嫁者二其壻曰

吳克勤李憲周銘曰
有蘊不逢以布衣終世世歎其窮孝以事親惠以及人
世與其仁冠弁峨峨後從前訶憂媿則多櫝書充宇
行必稽古孰予敢侮於虖孝求學講行修言歸於丘
我作銘詩百世是貽匪君之私
吏部郎中蘇君墓誌銘
公諱玭字訓直泉州同安人其高大父翰林侍讀學
士諱某曾大父觀文殿大學士太子太保諱某兩世
皆贈太師封魏國公大父諱某朝請郎贈金紫光祿
大夫考諱某中散大夫贈正議大夫兩魏公皆厚德
重望仕至公卿登載國史至光祿正議仕雖不甚通
顯而學術風節皆挺挺爲時聞人游公定夫銘光祿
墓而正議之銘則韓公无咎作兩公皆重許可然於
稱述猶歉然若不能盡者正議三子公最長而正議
之配碩人歐陽氏實兗文忠公之孫公生出既異於
人又天資嗜學恂恂孝悌才雖高而不以驕人處羣

衆中退然若不能者及遇事奮發切中事機於古有考於後可傳而公色辭愈謙下衆或不知其出於公也初以叔祖待制致仕恩補將仕郎調右廸功郎嚴州遂安尉會正議通判平江府正議嘗爲樞密院計議官同僚胡公銓上書詆斥時相胡公既貶竄正議亦株連去國不調者久之及來平江適王晌爲守揣時相意日窺伺正議正議廉且公無所肆毒既去而正議權府事適中丞常公同卒於海鹽公爲文獻之語頗及時相晌得之曰此奇貨可以逞即爲告密之舉時相大怒嗾御史劾奏且曰常同師德之友壻且其子玭之婦翁遺玭致祭以庫金二千緡賻之雖究得誣狀正議猶徙汀州公坐停官及時相死正議起於久廢公亦復官調台州黃巖縣主簿台四邑黃巖爲大縣地百萬畝吏與豪民爲市戶籍惟出鄉有秩手官莫能稽考公日夜紬繹吏不得欺雖數十年蠹弊皆洞見貧下始得職徙淮西安撫司書寫機宜文

字又以辟書從舅侍郎方公某使金國裨助既多又以其暇繫日爲書凡山川城邑人情風俗登載詳密史官蓋有取焉歸而知衢州常山縣其治抑豪右伸貧弱下令簡而信用刑明而寬前日輸公上不以時者皆期而至又因定陽一鄉民病於役與義役厝置井井有理至今爲利它鄉人不病者亦置之其虛心裕民如此歲饑出倉粟振糶不待上命民賴以不死徙徐遣吏市米於吳視常平舊藏悉如其故政既成顧縣學久弊不治乃力葺之進秀民於學以禮延鄉老先生爲之表倡士亦自知勉勵儒風益盛至於橋梁道路廨置委積產蘖醫藥莫不爲之經理而於掩骼殣死長養孩幼尤篤後數十年士民追論之猶感涕也召赴都堂審察監行在榷貨務都茶場公事親盡孝惟恐毫髮不當親意繼遭家難執喪毀瘠注血食米不鬻鹽酪蔬果皆不御終喪期如一日朋友規以於禮爲過輒痛哭以對規者亦爲慘愴至除喪久

之容貌猶不能復故通判明州在官二年歷兩守政
事獄訟不苟合亦不爲崖異然有一纖事士民輒譁
曰此出於蘇公也城東有造船場晁公以道坐元符
上疏錮不許親民來爲船官所著書及文章最多邦
人至今言晁朝散公慨然爲築祠立碣致其師尊之
意陳忠肅公嘗謫於明而豐清敏公明人也公又言
於郡立二公祠於學宮風勵學者其所建類非庸衆
人所及如此會歲歉常平使者朱公元晦檄公屬以
一郡荒政客米自海道至者多公請於朱公請發積
錢廣糴以爲後備朱公爲聞於朝如其請又建築定
海縣崇丘河灌四千頃公爲之親駕不避風雨歷五
月而後成還朝除知衡州大臣薦公才可用乃改常
州常股肱郡守符蓋不輕畀及入對所陳皆當上意
且行矣會有間言乃改知泰州泰亦名城也公下車
已六十殊無倦意祀社稷陟降盥薦恪敬不懈學校
釋奠器服有不如禮令者一皆正之盡買國子監書

以惠諸生王公明叟墓在郡境遣郡僚致奠人士爲
之興起既擢爲尚書吏部郎分職侍郎西銓吏畏縮
不敢肆孤遠微眇悉得自伸譽望日著以紹熙三年
五月某甲子遇疾捐館舍享年六十有四寄祿至朝
請大夫八月庚申葬於會稽陶山西塢祔正議墓娶
常氏封宜人以賢稱於族黨先公一年卒丈夫子二
人溱文林郎新知衢州常山縣有志節執喪如公喪
考妣時濂將仕郎女子二人長嫁承直郎常州晉陵
縣丞徐邦傑次尚處孫男女二人男曰隨與其妹皆
尚幼公家世顯於累朝天資穎異讀書一過目輒不
忘尤長考訂異同其於官名地里軍制民賦雖甚細
微皆能講畫窮盡無所放軼屬文有體制筆法簡遠
其尺牘尤爲時所珍愛往往藏去少從張公子韶徐
公端立汪公聖錫遊皆期之甚遠晚學於朱公元晦
盡門人禮元晦亦稱其善學初公從父有著魏公談
訓者未及成或附益之正議嘗以爲有可更定者而

未及書公卒戊之藏之家塾又著魏公年譜一卷累
歲乃成識者貴之公既歿之年溱乃以呂君祖儉狀
來請銘某曾大父太尉隧銘實出魏公而正議之銘
則某實書之又少時獲獨拜正議於床下退而與公
相從甚久山陰之居又俱在城西南相望煙水間扁
舟往來交好不薄故爲之銘銘曰
維相魏公克有全德菑畬三世是生訓直事賢友仁
政則宜民晚纔爲郎志不盡信陶山之腋松栝孔碩
峨峨高丘過者必式

陸氏大墓表

山陰陸氏大墓九里袁家嶴曰二評事諱忻配李氏
祔是爲某之七世祖九評事諱郇配范氏祔是爲某
之六世祖光祿卿贈太子太保諱昭配福昌縣君贈
昌國夫人李氏祔是爲某之五世祖九評事冢前少
右有小冢或以爲殤子昌國冢傍又有冢差小或以
爲其娣不可考也四世祖太傅公始別葬焦塢而元

配靖安縣君贈崇國夫人吳氏猶祔大墓紹聖九年先大父楚公懼寖遠失傳墓上皆立石表自是距今又九十五年中更兵亂惟太保冢可識餘皆迷不知處歲時祭於太保冢前而已淳熙十二年三月或爲某言鄉民鉏麥得石表艸間蓋陸氏祖墳亟往視之則二評事冢也幸不毀乃從父老參訂不三日盡得之石表皆在封識如新而地多爲人冒沒聞某至迭相質證於是侵地皆歸培冢築垣闢道蓺木而陸氏大墓皆復其故某老矣羣從有曾孫行其視二評事已十世世益遠則大墓守護或益怠故具書始末於石以告後之人淳熙十五年正月日朝請大夫權知嚴州軍州事某謹書

詹朝奉墓表

新定遂安縣詹氏爲郡望族自光祿公諱良臣以死勤事被褒顯書其事於國史少保公諱大方純誠質厚爲中興賢輔熏陶漸漬子孫皆以學行顯聞雖未

必皆至貴仕而學行淵粹論議堅正師友稱其賢鄉閭服其化身歿而不泯若故朝奉郎諱靖之字康仲及其子承奉郎諱長民字子齊者是矣某謹按家傳及質之鄉人所傳朝奉公以少保遇郊祀恩補承務郎歷浙東安撫司主管機宜文字監潭州南嶽廟婺州金華常州宜興縣丞浙東提舉常平司幹辦公事通判靖州卒於官舍年五十二葬淳安縣仁壽鄉拜山之陽初將赴金華而代者以私故欲遷延而重於自言既遣吏來迓公始聞之亟出避吏至家人告以適他郡後數月乃往郡委以受輸而公所親有居部內者貧不能及期公亟代之輸民聞之莫敢後嘛有筮者徐生嘗倉卒繫獄無妻孥有田數畝預書劵屬其友鬻之友鬻而有其直徐生出訟於有司久不決公詰以數語得其情宜興到官纔再閱月會兄得疾甚篤丐歸視疾郡不許乃棄官歸郡督還甚厲公卒不可曰寧坐法不忍有負於孝悌也人服其決郡亦

卒無以罪浙東茶鹽司同僚有嫚公者公置不較及其人遇疾卒妻前死男女皆幼稚貧甚斂具歸裝一切皆出公力又爲營其葬及嫁孤女之費無憾而後已公雖閑居無厚積餘藏然勇於爲義有婚姻不能舉及疾病死喪之急慨然助之志其力之不足也所親鄭椿年官於嚴公以嫌不數見一日椿年卒有子在外名以似宗而未及以歸及卒有致仕恩族子自其鄉來衰絰而入將冒取官公力排出之求得似宗卒官之公所爲大率類此不可概舉古所謂可以屬孤託死者公眞其人也公娶王氏封安人賜冠帔後公四年卒子七人長民承奉郎前公三年卒阜民文林郎新寧海軍節度推官表民出繼公弟徽之仕至從事郎常州無錫縣丞卒定民少有疾亦已卒乂民從事郎前楚州司戸參軍養民仁民未仕女子二人朝請郎前通判湖州曾槃朝散大夫直華文閣前淮南轉運副使石宗昭其壻也孫七人强學好學好問

好禮好謙好修好信承奉君以少保遺表恩補承務郎遷承奉郎歷監紹興府都稅院鎮江府排岸兼拆船公事卒於家享年二十七葬祔世墓之次君所至勤其官在紹興時府遣官檢察所遣者無以爲功則肆爲侵刻行道爲之咨嗟君與爭不聽即自劾去故時鎮江排岸官兼掌總領所逋欠綱運官吏君至閱視凡八九十輩皆飢寒疾病或父死而督其子君慨然爲之言皆得挺繫以去未幾屬疾謁告歸省郡持不可比得請則疾已篤矣朝奉公見其癯瘠驚問故以實告且曰懼爲親憂故不敢左右聞者皆感欷自是疾遂不可爲而君每見父母輒以有瘳告痛楚則忍不發聲懼親之聞也君從吾友呂祖謙伯恭學伯恭門人數百君以孝謹好學屢見稱歎比卒伯恭哀之見於歔辭雖位下而年不遐亦可不泯矣娶馮氏子一人强學初朝奉公之子阜民以父兄遺事屬予爲墓表且曰願共爲一碑而疑古未有比予謂石元

懿公熙載及其子文定公中立實同一碑故相蘇魏公所爲也是爲比後世世尚有攷焉慶元某年某月某日中大夫直華文閣致仕山陰縣開國男食邑三百戶賜紫金魚袋陸某撰

孫君墓表

會稽餘姚縣有士曰孫君名椿年字永叔其先山陰人當仁宗皇帝時有諱沔者仕至樞密副使有忠直名諡威敏威敏之弟曰洞洞生儼始東徙餘姚儼生璣璣生繹繹生逑君之考也以君貢南省遇慶壽恩補修職郎實始聚書館士人以善其子弟子弟多自奮於學而君尤知名閒遊四方從老師宿儒受學尤好左氏春秋班氏漢書司馬氏通鑑平居至忘寢食遇其得意時時著說以發明三家與指多世儒所不及又從長老及有識者講國家兵興以來理亂得失之故某事可法某事可戒至於淮江以北極於司幷幽薊山川險要及前代用師餽糧道路所出言之莫

不詳盡聽者忘倦使君得至人主前口論手畫極利
害是非之實以感悟上聽安知不見拔用而成功名
哉士固有幸不幸未易以成敗論也晚預特奏名人
皆謂公且遇合乃復以不合有司意入下第時有詔
例補嶽祠君辭焉然君年未六十識者以爲學識如
此安知終不合而君不幸死矣君雖終不合以死然
居家可紀者多尤篤於孝友兄早死諸孤猶襁負父
母哀之君曰某在兄不亡也父母爲損哭泣君於是
奉嫠嫂撫孤姪盡敬盡愛父母旣終視平日加篤立
義居法度寬裕而密察可久不廢兩院子弟分授諸
經擇名師遣從學朋游亦謹擇以故皆有學行可稱
姊適里中胡氏夫婦皆早卒君撫孤恩意甚備不幸
其孤又早夭君益哀憐之復爲立後胡氏之祭繫君
力得不絕晚倣范文正公義莊之制贍其族長幼親
疎咸有倫序歲以爲常有餘又以及姻戚故舊無遺
力紹熙中歲旱米價日翔君悉發廩貸里人明年稼

登糶賤來償者止受其米如初貸之數有鬻屋廬將散而之四方者君必貸之以錢如鬻屋之數曰所得幾何奈何捨鄉里而去以此旁近無流徙者縣並海隄防數決在仕者欲泆湖募人耕其中積粟爲築隄費君爭不可曰捍海固利矣泆湖則無以灌溉歲且饑利不補害請出私金率鄉里共營之隄可成卒如君言而湖利亦得不廢君之所爲大概類此觀者可知其磊落不凡矣君享年五十有九以慶元五年二月壬申卒卜以明年十二月甲申葬於龍泉鄉澄清之原娶吳氏子四人之宏之亮之望之穎皆有學行之宏之亮嘗同試禮部女一人歸迪功郎衢州州學教授史彌忠亦知名士既納銘壙中又來請文以表墓上於虖義修而命窒施豐而報嗇維報不忒亦不在亟尚其後人克肖君德慶元六年十月中大夫直華文閣致仕陸某表

何君墓表

詩豈易言哉一書之不見一物之不識一理之不窮皆有憾焉同此世也而盛衰異同此人也而壯老殊一卷之詩有淳漓一篇之詩有善病至於一聯一句而有可玩者有可疵者有一讀再讀至十百讀乃見其妙者有初悅可人意熟味之使人不滿者大抵詩欲工而工亦非詩之極也鍛煉之久乃失本指斲削之甚反傷正氣雖曰名不可幸得以名求詩又非知詩者纖麗足以移人夸大足以蓋衆故論久而後公名久而後定嗚呼難哉予固不足爲知此道者亦致其意久矣顧每不敢易於品藻彼皆廣求約取極數十年之力僅得其所謂自喜者以示人而我乃欲一覽而盡其可乎何君名逮字思順能詩終身不自足而卒卒後予友人曾樂道鞏仲至始介思順之子羡以遺稿屬予表墓且言思順平生欲見予而不果故有斯請予年近九十病臥鏡湖上凡以文章來者積架上不能省一日取思順詩讀之不覺起坐太息

曰今世豈無從事於此者如思順蓋未易得也不以字害其成句不以句累其全篇超然於世俗毀譽之外予之恨不一見其人甚於其人之願見予也思順曾大父諱粹中大父諱汝能父諱松東陽東陽人以嘉泰三年九月十一日卒年五十有一兩娶郭氏皆先卒以開禧元年十一月二十日合葬於仁壽鄉陂頭山之原子一人女長適進士郭概次尚幼開禧二年四月戊寅太中大夫寶謨閣待制致仕山陰縣開國子食邑五百戶賜紫金魚袋陸某表

孺人王氏墓表

孺人王氏名中字正節濰州北海人曾大父諱競朝議大夫直祕閣大父諱慎修迪功郎贈中奉大夫父諱嵎贈承事郎字季夷負天下才名孺人嫁司馬文正公元孫龍圖閣待制諱伋之仲子通直郎新權發遣信州軍州事遵司馬君亦有文學政事稱其家登用於朝孺人實相之人謂季夷雖坎壈不偶以死而

三子皆知名士夫人復以賢婦稱天所以報善人亦昭昭矣司馬君簽書寧海軍節度判官公事孺人不幸遇疾卒時嘉泰三年二月初二日也得年四十有四司馬君來赴告曰士婦不逮事君姑其事舅及少姑皆盡孝執喪中禮而哀有餘至除喪猶不能自抑司馬大族也孺人承上接下肅敬慈恕既歿哭之皆哀以開禧二年十二月壬申葬於會稽山陰清巏北塢之原三子拓揀操二女尚幼予與待制及季夷少共學情好均兄弟兩公又皆娶予中表孫氏則表孺人之墓宜莫如予乃泣而書之太中大夫寶謨閣待制致仕山陰縣開國子食邑五百戸賜紫金魚袋陸某書

令人王氏壙記

於虖令人王氏之墓中大夫山陰陸某妻蜀郡王氏享年七十有一封令人以宋慶元丁巳歲五月甲戌卒七月己酉葬祔君舅少傅君姑魯國夫人墓之南

岡有子子虡烏程丞子龍武康尉子惔子坦子帣子聿孫元禮元敏元簡元用元雅曾孫阿喜幼未名

渭南文集卷第三十九

渭南文集目錄

卷第四十

渭南文集卷第四十

祖山主塔銘

嘉州天王禪院景倫師有二弟子孟曰紹覺仲曰紹祖倫且老歎曰孰能問法南方以大吾門者乎於是覺請行曰不可使師有恨祖請留曰老人不可以莫養也覺南遊得法居蘄州五祖山而祖左右就養先意承志終身不去倫欲新其廬祖則雨濡日炙出入閭巷累年崇成鬱爲寶坊倫飲食往來者祖則高囷大庖床敷潔溫凡至者如歸焉皆曰倫師可謂有子矣祖既老亦有二弟子曰海慧海澄慧萬里走閩中求大藏經以歸祖不及待而澄實送終其撰次祖行實以求予銘者慧弟子法琳也是倫師不獨有子子又有孫何其盛哉世所謂學士大夫蹈義秉禮終其身者或鮮矣況至四世閱百年而不失者乎予於是有感焉祖姓楊氏字繼遠世居龍游歿以乾道四年

十月某甲子年七十五葬以五年二月某甲子銘曰
峨嵋之麓鬱鬱方墳維爾有承以弋吾文

定法師塔銘

淳熙四年予自梁益還吳蓋西遊九年矣耆老凋落朋舊散徙無與晤語而少年學問日新議論鋒出亦莫與顧爲之惝怳不樂一日有叩戶者攝衣迎之則所謂惠定法師也風骨巉巉如太華之立雲表議論袞袞如黄河之行地中爲予談諸經辭指精詣往輒破的窮日夜不休予作而曰公生肇一輩人予懼不足以辱公友也會予復出仕又三年迺還屏居鏡湖之西略無十日不過予霰雪風雨往往留不去予方以譴斥退亦安於不遇意者相從湖山間以老而師不幸死矣其徒來乞銘師字寧道姓王氏世爲紹興山陰人幼歲從錢清保安院子堯道人得度出遊四方從道隆師會景崇三師授華嚴義盡得其說至超然自得出入古今不妄隨不苟異三師蓋莫能屈也

衆請住戒珠省院未幾棄去時大慧禪師宗杲說法阿育王山師慨然往造其居所聞益廣學者宗之起住妙相徙觀音復還省院皆蕭然小刹羹藜飯豆人不堪其枯槁然著書不少輟若金剛般若經解法界觀圖會三歸一章莊嶽論已盛行於世餘在稿者猶數十百篇以淳熙八年十二月二十四日焚香說偈示滅年六十八僧夏四十八九年十二月十八日葬於錢清得法弟子妙定了洪了悅得度弟子了知了端了達初師著金剛解成持以示予語之曰昔德山見龍潭言下悟盡焚金剛疏鈔公見大慧而歸更著此解與德山孰優師笑不答豈魯之善學柳下惠者歟銘曰

木葉旁行九譯而東維此雜華衆經之宗肇自有唐世以名家師如巨舟極其津涯著書至死此亦奚求承其師傳以絕爲羞我徂弔之遺書滿室喟然作銘用媿逢掖

良禪師塔銘

禪師處良字遂翁會稽山陰劉氏子紹興五年甫九歲以童子得度十三歲遊諸方僅勝衣笠路人爲之驚歎初爲妙喜禪師宗杲侍者又從卍菴禪師道顏爲[illegible]記遂翁英邁玉立遊二師間皆受記莂餘事能文詞善筆札諸方翕稱良書記然亦以議論覈不少假借不爲諸方所容妄一比丘輒得名山壯刹遂翁獨陞陞衆中嘗居嘉興法喜院舉香爲卍菴嗣蕭然數僧食財半菽再歲退廬會稽海上今太常尤公延之守臨海起遂翁領紫籜復以縣大夫不樂棄去久之領崐山薦嚴資福寺遂以疾逝淳熙十四年六月戊寅也遺言藏骨廬山智林寺卍菴與遂翁所同建也逝之日手書求銘於予銘曰

山棲谷汲利欲靡及孰擠使躓道成謗集廬阜峨峨浮屠岌岌吾識其封身沒名立

高僧猷公塔銘

宋山陰有高僧曰子猷字脩仲晚自號笑雲老人宏材博學高行達識卓然出一世之表雖華嚴其宗而南之天台北之慈恩少林之心法南山之律部莫不窮探歷討取其妙以佐吾說雖浮屠其衣百家之書無所不讀聞名儒賢士雖在千里之遠必往交焉篤行義勵風操嚴取與一得喪接物簡而峻不屈於富貴有以供施及門者茍禮不足雖累百金輒拒不取於虖賢哉脩仲出陳氏生七歲從同郡大善寺晏時爲童子十有二歲祝髮受具習華嚴經論於廣福院擇交得其學又遊錢塘見惠因院師會博盡所疑二師皆自以爲弗迨遂還山陰說法於城東妙相院僅二十年學者常百餘人脩仲厭其近城市思居山林乃捨衆遯於梅山上方學者不肯散去而院隘不能容相與言於府願迎脩仲還妙相於是法席加盛於昔所著書大行於世院亦益葺號爲壯剎大慧禪師宗杲過而異之爲留偈壁間然脩仲竟棄去學者猶

不捨又說法者三最後住姜山閱三年喟然歎曰老矣將安歸邪亟槖書歸梅市結菴以老淳熙十六年八月二十有六日忽命舟遍別平日所往來者明日晨起說法遂坐逝壽六十有九又三日火化得舍利五色粲然弟子即菴之西建塔奉靈骨及舍利以葬脩仲度弟子四人戒海戒先戒明戒堅戒先傳家學而四方之學者得法出世又十有七人隱於衆者蓋以百數脩仲之道其傳又可涯哉戒明來乞銘銘曰予嘗觀古高僧窮幽闡微能信踐之不爲利訹不爲勢撓未嘗不與學士大夫同也考脩仲之爲人可謂有古高僧之風矣吾予之銘非獨以厚故人蓋亦天下之公也

別峯禪師塔銘

南山自長安秦中西南馳爲嶓爲岷岷東行紆餘起伏歷蠻夷中跨軼且千里然後秀偉特起爲三峯摩星辰蓄雲雨龍蟠鳳翥是名峨嵋山通義犍爲二郡

實在其下人鍾其氣爲秀民傑士出而仕者固多以功業文章擅名古今至於厭薄紛華棄捐衣冠木食澗飲自放於塵垢聲利之外而不幸爲人知不能遂其隱操亦卒至於光顯榮耀者如別峯禪師是也師名寶印字坦叔生爲龍游李氏子世居峨嵋之麓少而奇警日誦千言然不喜在家乃從德山院清遠道人得度自成童時已博通六經及百家之說至是復從華嚴起信諸名師窮源探賾不高出同學不止論說雲興泉湧衆請主講席謝不可圜悟克勤禪師有嗣法上首安民號密印禪師說法於中峯道場洒挈一笠往從之一日密印舉僧問巖頭起滅不停時如何巖頭叱曰是誰起滅師豁然大悟自是室中鋒不可觸密印恨相得之晚會圜悟自南歸成都昭覺乃遣師往省因隨衆入室圜悟舉從上諸聖以何法接人師舉起拳圜悟曰此是老僧用者孰爲從上諸聖用者師卽揮拳圜悟亦舉拳相交大笑而罷圜悟歎

異之曰是子他日必類我師留昭覺三年密印猶在中峯以堂中第一座致師師辭密印大怒曰我以法得人人不我傳尚何以說法爲欲棄衆去衆皇恐亟趨昭覺羅拜懇請圜悟亦助之請始行道望日隆學者爭歸之雖圜悟密印不能揜也久之南遊見潙山佛性泰福嚴月菴果疎山草堂清皆目擊而契或以第一座留之師潛遯以免最後至徑山見大慧杲大慧問曰上座從何處來師曰西川來大慧曰未出劍門關與汝三十棒了也師曰不合起動和尚時徑山衆千七百雖耆宿名衲以得棲笠地爲幸顧爲師獨掃一室堂中皆驚大慧南遷師亦西歸始住臨邛鳳皇山舉香嗣密印歷住廣漢崇慶武信東禪成都龍華眉山中巖復還成都住正法道既盛行士大夫亦喜從之遊築都不會菴松竹幽邃暇日名勝畢集聞師一言皆自謂意消稍或閒闊輒相語曰吾輩鄙吝萌矣其道德服人如此俄復下硤抵金陵應菴華方

住蔣山館師於上方白留守張公燾舉以代己師聞即日發去會陳丞相俊卿來爲金陵以保寧延師俄徙京口金山學者傾諸方金山自兵亂後雖屢葺莫能成至是始復大興如承平時而有加焉異時居此山鮮踰三年者師獨安坐十五夏潭帥張公孝祥嘗延以大潙山師與張公雅故念未有以却而京口之人自郡守以降力爭之卒返潭使魏惠憲王牧四明虛雪竇來請師度不可辭迺入東凡住四年樂其山林有終老之意而名益重被敕住徑山淳熙七年五月也七月至行在所至尊壽皇聖帝降中使召入禁中以老病足蹇賜肩輿於東華門內賜食於觀堂引對於選德殿特賜坐勞問良渥師因舉古宿云透得見聞覺知受用見聞覺知不墮見聞覺知上悅曰此誰語師曰祖師皆如此提倡亦非別人語上爲微笑時秋暑方熾師再欲起上再留使畢其說迺退後十餘日又命開堂於靈隱山中使齎賜御香恩禮備至

十年二月上製圓覺經注遣使馳賜且命作序師迺
築大閣祕奉以後上恩師老益厭住持事門人懼其
遠遊不返相與築菴於山北俟其歸今上在東宮書
別峯二大字榜之十五年冬奏乞養疾於別峯得請
明年上受內禪取向所賜宸翰識以御寶復賜焉紹
熙元年冬十一月忽往見今住山智策告別策問行
日師曰水到渠成歸取幅紙大書曰十二月七日夜
雞鳴時如期而化奉蛻質返寺之法堂留七日顏色
精明鬚髮皆長頂溫如沃湯是月十四日葬於別峯
之西岡壽八十有二臘六十有四得法弟子梵牟宗
性道奇智周慧海宗璨等得度弟子智穆慧崇等百
四十有七人有慧綽者山陰陸氏子當以蔭得官辭
之從師祝髮又得記莂遯迹巖岫終身不出師既示
寂上爲敕有司定謚曰慈辯且名其塔曰智光菴曰
別峯極方外之寵師說法數十年所至門人集爲語
錄晚際遇壽皇被宸翰咨詢法要皆對使者具奏將

化說偈尤奇偉已別行於世此不悉著三年三月法孫宗愿走山陰鏡湖屬某銘師之塔某與師交最久嘗相約還蜀結茆青衣喚魚潭上今雖老病義不可辭銘曰

圓悟再傳是爲別峯坐十道場心法之宗淵識雄辯震驚一世矯乎人中龍也海口電目厖期稱道卓乎澗壑松也叩而能應應已能默渾乎金鐘大鏞也師之出世如日在空升於暘谷不爲生隱於崦嵫其可以爲終乎

海淨大師塔銘

乾道中史魏公以故相牧會稽嚴重簡貴士大夫非素負才望莫得登其門顧每召靈祕院僧智性與語有大興造輒以付之性公時年且七十亦輒受命不詞已而事皆井井有條理邦之人始服魏公之知人雖方外道人任之亦能舉其事如此又歎性公之不負所知也及淳熙末予還朝典南宮牋奏兼領祠部

而會稽守言靈祕院本蘧篨袞丈地智性以孤身力
成之今爲名刹請以其徒世守之報可予雖會稽人
然自魏公去不復見性公乃驚歎曰是道人尚在邪
又五年予臥疾鏡湖上性公法孫德恭來告曰公以
紹熙三年六月五日示化將奉遺骨塔于小夾山且
來請銘性公本會稽山陰蔡氏子七歲從廣福院崇
教大師慧超祝髮九歲賜紫方袍號海淨大師坐八
十三夏住靈祕五十一載年九十度弟子七人覃永
宗慶宗亮宗振宗懋宗寶宗一孫四人德和德恭德
興德椿曾孫二人行昭行聞銘曰
龜食簪從宅此山阿陵谷有遷吾銘不磨

松源禪師塔銘

松源禪師名崇岳生於處州龍泉之松源吳氏故因
以自號自幼時已卓犖不羣處羣兒中未嘗嬉宕稍
長聞出世法慕嚮之年二十三棄家衣掃塔服受五
戒於天明寺首造靈石妙禪師繼見大慧杲禪師於

徑山久之大慧陞堂稱蔣山應菴華公爲人徑捷師聞之不待旦而行既至入室未契退愈自奮勵中夜自舉狗子無佛性話豁然有得卽以扣應菴舉菴世尊有密語迦葉不覆藏師云鈍置和尚應菴厲聲一喝自是朝夕咨請應菴大喜以爲法器說偈勸使祝髮棟梁吾道隆興二年師始得度於臨安西湖白蓮精舍自是徧歷江浙諸大老之門罕當其意乃浮海入閩見乾元木菴永禪師一日辭木菴欲往黃蘗木菴舉有句無句如藤倚樹師云裂破木菴云瑯琊道好一堆爛柴虀師云矢上加尖如是應酬數反木菴云老兄下語老僧不過如此秖是未在他日拂柄在手爲人不得驗人不得師云爲人者使博地凡夫一超入聖域固難矣驗人者打向面前過不待開口已知渠骨髓何難之有木菴舉手云明明向汝道開口不在舌頭上後當自知逾年見密菴於衢之西山隨問卽答密菴微笑曰黃楊禪爾師切於明道至忘寢

食密菴移住蔣山華藏徑山皆從之一日密菴入室
次問傍僧不是心不是佛不是物師侍側豁然大悟
乃云今日方會木菴道開口不在舌頭上自是機辯
縱橫鋒不可觸木菴又遷靈隱遂命師爲堂中第一
座旋出世於平江澄照爲密菴嗣遷江陰之光孝無
爲之冶父饒之薦福明之香山平江之虎丘皆天下
名山惟冶父最寂寞又以火廢師一臨之四方名衲
踵至棟宇亦大興人謂師能使所居山大慶元丁巳
年適靈隱虛席僉曰安得岳公來乎果被旨以畀師
驩聲如潮居六年道盛行得法者衆法席爲一時冠
而師有棲隱之志即上章乞罷住持事上察其誠許
之退居東菴俄屬微疾猶不少廢倡道忽垂一則語
以驗學者曰有力量人爲甚麼擡腳不起開口不在
舌頭上又貽書嗣法香山光睦雲居善開傳以大法
因書偈曰來無所來去無所去瞥轉玄關佛祖罔措
跏趺而寂實嘉泰二年八月四日也得年七十有一

坐夏四十奉全身塔於北高峯之原塔成之四年香山遣其侍者道孚以銘屬某某方謝事居鏡湖上年過八十病臥一榻得書不覺起立曰士友臨川李德遠浩實聞道於應菴蓋與密菴同參李德遠每與某談參問悟入時機緣言句率常達旦今讀師語峻峭嶄崒下臨雲雨如立千仞之華山蹴天駕空駭心眩目如錢塘海門之濤虎豹股栗屋瓦震動如漢軍昆陽之戰追思德遠所言然後知師真臨濟正宗應菴密菴之真子孫也銘曰

臨濟一宗先佛正傳應菴父子以一口吞金圈栗蓬晚授松源松源初心論刼參禪於一笑中疾雷破山坐八道場衆如濤瀾金鏃脫手碎首裂肝彼昏何智萬里鐵關後十大刼摧山湮川法力所持此塔巋然

退谷雲禪師塔銘

佛照禪師有嗣子曰淨慈報恩光孝退谷禪師名義雲生於福州閩清黃氏世爲士禪師幼入家塾成童

入鄉校穎異有聲既冠遊國學因讀論語中庸有所悟入後聞龜峯山堂淳禪師說法遂自斷出家從山堂祝髮徧遊江湖至吳見鐵菴一大禪爲侍者一日室中問國師三喚侍者話師亟舉手掩其口又問曰侍者三應又作麽生師拂袖徑出鐵菴大喜時佛照倡道靈隱師往依之及佛照移育王師從其行歷十年爲堂中第一座佛照聞其說法歎曰此子提倡宛如雪堂行和尚吾鉢袋有所付矣遂出住香山居五年徙台州光孝又徙鎮江甘露會平江虎丘萬壽皆欲延師師聞萬壽頗廢即欣然就之淮南轉運使虞公儔又以長蘆來招師與虞公有雅故又從之會育王虛席朝命師補其處時佛照方居東菴父子日相從發明臨濟正宗學者雲集會有魔事師即捨衆退居香山蓋將終焉而朝命又起師說法淨慈恩光赫奕都邑聳動一日領衆持鉢纖邑是夕寺災無遺宇比師歸獨三門巋然在瓦礫中師不動容曰成壞相

尋亦豈有常今日之壞安知不爲四衆作福之地哉天子聞之出內庫金以賜自重臣貴戚以下傾橐輦金惟恐居後未期年廣殿邃廡崇閎傑閣蓋愈於前日矣於是上爲親御翰墨書慧日閣三大字賜之開禧二年五月師示微疾六月朔旦辛亥作偈別衆曰意烏猝嗟萬人氣索佛法向上何曾蹋著臨行業識茫茫一任諸方卜度遂寂後九日弟子處約等奉全身塔於寺之東北隅世壽五十八僧夏三十五住山十九載度弟子四十有畸學者集師語爲七會錄行於世師初欲以復佛殿屬予記之未及而棄世於是處約等以西堂可宣禪師之狀來求予銘適予老疾弗克就宣公又以書來固請而師之侍僧處訥者留逾年不肯去辭指懇款予爲之歎曰師之在育王也將新僧堂而陰陽家以爲法所禁將不利於主人師奮不顧排衆說力爲之堂成而魔果作遂去陰陽家之說使人拘而多畏然其法本出流俗不待師之明

知其妄決矣雖或適中終爲不足信也又師在淨慈遭火患滌地皆盡度幷金錢累億萬且假以歲月必不能成師談笑盡復舊觀議者或以爲師之才用絕人見於此者則亦陋矣此事若澄觀輩則可稱大善知識直遊戲爾師所以獨立一世者豈直以此哉師示衆有曰爲道孤危玄關妙密在曹洞宗旨亦奇矣若較臨濟直是天地懸隔此足以知師能繼圜悟妙喜佛照之大作用者自有所在也銘曰

猗歟雲公自儒衣奮爲東菴子無示無問上距圜悟四世而近龍象蹴踏獅子奮迅或造其室目不容瞬丹碧南山蓋其游刃於談笑頃變化煨燼以此論師其殆未盡譬如觀海測以尺寸我銘不磨百世其信

渭南文集卷第四十

渭南文集目錄

卷第四十一

渭南文集卷第四十一

皇太后靈駕發引祭文

風御上賓玉衣永閟生堯鈎弋尚懷帝武之祥從禹會稽遽奉寢園之卜母慈罔極坤載無疆方同軌之畢來悵東朝之已遠然而囏難契闊歸慰聖主問安之誠壽考康寧躬享先后莫致之福陰功陽德上際下蟠歷邃古而罕聞知聖心之無憾臣藩維有守愴慕徒深目斷柏城神馳翣御敢修饋奠之禮少致攀號之心

祭梁右相文

人之生世如雲之出於山川雲不自用用之者天降爲甘澤散爲豐年抑有時而弗用則輪囷磅礴或卷或舒以自適於埜水之涯荒山之巔彼雲無心豈有用舍之異出處之偏哉公之在朝道大材全不爲世變不爲物遷顯相廟郊華袞金蟬太平之功溢於簡

編謝病而歸大節愈堅從容邇英抗議慨然曰我非
堯舜之道不敢以陳於前孰謂萬鍾之祿不足顧留
遂委之而僊乎抑公之學得聖所傳視生死爲一區
等華屋於荒阡乎又豈如雲之旣散廓然太虛則前
日用舍初不足以爲愚賢乎酒不盈觴肉不揜豆獨
區區之詞寫其肺肝者公豈捐之乎

祭龔參政文

某官劍南公在廊廟書從驛來如奉色笑哀窮悼屈
忘其不肖歲戊戌春某辱號召歸未及都公歿荒徼
山川阻脩萬里孤旐官事有守不遑往弔寓哀一觴
公乎來饗

祭魯國太夫人文

嗚呼昔先太師遯世懷寶播慶於家生我元老維少
傅公秉德逢辰長養成就則繄夫人少傅在朝袞衣
繡裳帝錫夫人御醴宸章少傅在藩豹尾玉節帝錫
夫人兼金重帛僉曰盛哉其榮則多夫人曰嘻其報

伊何帝虐元瑞方屬少傅於時夫人以疾卽路煌煌
安輿少傅實從天祐德人華其初終某受恩門闌義
均子姓晚偕婦息升堂修敬萬里羈宦忽承哀音東
望永懷碎裂寸心送車轔轔傾動鄉鄰隕涕羞奠形
留神往

祭王侍御令人文

惟靈生自大家來嬪德門象服有煒娣媵如雲相我
御史克勤藻蘋諸子甚材頎然薦紳世所願懷孰如
夫人惟是孤生實忝外姻萬里焉依如在鄉鄰遭此
不淑慘然酸辛尊鯽之微侑以斯文

祭祝永康文

嗟我與公萬里羈單人孰知之所恃者天庶幾白首
相從鄉關追談粲盆把酒笑歡〻云胡不淑一病莫還
遺孤子立未逮冠婚謂天可恃公宜百年玉裂竹折
喟其永歎公守導江麴糵飲泉凜凜色詞請謁莫干
人或謗嘲公守益堅雖昔君子終此實難〻云持此歸

何憾九原公喪之東丹旐翩然我病莫與撫枕涕濟矢辭羞奠尚慰營魂

祭劉樞密文

嗚呼公乎有文有武有仁有智立朝無助以直自遂聲氣不動而折萬里之衝從容一言而決盈庭之議蓋人所難公之所易仰天俯地一念不愧秋毫未安寢食忘味輕失富貴而重朋友之責自屈達尊而伸白屋之士蓋人之所忽公之所畏昔歲癸未某始去國見公西省凜然正色顧雖不肖竊師公直流落得歸公與有力舟過金陵公疾已亟命之不淑旋聞易簀祭不及時實負盛德尚想平生出涕橫臆

祭蔣中丞夫人文

維靈出由德閥克配儒先從容圖史之規肅敬蘋蘩之薦是生耆哲來瑞明時大邦開賜沐之封列鼎極循陔之養奄聞不淑靡究遐齡窀穸有期川途云邈雖莫綴千車之盛顧敢稽一酹之恭仰冀靈魂俯歆

誠意

祭趙提刑文

惟靈早以茂異起膺簡求逢時休明爲國壽雋建牙淮服擁節王畿方期來朝遽以疾謁挂冠決去共高靜退之風易簀亟聞何勝殄瘁之感某早託通家之好晚逢攬轡之行揮麈軒昂恍如昨日拊棺摧痛莫喻孤懷敢陳一奠之恭少敘九京之訣

祭勤首座文

我之與公義則師友情骨肉也相從十年談道賦詩蓺松菊也別雖數月使來自東書相續也比獨怪公書詞諄諄若予屬也嗟哉已矣頎然野鶴尚在目也卯塔告成欲往不果身桎梏也上愧道義下負交情淚可掬也龍文之茗沉水之薰薦甘馥也懷舊之心有如丘山此一粟也

祭許辰州文

惟靈美操懿行達識英辭筆陣掃千人軍早擢太常

之第胸中吞九雲夢恥裁光範之書抱沉英之歎者十年分共理之憂者兩郡人之不淑生也有涯旅館招魂一朝今古孤舟反葬萬里風濤豈知故里之交遽作夜臺之别魂兮未遠鑒此哀誠嗚呼哀哉

祭韓无咎尚書文

兄之初載甚躓而艱逢亂客吳萬里孤騫文方日衰蕩爲狂瀾組織纖弱各自謂賢士睨莫救兄勇而前陋巷一室日旰未饘誦書鼓琴志操益堅落筆天成不事雕鐫如先秦書氣充力全壯年相從顧憫我孱白是有志許以周旋我自蜀歸兄典三銓邂逅都門挈手歡然兄牧東陽我走閩山曠不相值今五六年我病早衰顧未及泉兄之壽康一朝先顛餉酒踵門乃酹柩前嗟嗟造物孰尸此權豈其好惡亦與俗遷微官有守喪車莫攀蓴鱸之奠敘訣終天

祭胡監丞文

惟公文學足以發身政事足以宜民人則不合何罪

於神乃者起家往守宜春臨別慨然握手江津曾未逾月乃以訃聞舟載銘旐返其鄉枌臺省袞袞公獨逡巡室家嘻嘻公獨悲辛我雖晚交甚知公真適苦骭殤奠弗及親尚想平生寓哀斯文

祭丘運使母夫人文

昔先大夫懷寶里閭沒世不耀乃以其孤屬之夫人道德是詔故河圖公文學政事望在廊廟榮養五鼎眉壽百年其德彌劭高識超然朱門畫戟視若蓬藋再入都城曾未溫席翩其歸旐方歲之惡公私交病冀寬賦調而河圖公遽以憂歸道路相吊我登門闌情均甥姪宜送宅兆官守所縻矢辭傷悲薦此清醥

祭曾原伯大卿文

惟靈淵乎似道敏而好學韋編鐵硯雪窗螢几不足以言其勤冢書壁簡銅牆鬼炊不足以名其博文辭典奧論議超卓不使直承明之庭猶當置諸天祿之閣時方越拘攣以用人公奚彼之不若而乃老於惠

文之冠弗預甘泉之橐痛結慈闈悲纏華蕚凡閭巷之故交想話言之如昨聞訃相吊摧然涕落羞一醊以祖行冀九原之可作

祭大姪文

汝實先少傅之長孫岳州使君之嫡子早列仕籍垂五十年夫婦二人更相爲命嶺海萬里淪謝不還收骨於灰燼之中藏櫬於松楸之次煩寃痛酷實涕何言歿而有靈歆此薄醊

祭十郎文

自汝不幸早世將二十年乃克祔葬於先少師魯國夫人塋兆之南岡距汝母令人墓尤邇汝而不泯豈不得所願哉感念疇昔悲痛何言

祭朱元晦侍講文

某有捐百身起九原之心有傾長河注東海之淚路脩齒耄神往形留公歿不亡尚其來饗

祭方伯謨文

予與伯謨別於武夷予五十有五齒髮未衰伯謨蓋方壯耳顧後日猶長未知別之悲也俯仰二十有一年卒不相遇而伯謨遂捨我而何之乎予年垂八十如朝露之將晞與伯謨別尚復幾時生也相遇猶不可必死遊地下果可期乎予言之及玆涕不可止伯謨尚能有知也乎

祭張季長大卿文

於虖世之定交有如某與季長者乎一產岷下一家山陰邂逅南鄭異體同心有善相勉闕遺相箴公醉巴歌我病越吟大笑劇談坐客皆瘖公旣造朝衆彥所欽我南入蜀九折嶔崟公以憂歸我亦陸沉久乃相遇垂涕霑襟宿好未遠舊盟復尋駕言造公公已來臨我倡公和如鼓瑟琴送我東歸握手江潯欲行復尼頓足噫喑是實古道乃見於今公還爲卿華路駸駸我方畏讒潛恐不深公去我召如商與參渺邈天涯一書萬金我自史闈進長書林迫老亟退突不

暇黔亦嘗挽公力微弗任比乃聞公請投華簪旋又聞訃天乎難諶玉樹永閟壟柏已森何時復聞正始遺音漬酒絮中不及手斟英魂如生豈忘來歆於虖哀哉

祭周益公文

某紹興庚辰始至行在見公於途欣然傾蓋得居連牆日接嘉話每一相從脫帽褫帶從容笑語輸寫肝肺鄰家借酒小圃鉏菜熒熒青燈瘦影相對西湖吊古竝轡共載賦詩屬文頗極奇怪淡交如水久而不壞各謂知心絕出流輩別二十年公位鼎鼐我方西遊荷戈窮塞歸得臺郎旋又坐廢公亦策免久處於外見不可期使我形瘵斯文日卑公則嶷岱士昏于智公則著蔡公老不衰雷霆百代每得手書字細如芥癡兒騃女問及瑣碎孰爲一病良醫莫差赴告鼎來震動海內犇赴不遑涕泗澎湃豈無尊罍致此薄酹辭則匪工聊寄悲慨

尤延之尚書哀辭

帝藝祖之初造兮紀號建隆煥乎文章兮躡揖遜之遐蹤詔冊施於朝廷兮萬里雷風灝灝噩噩兮始掃五季之雕蟲閱世三傳兮車書大同黃麾繡仗兮駕言東封繼七十二后於邃古兮勒崇垂鴻吾宋之文抗漢唐而出其上兮震耀無窮柳張穆尹歐王曾蘇名世而間出兮巍如華嵩雖宣和之蠱弊與建炎之軍戎文不少衰兮殷殷隱隱大平之象兮與六龍而俱東余自梁益歸吳兮愴故人之莫逢後生成市兮摘裂剽掠以爲工遇尤公於都城兮文氣如虹落筆縱横兮獨殿諸公晚乃契遇兮北扉南宮塗改雅頌兮蹈躪軻雄余久擯於世俗兮公顧一見而改容相期江湖兮斗粟共春別五歲兮晦顯靡同書一再兮奄其告終於虖哀哉孰抗衣而復公兮呼伯延甫於長空孰誦此些以招公兮使之捨四方而歸徠乎郢中孰酹荒丘兮露草霜蓬孰闖虛堂兮寒燈夜蛩文辭

益衰兮奇服尨茸天不憖遺兮黼黻火龍嗟局淺之一律兮彼寧辨夫瓦釜黃鐘詬言莫聽兮孰知我衷患難方殷兮孰恤我躬君蒿不返兮吾黨孰宗死而有知兮惟公之從

沈子壽母趙夫人哀詞

嗚呼人孰無母母孰無子母以壽終子克終養亦可紓無窮之悲矣維吾子壽自初遭艱晝夜號泣匪淚伊血羸乎莫支陛堂吊祭者不忍聞其聲得書赴告者不忍觀其辭子壽蓋曰不孝孤少罹閔凶父喪母嫠無壟墊可耕母子相依及遊太學母客京師冬兮母寒晝兮母飢飢無一囊之粟寒無一襲之衣不孝孤雖食於學官羹胾在前歎息而麾撫所讀書而與之誓曰編絕則輯字渝則補寧死於書傍不敢畏難苟止以負吾母之慈如是十年幸賜第於太常歸而拜母相持以泣淚盡目萎母前子後告於先墓庶幾吾父聞之而寬其九泉之思也於虖此子壽之既言而

其未言者蓋可推矣奉身以道義發身以書詩文章傳於不朽節行全而無虧士患無志不患無位士患無才不患無無恃子壽之志所以事親者蓋其所以事君子壽之才顧猶屈而未施親則日遠時節奉祀如將見之一言一行足以顯揚吾親者苟有怠忽是以吾親爲歿而亡知也子壽之令名與天壤同弊則親實與焉刻誄千字置守萬家蓋不足進於斯也子壽之存於胸中而未言者予得陳之非獨慰吾子壽蓋以爲天下孝子之誥哀哉

渭南文集卷第四十一

渭南文集目錄

卷第四十二

渭南文集卷第四十二

天彭牡丹譜

花品序第一

牡丹在中州洛陽爲第一在蜀天彭爲第一天彭之花皆不詳其所自出土人云曩時永寧院有僧種花最盛俗謂之牡丹院春時賞花者多集於此其後花稍衰人亦不復至崇寧中州民宋氏張氏蔡氏宣和中石子灘楊氏皆嘗買洛中新花以歸自是洛花散於人間花戸始盛皆以接花爲業大家好事者皆竭其力以養花而天彭之花遂冠兩川今惟三井李氏劉村毋氏城中蘇氏城西李氏花特盛又有餘力治亭館以故最得名至花戸連畛相望莫得而姓氏也天彭三邑皆有花惟城西沙橋上下花尤超絶由沙橋至堋口崇寧之間亦多佳品自城東抵濛陽則絶少矣大抵花品近百種然著者不過四十而紅花最多紫花黃花白花各不過數品碧花一二而已今自

狀元紅至歐碧以類次第之所未詳者姑列其名於
後以待好事者

狀元紅　祥雲　紹興春　燕脂樓　金腰樓
玉腰樓　雙頭紅　富貴紅　一尺紅　鹿胎紅
文公紅　政和春　醉西施　迎日紅　彩霞
疊羅　勝疊羅　瑞露蟬　乾花　大千葉
小千葉

右二十一品紅花

紫繡毬　乾道紫　潑墨紫　葛巾紫　福嚴紫

右五品紫花

禁苑黃　慶雲黃　青心黃　黃氣毬

右四品黃花

玉樓子　劉師哥　玉覆盂

右三品白花

歐碧

右碧花

轉枝紅　朝霞紅　灑金紅　瑞雲紅　壽陽紅
探春毬　米囊紅　福勝紅　油紅　青絲紅
紅鵝毛　粉鵝毛　石榴紅　洗粧紅　蹙金毬
間綠樓　銀絲樓　六對蟬　洛陽春　海芙容
膩玉紅　內人嬌　朝天紫　陳州紫　袁家紫
御衣紫　靳黃　玉抱肚　勝瓊　白玉盤
碧玉盤　界金樓　樓子紅

右三十三品未詳

花釋名第二

洛花見紀於歐陽公者天彭往往有之此不載載其著於天彭者彭人謂花之多葉者京花單葉者川花近歲尤賤川花賣不復售花之舊栽曰祖花其新接頭有一春兩春者花少而富至三春則花稍多及成樹花雖益繁而花葉減矣狀元紅者重葉深紅花其色與鞓紅潛緋相類而天姿富貴彭人以冠花品多葉者謂之第一架葉少而色稍淺者謂之第二架以

其高出衆花之上故名狀元紅或曰舊制進士第一人卽賜茜袍此花如其色故以名之祥雲者千葉淺紅花妖豔多態而花葉最多花戶王氏謂此花如朶雲狀故謂之祥雲紹興春者祥雲子花也色淡佇而花尤富大者徑尺紹興中始傳大抵花戶多種花子以觀其變不獨祥雲耳燕脂樓者深淺相間如燕脂染成重跌累萼狀如樓觀色淺者出於新繁勾氏色深者出於花戶宋氏又有一種色稍下獨勾氏花爲冠金腰樓玉腰樓皆粉紅花而起樓子黃白間之如金玉色與燕脂樓同類雙頭紅者竝蔕駢萼色尤鮮明出於花戶宋氏始祕不傳有謝主簿者始得其種今花戶往往有之然養之得地則歲歲皆雙不爾則間年矣此花之絕異者也富貴紅者其花葉圓正而厚色若新染未乾者他花皆落獨此抱枝而槁亦花之異者一尺紅者深紅頗近紫色花面大幾尺故以一尺名之鹿胎紅者鶴頷紅子花色紅微帶黃上有

白點如鹿胎極化工之妙歐陽公花品有鹿胎花者乃紫花與此頗異文公紅者出於西京潞公園亦花之麗者其種傳蜀中遂以文公名之政和春者淺粉紅花有絲頭政和中始出醉西施者粉白花中間紅暈狀如酡顏迎日紅者與醉西施同類淺紅花中特出深紅花開最早而妖麗奪目故以迎日名之彩霞者其色光麗爛然如霞疊羅者中間瑣碎如疊羅紋勝疊羅者差大於疊羅此三品皆以形而名之瑞露蟬亦粉紅花中抽碧心如合蟬狀乾花者粉紅花而分蟬旋轉其花亦富大千葉小千葉皆粉紅花之傑者大千葉無碎花小千葉則花萼瑣碎故以大小別之此二十一品皆紅花之著者也紫繡毬一名新紫花蓋魏花之別品也其花葉圓正如繡毬狀亦有起樓者爲天彭紫花之冠乾道紫色稍淡而暈紅出未十年潑墨紫者新紫花之子花也單葉深黑如墨歐公記有葉底紫近之葛巾紫花圓正而富麗如世人

所戴葛巾狀福嚴紫亦重葉紫花其葉少於紫繡毬莫詳所以得名按歐公所紀有玉版白出於福嚴院土人云此花亦自西京來謂之舊紫花豈亦出於福嚴邪禁苑黃蓋姚黃之別品也其花閑淡高秀可亞姚黃慶雲黃花葉重複郁然輪囷以故得名青心黃者其花心正青一本花往往有兩品或正圓如毬或層起成樓子亦異矣黃氣毬者淡黃檀心花葉圓正向背相承敷腴可愛玉樓子者白花起樓高標逸韻自然是風塵外物劉師哥者白花帶微紅多至數百葉纖妍可愛莫知何以得名玉覆盂者一名玉炊餅蓋圓頭白花也碧花止一品名曰歐碧其花淺碧而開最晚獨出歐氏故以姓著大抵洛中舊品獨以姚魏爲冠天彭則紅花以狀元紅爲第一紫花以紫繡毬爲第一黃花以禁苑黃爲第一白花以玉樓子爲第一然花戶歲益培接新特間出將不特此而已好事者尚屢書之

風俗記第三

天彭號小西京以其俗好花有京洛之遺風大家至千本花時自太守而下往往即花盛處張飲帟幙車馬歌吹相屬最盛於清明寒食時在寒食前者謂之火前花其開稍久火後花則易落最喜陰晴相半時謂之養花天栽接剔治各有其法謂之弄花其俗有弄花一年看花十日之語故大家例惜花可就觀不敢輕翦蓋翦花則次年花絕少惟花戶則多植花以侔利雙頭紅初出時一本花取直至三十千祥雲初出亦直七八千今尚兩千州家歲常以花餉諸臺及旁郡蠟蔕筠籃旁午於道予客成都六年歲常得餉然率不能絕佳淳熙丁酉歲成都帥以善價私售於花戶得數百苞馳騎取之至成都露猶未晞其大徑尺夜宴西樓下燭焰與花相映發影搖酒中繁麗動人嗟乎天彭之花要不可望洛中而其盛已如此使異時復兩京王公將相築園第以相誇尚予幸得與

觀焉其動蕩心目又宜何如也明年正月十日山陰
陸某書

天申節致語

得吾道而上爲皇方探眞詮之妙有天下而尊歸父
適當孝治之隆肆均湛露之恩用後流虹之瑞恭惟
皇帝陛下德高邃古澤被縣區神武應期三紀撫紹
開之運希夷玩志兆民傾愛戴之誠爰輯上儀式彰
華旦山呼萬歲驩已浹於神人花覆千官慶更同於
中外臣獲預梨園之法部遙瞻鳳闕於丹霄敢采民
謠恭陳口號

宮殿紅雲捧紫皇河清電繞擁休祥壺中常占青春
在物外方知浩劫長晝立龍旗風不動曉開瓊笈遠
飄香堯年豈特封人祝動地驩聲遍萬方

又

樞電効祥丕顯生商之日需雲示惠肆均在鎬之恩
喜溢鵷鸞光生俎豆伏惟皇帝陛下聖神廣運垂拱

無爲躬堯舜之性仁致成康之刑措克肖其德天惟中命用休非求於民人皆同心以戴號令雷風之鼓舞文章日月之昭明後甲觀之昌期疏瑤池之廣宴山呼萬歲花覆千官瀲灩上樽味挹金莖之露悠颺法曲聲留玉宇之雲臣等生值聖時身參樂府敢緣歸美之義賡載太平之詩

廣殿遙聞警蹕音瓠稜曉色尚沉沉半空瑞靄爐香馥一點紅雲黼座深夷夏驩聲歸羽舞乾坤和氣入薰琴欲知聖德齊堯舜遡闕爭傾萬國心

又

有王者興應繞電流虹之瑞使聖人壽實敷天率土之心欣逢震夙之期恭致厖鴻之祝伏惟皇帝陛下聰明稽古歷數在躬聖澤上際而下蟠睿化東漸而西被追景德祥符之治萬寓丕平御紫宸垂拱之朝四夷入貢爰錫需雲之宴用均湛露之恩臣等端遇清時遙瞻丹闕聽虞帝簫韶之奏同極驩情綴漢家

樂府之詩敢陳薄技

嘉會千齡豈易逢珮聲俱集未央宮九重鳳闕曈曨日百尺龍旗掩苒風奇瑞屢書圖諜上太平長在詠歌中區區擊壤雖無取意與生民既醉同

徐稚山給事慶八十樂語

伏以就第而賜安車爰及常珍之歲爲酒以介眉壽宜伸善頌之誠恭惟致政龍學給事東省近臣西清宿望體鍾和氣生元祐之盛時道合聖君贊隆興之初政抗議每先於諸老遺榮靡顧於萬鍾雖容疏傅之歸行見謝公之起至若籯金比訓庭玉生輝出將使指之榮入奉色難之養膺茲全福屬我耆英維降嶽之嘉辰當發春之令月廟堂舊弼紆華袞以臨觴臺閣名卿煥繡衣而在席式歌且舞俾熾而昌上對台顏敢陳口號

欲知主聖本臣忠傾盡嘉謨沃舜聰同載方如周呂尚安車不數漢申公日烘盎盎花光煖燭暎鱗鱗酒

浪紅白首同朝各强健莫辭爛醉答春風

致語

伏以碧油紅旆有嚴幕府之容瑚組華觴用飾輿情之喜恭惟某官西清禁從東省名臣據古守經凜北斗泰山之望黜浮崇雅粲銘鍾篆鼎之辭行表縉紳言書簡冊雖弗容然後見君子顧未起何以慰蒼生適玆謀帥之辰誰處耆英之右佩麟符而就鎮猶屈經綸穿豹尾以還朝佇聞趣召某官爰申宴樂式奉笑談士民踴躍而仰瞻將吏奔馳而卽事諧金石鏗鏘之奏盛魚龍曼衍之觀上對台堦敢陳口號

曾立蛾眉禁省班至今風采照金鑾縱橫筆陣千人廢浩蕩辭源萬頃寬落紙煙雲紛態度照人冰玉峙高寒從容坐嘯香凝寢說與賓僚拭目觀

又

西顥司辰素商紀節涓日初開於莫府肆筵式奉於皇華恭惟某官節槩清真風規簡亮過眼不再盡讀

五車之書落筆可驚早冠萬人之勇文久傳於後學名疑觀於昔賢凜臺柏之生風煥使星之下燭繡衣持斧威聲方肅於列城豹尾屬車趣召行參於法從某官爰開燕豆款奉談犀畫棟珠簾納九秋之爽氣金樽玉酒醉一道之歡聲仰對台堦敢陳口號

涼月參差白露漙請看賓主罄清歡麟符玉節交相暎鳳竹鸞絲殊未闌百穀方登倉庾足七州無事里閭安樽前莫惜山頹玉四者能兼自古難

渭南文集卷第四十二

渭南文集目錄

卷第四十三

渭南文集卷第四十三

入蜀記

乾道五年十二月六日得報差通判夔州方久病未堪遠役謀以夏初離鄉里

六年閏五月十八日晚行夜至法雲寺兄弟餞別五鼓始決去

十九日黎明至柯橋館見送客巳時至錢清食亭中涼爽如秋與諸子及送客步過浮橋橋堅好非昔比亭亦華潔皆史丞相所建也申後至蕭山縣憩夢筆驛驛在覺苑寺旁世傳寺乃江文通舊居也有大碑葉道卿文寺額及佛殿榜皆沈睿達所書有碑亦睿達書尤精古又有毗陵人戚舜臣所畫水蓋佛後壁大壁也卒然見之覺濤瀾洶湧可駭前輩或謂之死水過矣縣丞權縣事紀旬尉曾槃來曾原伯逢招飲於其子槃廨中二鼓歸原伯復

來共坐驛門月如晝極涼四鼓解舟行至西興鎮

二十日黎明渡江江平無波少休仙林寺寺僧爲開館設湯飲遂買小舟出北關登漕司所假舟於紅亭稅務之西夜無蚊

二十一日省三兄

二十二日至二十四日皆留兄家

二十五日晚葉夢錫侍郎衡招飲案間設礬山數盆望之如雪

二十六日晚芮國器司業曄招飲同集仲高兄詹道子大著亢宗張叔潛編修淵坐中國器云頃在廣東作漕有提舉茶鹽石端義者性殘忍每捕官吏繫獄輒以石鹽木枷枷之蓋木之至堅重者每曰木名石鹽天生此爲我用也其後石坐罪竟荷挍云

二十七日

二十八日同仲高出闇門買小舟泛西湖至長橋寺

予不至臨安八年矣湖上園苑竹樹皆老蒼高柳造天僧寺益葺而舊交多已散去或貴不復相通爲之絶歎

二十九日沈持要檢正樞招飲邂逅趙德莊少卿彦端晩出湧金門並湖繞城至舟中

三十日

六月一日早移舟出閘幾盡一日始能出三閘船舫櫛比熱甚午後小雨熱不解泊羅場前

二日禺中解舟鄉僕來言鄉中閔雨村落家家車水比連三年頗稔今春父老言占歲可憂不知終何如也過赤岸班荆館小休前亭班荆者北使宿頓及賜燕之地距臨安三十六里晩急雨頗涼宿臨平臨平者太師蔡京葬其父準於此以錢塘江爲水會稽山爲案山形如駱駝葬於駝之耳而築墖於駝之峯蓋葬師云駝負重則行遠也然東坡先生樂府固已云誰似臨平山上墖亭亭迎客西來

送客行則臨平有墖亦久矣當是蔡氏葬後增築
或遷之耳京責太子少保制云託祝聖而飾臨平
之山是也夜半解舟
三日黎明至長河堰亦小市也魚蟹甚富午後至秀
州崇德縣縣令右從政郎吳道夫丞右承直郎李
植監秀州都稅務右從政郎章湜來舊聞戴子微
云崇德有市人吳隱忽棄家寓旅邸終日默坐一
室室中惟一臥榻客至共坐榻上或載酒過之亦
不拒清談竟日隱初不學問至是閒與人言易數
皆造精微亦能先知人吉凶壽夭見者莫能測也
因見吳令問之云皆信然今徙居村落間矣是晚
行十八里宿石門火雲如山明日之熱可知也
四日熱甚午後始稍有風晚泊本覺寺前寺故神霄
宮也廢於兵火建炎後再脩今猶甚草創寺西廡
有蓮池十餘畝飛橋小亭頗華潔池中龜無數聞
人聲皆集駢首仰視兒曹驚之不去亭中有小碑

乃郭功甫元祐中所作醉翁操後自跋云見子瞻所作未工故賦之亦可異也

五日早抵秀州見通判權郡事右通直郎朱自求員外通判右承事郎直祕閣趙師夔方務德侍郎滋務德留飯飯罷還舟小憩極熱謁樊自強主管樊自牧教授賡抑皆茂實吏部子聞人伯卿教授阜民茂德删定子二樊居城外居第頗壯茂實晚歲所築尚未成也隔水有小園竹樹脩茂荷池渺瀰可喜池上有堂曰讀書堂遊寶華尼寺拜宣公祠堂有碑鞅壞磨滅之餘時時可讀蘇州刺史于頔書大略言祕書監陸公齊望始作尼寺於此其後灞澾澧兄弟又新之後又有賢妹字意者陸氏嘗有女子爲尼云云然不言宣公所以有祠者家譜澧賴此證誤諱灞者則宣公之父也老尼妙濟大師法淳及其弟子居白留啜茶且言方新祠堂也移舟北門宣化亭晚復過務德飯

六日右奉議郎新通判荆南呂援來援字彥能進士閩人綱來綱字伯紀方務德館客自言識毛德昭德昭名文衢州江山縣人居於秀予兒時從之甚久德昭極苦學中年不幸病盲而卒無子綱言其盲後猶終日危坐默誦六經至數千言不已可哀也赴郡集於倅廨中坐花月亭有小碑乃張先子野雲破月來花弄影樂章云得句於此亭也晚赴方夷吾導之集於陳大光縣丞家二樊呂倅皆在大光字子充瑩中諫議孫居第潔雅末利花盛開

七日早遍辭諸人赴方務德素飯晚移舟出城泊禾興館前館亦頗閎壯終日大雨不止招姜醫視家人及綯

八日雨霽極涼如深秋遇順風舟人始張帆過合路居人繁夥賣鮓者尤衆道旁多軍中牧馬運河水泛溢高於近村地至數尺兩岸皆車出積水婦人兒童竭作亦或用牛婦人足踏水車手猶績麻不

置過平望遇大雨暴風舟中盡溼少頃霽止宿八尺閘行舟有覆溺者小舟叩舷賣魚頗賤蚊如蠭蠆可畏

九日晴而風舟人懲昨夕狼狽不敢解舟日高方行自至崇德行大澤中至此始望見震澤遠山午間至吳江縣渡松江風極靜癯庵竹樹益茂而主人死矣知縣右承議郎管銑尉右迪功郎周郊來縣治有石刻曾文清公漁具圖詩前知縣事柳楹所刻也漁具比松陵倡和集所載又增十事云託周尉招醫鄭端誠爲統紬胗脈皆病暑也市中賣魚鮓頗珍晚解舟中流回望長橋層塔煙波渺然真若圖畫宿尹橋登橋觀月

十日至平江以疾不入泓城過盤門望武丘樓塔正如吾鄉寶林爲之慨然宿楓橋寺前唐人所謂半夜鐘聲到客船者

十一日五更發楓橋曉過滸墅居人極多至望亭小

憩自是夾河皆長岡高壟多陸種菽粟或灌木叢
篠氣象窘隘非楓橋以東比也近無錫縣始稍平
曠夜泊縣驛近邑有錫山出錫漢末讖記云有錫
天下兵無錫天下清有錫天下爭無錫天下寧至
今錫見輒揜之莫敢取者
十二日早謁喻子材郎中樗子材來謝以兩夫荷轎
不持胡床手自授謁云知縣右奉議郎吳澧來晚
行夜四鼓至常州城外
十三日早入常州泊荊谿館夜月如晝與家人步月
驛外絅始小愈
十四日早見知州右朝奉大夫李安國通判右朝奉
郎蔣誼員外倅左朝散郎張堅堅文定公綱之子
教授左文林郎陳伯達員外教授左從政郎沈瀛
司戶右從政郎許伯虎來伯達字兼善瀛字子壽
皆未識子壽仍出近文一卷伯虎字子威余兒時
筆硯之舊也至東嶽廟觀古檜數百年物也又小

憩崇勝寺納涼遂解舟甲夜過犇牛閘宋明帝遣沈懷明擊孔覬至犇牛築壘卽此也閘水湍激有聲甚壯遂抵呂城閘自祖宗以來天下置堰單止四處而呂城及京口二閘在焉

十五日早過呂城閘始見獨轅小車過陵口見大石獸偃仆道傍已殘缺蓋南朝陵墓齊明帝時王敬則反至陵口慟哭而過是也余頃嘗至宋文帝陵道路猶極廣石柱承露盤及麒麟辟邪之類皆在柱上刻太祖文皇帝之神道八字又至梁文帝陵文帝武帝父也亦有二辟邪尚存其一爲藤蔓所纏若縶縛者然陵已不可識矣其旁有皇業寺蓋史所謂皇基寺也疑避唐諱所改二陵皆在丹陽距縣三十餘里郡士蔣元龍子雲謂予曰毛達可作守時有賣黃金石榴來禽者疑其盜捕得之果發梁陵所得夜抵丹陽古所謂曲阿或曰雲陽謝康樂詩云朝日發雲陽落日到朱方蓋謂此也

十六日早發丹陽汲玉乳井水井在道旁觀音寺名
列水品色類牛乳甘冷熨齒井額陳文忠公所作
堆玉八分也寺前又有練光亭下闞練湖亦佳境
距官道甚近然過客罕至是日見夜合花方開故
山開過已月餘氣候不齊如此過夾岡有二石人
植立岡上俗謂之石翁石媪其實亦古陵墓前物
自京口抵錢塘梁陳以前不通漕至隋煬帝始鑿
渠八百里皆闊十丈夾岡如連山蓋當時所積之
土朝廷所以能駐蹕錢塘以有此渠耳汴與此渠
皆假手隋氏而爲吾宋之利豈亦有數邪過新豐
小憩李太白詩云南國新豐酒東山小妓歌又唐
人詩云再入新豐市猶聞舊酒香皆謂此非長安
之新豐也然長安之新豐亦有名酒見王摩詰詩
至今居民市肆頗盛夜抵鎮江城外是日立秋
十七日平旦入鎮江泊船西驛見知府右朝散郎直
祕閣蔡洸子平都統慶遠軍節度使成閔通判右

朝奉大夫章汶右朝奉郎陶之真府學教授左文林郎熊克總領司幹辦公事右承奉郎史彌正端叔

十八日右奉議郎簽書節度判官廳公事葛郇觀察推官右文林郎徐務滋司戶參軍左迪功郎楊冲焦山長老定圓甘露長老化昭來

十九日金山長老寶印來字坦叔嘉州人言自峽州以西灘不可勝計白傅詩所謂白狗到黃牛灘如竹節稠是也赴蔡守飲於丹陽樓熱特甚堆冰滿坐了無涼意蔡自點茶頗工而茶殊下同坐熊教授建寧人云建茶舊雜以米粉復更以薯蕷兩年來又更以楮芽與茶味頗相入且多乳惟過梅則無復氣味矣非精識者未易察也申後移舟出三閘至潮閘而止

二十日遷入嘉州王知義船微雨極涼

二十一日

二十二日郡集衞公堂後圃比舊唯增染香亭飲半
登壽丘普照寺終宴壽丘者宋高祖宅有故井尚
存寺本名延慶隆興中復泗州有普照寺僧奉僧
伽像來歸寓焉因賜名普照寺僑置僧伽道場東
望京山連亘抱合勢如繚牆官寺樓觀如畫西闞
大江氣象極雄偉也
二十三日至甘露寺飯僧甘露蓋北固山也有狠石
世傳以爲漢昭烈吳大帝嘗據此石共謀曹氏石
亡已久寺僧輒取一石充數游客摩挲太息僧及
童子輩往往竊笑也拜李文饒祠登多景樓樓亦
非故趾主僧化昭所築下臨大江淮南草木可數
登覽之勝實過於舊邂逅左迪功郎新太平州教
授徐容容字子公泉州人此山多峭崖如削然皆
土也國史以爲石壁峭絶誤矣
二十四日
二十五日早以一豨壺酒謁英靈助順王祠所謂下

元水府也祠屬金山寺寺常以二僧守之無他祝史然牓云賽祭豬頭例歸本廟觀者無不笑初紹興末元顏亮入寇樞密葉公審言督視大軍守江禱於水府祠請事平奏加帝號既而不果隆興中虜再入有近臣申言之議者謂四瀆止封王水府不應在四瀆上乃但加美稱而已廟中遇武人王秀自言博州人年五十一元顏亮寇邊時自河朔從義軍攻下大名以待王師既歸朝不見録且自言孤遠無路自通噓欷不已是晚欲出江舟人詞以潮不應遂宿江口

二十六日五鼓發船是日舟人始伐鼓遂游金山登玉鑑堂妙高臺皆窮極壯麗非昔比玉鑑蓋取蘇儀甫詩云僧於玉鑑光中坐客蹋金鼇背上行儀甫果終於翰苑當時以爲詩讖新作寺門亦甚雄翟耆年伯壽篆額然門乃不可泊舟凡至寺中者皆由雄跨閣長老寶印言舊額仁宗皇帝御飛白

張之則風波洶湧蛟鼉出沒遂藏之寺閣今不復存矣印住山近十年興造皆其力寺有兩壇本曾子宣丞相用西府俸所建以薦其先者政和中寺爲神霄宮道士乃去壇上相輪而屋之謂之鬱羅霄臺至是五十餘年印始復爲壇且增飾之工尚未畢山絶頂有吞海亭取毛吞巨海之意登望尤勝每北使來聘例延至此亭烹茶金山與焦山相望皆名藍每爭雄長焦山舊有吸江亭最爲佳處故此名吞海以勝之可笑也夜風水薄船鞺鞳有聲

二十七日留金山極涼冷印老言蜀中梁山軍鷺鷥爲天下第一

二十八日夙興觀日出江中天水皆赤眞偉觀也因登雄跨閣觀二島左曰鶻山舊傳有栖鶻今無有右曰雲根島皆特起不附山俗謂之郭璞墓奉使金國起居郎范至能至山遣人相招食於玉鑑堂

至能名成大聖政所同官相别八年今借資政殿大學士提舉萬壽觀侍讀爲金國祈請使云午間過瓜洲江平如鏡舟中望金山樓觀重複尤爲鉅麗中流風雷大作電影騰掣止在江面去舟財丈餘急繫纜俄而開霽遂至瓜洲自到京口無蚊是夜蚊多始復設幮

二十九日泊瓜洲天氣澄爽南望京口月觀甘露寺水府廟皆至近金山尤近可辨人眉目也然江不可横絶放舟稍西乃能達故渡者皆遲回久之舟人以帆弊往姑蘇買帆是日方至檣高五丈六尺帆二十六幅　兩日間閱往來渡者無慮千人大抵多軍人也夜觀金山塔燈

渭南文集卷第四十三

渭南文集目錄

卷第四十四

珍做宋版郑

渭南文集卷第四十四

入蜀記

七月一日黎明離瓜洲便風掛颿晚至真州泊鑒遠亭州本唐揚州揚子縣之白沙鎭楊溥有淮南徐温自金陵來覲溥於白沙因改曰迎鑾鎭或謂周世宗征淮時諸將嘗於此迎謁非也國朝乾德中升爲建安軍祥符中建玉清昭應宮即軍之西北小山置冶鑄玉皇聖祖太祖太宗四聖像旣成遣丁謂李宗諤爲迎奉使副至京車駕出迎肆赦建軍曰真州而於故冶築儀真觀政和中修九域圖志又名曰儀真郡舊以水陸之衝爲發運使治所今廢

二日見知州右朝奉郎王察市邑官寺比數年前頗盛攜統游東園園在東門外里餘自建炎兵火後廢壞滌地漕司租與民歲入錢數千昔之閎壯巨

麗復爲荆棘荒墟之地者四十餘年乃更葺爲園
以記考之惟清醼堂拂雲亭澄虛閣麤復其舊與
右之清池北之高臺尚存若所謂流水横其前者
湮塞僅如一帶而百畝之園廢爲蔬畦者尚過半
也可爲太息登臺望下蜀諸山平遠可愛裴回久
之過報恩光孝寺少留辛巳之變儀真焚蕩無餘
而此寺獨存堂中僧百人長老妙端常州人
三日右迪功郎監稅務聞人堯民來堯民茂德刪定
之兄子以恩科入官北山永慶長老藴常來郡集
於平易堂遍游澄瀾閣快哉亭遂至壯觀以歸壯
觀舊有米元章所作賦石刻今亡矣初問王守儀
真觀去城遠近云在城南里許方恠與國史異既
歸亟往游則信城南也有老道士出迎年七十餘
自言廬州人能述儀真本末云舊觀實在城西北
數里小土山之麓祥符所鑄乃金銅像并座高三
丈以黄麾全仗道門幢節迎赴京師皆與國史合

故當時樂章曰范金肖像中嚴奉宮館狀羣飛萬靈拱衞瑞煙披堤柳映黃麾道士又言賜號瑞應福地則史所不載也今所謂儀眞觀者昔黃冠入城休憩道院耳晚大風舟人增纜

四日風便解纜挂帆發眞州岸下舟相先後發者甚衆煙帆映山縹緲如畫有頃風愈厲舟行甚疾過瓜步山山蜿蜒蟠伏臨江起小峯頗巉峻絕頂有元魏太武廟廟前大木可三百年一井已眢傳以爲太武所鑿不可知也太武以宋文帝元嘉二十七年南侵至瓜步建康戒嚴太武鑿瓜步山爲蟠道於其上設氈廬大會羣臣疑卽此地王文公詩所謂叢祠瓜步認前朝是也梅聖俞題廟云魏武敗忘歸孤軍駐山頂按太武初未嘗敗聖俞誤以佛貍爲曹瞞耳山出瑪瑙石多虎豹害人往時大將劉寶每募人捕虎於此周世宗伐南唐齊王景達自瓜步渡江距六合二十里設柵亦此地也入

夾行數里沿岸園疇衍沃廬舍竹樹極盛大抵多長蘆寺莊出夾望長蘆樓墖重複自江淮兵火官寺民廬莫不殘壞獨此寺之盛不減承平至今日常數百衆江面渺瀰無際殊可畏李太白詩云維舟至長蘆目送煙雲高是也晚泊竹篠港有居民二十餘家距金陵三十里

五日大風將曉覆衾晨起淒然如莫秋過龍灣浪湧如山望石頭山不甚高無峭立江中繚繞如垣牆凡舟皆由此下至建康故江左有變必先固守石頭真控扼要地也自新河入龍光門城上舊有賞心亭白鷺亭在門右近又創二水亭在門左誠爲壯觀然賞心爲二亭所蔽頗失往日登望之勝泊秦淮亭說者以爲鍾阜艮山得庚水爲宗廟水秦鑿淮本欲破金陵王氣然庚水反爲吉天下事信非人力所能勝也見留守右朝請大夫祕閣修撰唐瑑通判右朝散郎潘恕建康行宮在天津橋

北橋琢青石爲之頗精緻意其南唐之舊也晚小
雨右文林郎監大軍倉王烜來王言京口人用七
月六日爲七夕蓋南唐重七夕而常以帝子鎮京
口六日輒先乞巧翌日馳入建康赴內燕故至今
爲俗云然塡太宗皇帝時嘗下詔禁以六日爲七
夕則是北俗亦如此此說恐不然

六日見左朝散大夫太府少卿總領兩淮財賦沈夏
武泰軍節度使建康諸軍都統郭振右宣教郎知
江寧縣何作善右文林郎觀察推官褚意來作善
字百祥意字誠叔晚見秦伯和侍郎伯和名□故
相益公檜之孫延坐畫堂棟宇閎麗前臨大池池
外卽御書閣蓋賜第也家人病創託何令招醫劉
仲寶視脈

七日早遊天慶觀在冶城山之麓地理家以爲此山
脈絡自蔣山來不可知也吳晉間城壘大抵多因
山爲之觀西有忠烈廟卞壼廟也以憖紹及壼二

子昐盱配食紹死於惠帝時在壺前且非江左事
而以配壺非也廟後叢木甚茂傳以爲壺墓墓東
北又有亭頗疎豁曰忠孝亭亭本南唐忠貞亭後
避諱改焉忠貞壺謚今曰忠孝則幷以其二子死
父難也雲堂道士陳德新字可久姑蘇人頗開敏
相從登覽久之遂出西門游清涼廣慧寺寺距城
里餘據石頭城下臨大江南直牛頭山氣象甚雄
然壞於兵火舊有德慶堂在法堂前堂榜乃南唐
後主撮襟書石刻尚存而堂徙於西偏矣又有祭
悟空禪師文曰保大九年歲次辛亥九月皇帝以
香茶乳藥之奠致祭於右街清涼寺悟空禪師按
南唐元宗以癸卯歲嗣位改元保大當晉出帝之
天福八年至辛亥實保大九年當周太祖之廣順
元年則祭悟空者元宗也建康志以爲後主非是
長老寶餘楚州人留食贈德慶堂榜墨本食已同
登石頭西望宣化渡及歷陽諸山真形勝之地若

異時定都建康則石頭當仍爲關要或以爲今都
城徙而南石頭雖守無益蓋未之思也惟城既南
徙秦淮乃横貫城中六朝立栅斷航之類緩急不
可復施然大江天險都城臨之金湯之勢比六朝
爲勝豈必依淮爲固邪左迪功郎新湖州武康尉
劉煒右迪功郎監比較務李膺來煒秦伯和館客
也言秦氏衰落可念至屢典質生產亦薄問其歲
入幾何曰米十萬斛耳
八日晨至鍾山道林真覺大師墖焚香墖在太平興
國寺上寶公所葬也墖中金銅寶公像有銘在其
膺蓋王文公守金陵時所作僧言古像取入東都
啓聖院祖宗時每有祈禱啓聖及此墖皆設道場
考之信然墖西南有小軒曰木末其下皆大松髯
甲夭矯如蛟龍往往數百年物木末蓋後人取王
文公詩木末北山雲冉冉之句名之建康志謂公
自命此名非也墖後又有定林菴舊聞先君言李

伯時畫文公像於菴之昭文齋壁著帽束帶神彩如生文公沒齋常扃閉遇重客至寺僧開戶客忽見像皆驚聳覺生氣逼人寫照之妙如此今菴經火尺椽無復存者予乙酉秋嘗雨中獨來遊留字壁間後人移刻崖石讀之感歎蓋已五六年矣歸途過半山少留半山者王文公舊宅所謂報寧禪院也自城中上鍾山此爲中途故曰半山殘毀尤甚寺西有土山今謂之培塿亦後人取文公詩所謂溝西顧丁壯擔土爲培塿名之也寺後又有謝安墩文公詩云在冶城西北卽此是也

九日至保寧戒壇二寺保寧有鳳皇臺攬輝亭臺有李太白詩云三山半落青天外二水中分白鷺洲今已廢爲大軍甲仗庫惟亭因舊趾重築亦頗宏壯寺僧言亭牓本朱希真隸書已爲俗子易之法堂後有片石瑩潤如黑玉乃宋子嵩詩題云鳳臺山亭子陳獻司空鄉貢進士宋齊丘司空者徐知

誥也後改姓名曰李昪是爲南唐烈祖而齊丘爲
大臣後又有題字云昪元三年奉勅刻石蓋烈祖
既有國追念君臣相遇之始而表顯之昪齊丘雖
皆不足道然當攘奪分裂橫潰之時其君臣相遇
不如是亦不能粗成其功業也戒壇領曰崇勝戒
壇寺古謂之瓦棺寺有閣因岡阜其高十丈李太
白所謂鍾山對北戶淮水入南榮者又橫江詞一
風三日吹倒山白浪高於瓦棺閣是也南唐後主
時朝廷遣武人魏丕來使南唐意其不能文卽宴
於是閣因求賦詩丕攬筆成篇末句云莫教雷雨
損基扃後主君臣皆失色及南唐之士爲吳越兵
所焚國朝承平二百年金陵爲太府寺觀競以崇
飾土木爲事然閣終不能復紹興中有北僧來居
講惟識百法論誓復興造求偉材於江湖間事垂
集者屢矣會建宮闕有司往往輒取之僧不以此
動心愈益經營卒成廬舍那閣平地高七丈雄麗

冠於江東舊閣基相距無百步今廢爲軍營秦伯
和遣醫柴安恭來視家人瘡柴邢州龍岡人曉褚
誠叔來誠叔嘗爲福州閩清尉獲盜應格當得京
官不忍以人死爲己利辭不就至今在選調又有
爲它邑尉者亦獲盜營賞甚力卒得京官將解去
入郡過刑人處輒掩目大呼數日神志方定後至
他郡見通衢有石幢問此何爲從者曰法場也亦
大駭叫呼幾墜車自此所至皆迂道以避刑人之
地人之不可有媿於心如此移舟泊賞心亭下秦
伯和送藥
十日早出建康城至石頭得便風張帆而行然港淺
而狹行亦甚緩宿大城岡金陵岡隴重複如梅嶺
岡石子岡岡佘讀如蛇婆岡尤其著者也居民數十家
亦有店肆
十一日早出夾行大江過三山磯烈洲慈姥磯采石
鎮泊太平州江口謝玄暉登三山還望京邑李太

白登三山望金陵皆有詩凡山臨江皆曰磯水湍急篙工併力撐之乃能上然今年閏餘秋旱水落已數尺矣則盛夏可知也三山自石頭及鳳皇臺望之杳杳有無中耳及過其下則距金陵財五十餘里晉伐吳王濬舟師過三山王渾要濬議事濬舉帆曰風利不得泊卽此地也是日便風擊鼓挂帆而行有兩大舟東下者阻風泊浦漵見之大怒頓足詬罵不已舟人不答但撫掌大笑鳴鼓愈厲作得意之狀江行淹速常也得風者矜而阻風者怒可謂兩失之矣世事蓋多類此者記之以寓一笑烈洲在江中上有小山曰烈山草木極茂密有神祠在山巔慈姥磯磯之尤巉絕峭立者徐師川有慈姥磯詩序云磯與望夫石相望正可爲的對而詩人未嘗挂齒牙故其詩云離鸞只說閨中恨舐犢誰知目下情然梅聖俞護母喪歸宛陵發長蘆江口詩云南國山川都不改傷心慈姥舊時磯

師川偶志之耳聖俞又有過慈姥磯下及慈姥山石崖上竹鞭詩皆極高奇與此山稱采石一名牛渚與和州對岸江面比瓜洲爲狹故隋韓擒虎平陳及本朝曹彬下南唐皆自此渡然微風輒浪作不可行劉賓客云蘆葦晚風起秋江鱗甲生王文公云一風微吹萬舟阻皆謂此磯也磯卽南唐樊若氷獻策作浮梁渡王師處初若氷不得志於李氏詐祝髮爲僧廬於采石山鑿石爲竅及建石浮圖又月夜繫繩於浮圖棹小舟急渡引繩至江北以渡江面既習知不謬卽亡走京師上書其後王師南渡浮梁果不差尺寸予按隋煬帝征遼蓋嘗用此策渡遼水造三浮橋於西岸既成引趨東岸橋短丈餘不合隋兵赴水接戰高麗乘岸上擊之麥鐵杖戰死始歛兵引橋復就西岸而更命何稠接橋二日而成遂乘以濟然隋終不能平高麗國朝遂下南唐者實天意也若氷何力之有方若氷

之北走也江南皆知其獻南征之策或請誅其母妻李煜不敢但羈置池州而已其後若氷自陳母妻在江南朝廷命煜護送煜雖憤切終不敢違厚遺而遣之然若氷所鑿石竅及石浮圖皆不毀王師卒用以繫浮梁則李氏君臣之暗且怠亦可知矣雖微若氷有不亡者乎張文潛作平江南議謂當縛若氷送李煜使甘心焉不然正其叛主之辠而誅之以示天下豈不偉哉文潛此說實天下正論也予自金陵得疾是日方小愈尚未能食夜雨

十二日早移舟泛姑熟溪五里泊閱武亭初詢舟人云江口泊船處距城二十里須步乃可入及至閱武乃止在城闉之外徽猷閣直學士左朝請郎知州周元特操聞予病與醫郭師顯俱來視疾自都下相别迨今八年矣太平州本金陵之當塗縣周世宗時南唐元宗失淮南僑置和州於此謂之新和州改爲雄遠軍國朝開寶八年下江南改爲平

南軍然獨領當塗一邑而已太平興國二年遂以爲州且割蕪湖繁昌來屬而治當塗與興國軍同時建置故分紀年以名之

十三日通判右朝請郎葉棽員外通判左朝奉郎錢同仲耕軍事判官左文林郎趙子覞知當塗縣右通直郎王權來午後入州見元特呼郭醫就坐間爲予切脈且議所用藥州正據姑熟溪北土人但謂之姑溪水色正綠而澄澈如鏡纖鱗往來可數溪南皆漁家景物幽奇兩浮橋悉在城外其一通宣城其一可至浙中姑熟堂最號得溪山之勝適有客寓家其間故不得至又有一酒樓登望尤佳皆城之南也往時溪流分一支貫城中湮塞已久近歲嘗浚治然惟春夏之交暫通今七月已絕流矣李太白集有姑熟十詠予族伯父彥遠嘗言東坡自黃州還過當塗讀之撫手大笑曰贋物敗矣豈有李白作此語者郭功父爭以爲不然東坡又

笑曰但恐是太白後身所作耳功父甚慍蓋功父少時詩句俊逸前輩或許之以爲太白後身功父亦遂以自負故東坡因是戲之或曰十詠及歸來乎笑矣乎僧伽歌懷素草書歌太白舊集本無之宋次道再編時貪多務得之過也

十四日晚晴開南窗觀溪山溪中絕多魚時裂水面躍出斜日暎之有如銀刀垂釣挽罟者彌望以故價甚賤僮使輩日皆饜飫土人云此溪水肥宜魚及飲之水味果甘豈信以肥故多魚邪溪東南數峯如黛蓋青山也

十五日早州學教授左文林郎吳博古敏叔員外教授左文林郎楊愐信伯來飯已遊黃山東嶽廟廣福寺遂登淩歊臺嶽廟棟宇頗盛本謂之黃山大監廟大監者不知何神蓋淫祠也今既爲嶽廟而大監反寓食廡下廣福本壽聖寺以紹興壬午詔書改額敗屋二十餘間殘僧三四人蕭然如古驛

主僧惠明温州平陽人淩歊臺正如鳳皇雨花之類特因山巔名之宋高祖所營面勢虛曠高出氛埃之表南望青山龍山九井諸峯如在几席龍山即孟嘉登高落帽處九井山有桓玄僭位壇稍西江中二小山相對〻云東梁西梁也北戸臨和州新城樓櫓歷歷可辨蓋自絕江至和州財十餘里李太白有黃山淩歊臺送族弟泛舟赴華陰詩即此地也臺後有一墖墖之後又有亭曰懷古〻云余初至當塗飲姑孰溪水喜其甘滑已而遍飲城中水皆甘蓋泉脈佳也

十六日郡集於道院歷遊城上亭榭有坐嘯亭頗宜登覽城濠皆植荷花是夜月白如晝影入溪中搖蕩如玉墖始知東坡玉墖臥微瀾之句爲妙也

渭南文集卷第四十四

渭南文集目錄

卷第四十五

渭南文集卷第四十五

入蜀記

十七日郡集於青山李太白祠堂二教授同集祠在青山之西北距山尚十五里墓在祠後有小岡阜起伏蓋亦青山之別支也祠莫知其始有唐劉全白所作墓碣及近歲張真甫舍人所作重修祠碑太白烏巾白衣錦袍又有道帽氅裘侑食於側者郭功甫也早飯罷遊青山山南小市有謝玄暉故宅基今爲湯氏所居南望平楚極目而環宅皆流泉奇石青林文篠真佳處也遂由宅後登山路極險巇凡三四里有兩道人持湯飲迎勞於松石間又里許至一菴老道人出迎年七十餘姓周濰州人居此山三十年顴頰如丹鬚鬢無白者又有李媪八十矣耳目聰明談笑不衰自言嘗得異人祕訣菴前有小池曰謝公池池水味甘冷雖盛夏不竭

絶頂又有小亭亦名謝公亭下視四山如蛟龍奔放爭赴川谷絶類吾鄉舜山但舜山之巔豐沃夷曠無異平陸此所不及也亭北望正對歷陽周生言元顏亮入寇時戰鼓之聲震於山中云云夜歸舟次已一鼓盡矣坐間信伯言桓溫墓亦在近郊有石獸石馬製作精妙又有碑悉刻當時車馬衣冠之類極可觀恨不一到也

十八日小雨解舟出如熟溪行江中江溪相接水清濁各不相亂挽行夾中三十里至大信口泊舟蓋自此出大江須風便乃可行往往連日阻風雨小山夾江卽東梁西梁一名天門山李太白詩云云兩岸青山相對出孤帆一片日邊來王文公詩云云崔嵬天門山江水遶其下梅聖俞云云東梁如仰蠶西梁如浮魚徐師川云云南人北人朝莫船東梁西梁今古山皆得句於此也水濱小兒賣菱芡蓮藕者甚衆夜行堤上觀月大信口歐陽文忠公于役志

謂之帶星口未詳孰是于役志蓋謫夷陵時所著
也
十九日便風過大小褐山磯奇石巉絕漁人依石挽
罾宛如畫圖間所見過梟磯在大江中聳拔特起
有道士結廬其上政和中賜名寧淵觀舊説梟磯
有梟能害人故得名方郡縣奏乞觀額時惡其名
因曰磯在水中水常沃石故曰澆磯今觀屋亦二
十餘間然止一道人居之相傳有二人則其一輒
死故無敢往者至蕪湖縣泊舟吴波亭知縣右通
直郎呂昭問來按漢丹陽郡有蕪湖縣吴陸遜屯
蕪湖又杜預注春秋楚子伐吴克鳩茲亦云在蕪
湖至東晉乃改名于湖不知所自王敦反屯于湖
今故城尚存又有玩鞭亭亦當時遺迹唐温飛卿
有湖陰曲敍其事近時張文潛以爲晉書所云帝
至于湖陰察營壘當以于湖爲句飛卿蓋誤讀也
作于湖曲以反之劉夢得歷陽書事詩敍道中事

云望夫人化石夢帝日環營蓋夢得自夔州移牧歷陽過此邑也邑人云數年前邑境有盜發大墓棺槨已壞得鏡及刀劍之屬甚衆甃塼有大將軍墓四字或疑爲敦墓云

二十日寧國太平縣主簿左迪功郎陳炳來見泛小舟往謝之則寓寧淵觀下院以提刑司檄來督大禮錢帛寧淵在梟磯隔大江故置下院於近邑道流十餘壇宇像設甚盛有觀主何守誠者今選居太一宮矣炳字德先婺州義烏人自言其從姑得道徽宗朝賜號妙靜練師結廬葛仙峯下平生不火食惟飲酒啗生果爲人言禍福死生無毫釐差每風日清和時輒掩關獨處或於戶外竊聽之但聞若二嬰兒聲或歌或笑往往至中夜方止莫有能測者年九十正旦自言四月八日當遠行果以是日坐逝每爲德先言汝有仙骨當遇異人後因得疾委頓有皖山徐先生來餌以藥即日疾平徐

因留教以絶粒訣德先父母方望其成名固不許然自是絶滋味日食淡湯餅及飯而已如此者六年益覺身輕能日行二百里會中第娶妻復近葷血徐遂告別臨行語德先曰汝二紀後當復從我究此事德先送至谿上方呼舟欲渡徐褰裳疾行水上而去呼之不復應德先至今悵恨有棄官入灊皖之意予遂遊東寺登王敦城以歸城並大江氣象宏敞邑出綠毛龜就船賣者不可勝數將午解舟過三山磯磯上新作龍祠有道人半醉立蘚崖峭絶處下觀行舟望之使人寒心亦奇士也江中江豚十數出沒色或黑或黄俄又有物長數尺色正赤類大蜈蚣奮首逆水而上激水高三二尺殊可畏也宿過道口

二十一日過繁昌縣南唐所置初隸宣城及置太平州復割隸焉晚泊荻港散步堤上遊龍廟有老道人守之台州仙居縣人自言居此十年日伐薪二

東賣之以自給雨雪則從人乞未嘗他營也又至
一菴僧言隔港即銅陵界遠山嶄然臨大江者即
銅官山太白所謂我愛銅官樂千年未擬還是也
恨不一到最後至鳳凰山延禧觀觀廢於兵燼者
四十餘年近方興葺羽流五六人觀主陳廷瑞婺
州義烏縣人言此古青華觀也有趙先生荻港市
中人父賣茗先生幼名王九年十三疾亟父抱詣
青華願使入道是夕先生夢老人引之登高山謂
曰我陰翁也出栢枝啗之及覺遂不火食後又夢
前老人教以天篆數百字比覺悉記不遺太宗皇
帝召見度爲道士賜冠簡易名自然給裝錢遣還
遂爲觀主祥符間再召至京師賜紫衣改青華頟
曰延禧先生懇求還山養母得歸一日無疾而逝
門人葬之山中行半途棺忽大重不可舉其母曰
吾兒必有異命發棺果空無尸惟劍履在耳遂即
其處葬之今塚猶在謂之劍塚自然國史有傳大

槩與廷瑞言頗合惟劍塚一事無之荻港蓋繁昌小墟市也歸舟已夜矣

二十二日過大江入丁家洲夾復行大江自離當塗風日清美波平如席白雲青嶂遠相映帶終日如行圖畫殊忘道途之勞也過銅陵縣不入晚泊水洪口江湖間謂分流處爲洪王文公詩云東江木落水分洪是也

二十三日過陽山磯始見九華山九華本名九子李太白爲易名太白與劉夢得皆有詩而劉至以爲可兼太華女几之奇秀南唐宋子嵩辭政柄歸隱此山號九華先生封青陽公由是九華之名益盛惟王文公詩云盤根雖巨壯其末乃脩纖最極形容之妙大抵此山之奇在脩纖耳然無含蓄敦大氣象與廬阜天台異矣岸傍荻花如雪舊見天井長老彥威云廬山老僧用此絮紙衣威少時在惠日亦爲之佛燈珣禪師見而大嗔云汝少年輒求

温暖如此此豈有心學道邪退而問兄弟則堂中百人有荻花衣者財三四皆年七十餘矣威愧恐亟除去泊梅根港巨魚十數色蒼白大如黃犢出沒水中每出水輒激起沸白成浪真壯觀也
二十四日到池州泊稅務亭子州唐置南唐嘗爲康化軍節度今省又嘗割青陽隸建康今復故惟所置銅陵東流二縣及改秋浦爲貴池今因之蓋南唐都金陵故當塗蕪湖銅陵繁昌廣德青陽并江寧上元溧陽溧水句容凡十一縣皆隸畿內今建康爲行都而畿有江寧等五邑有司所當議也李太白往來江東此州所賦尤多如秋浦歌十七首及九華山清溪白笴陵玉鏡潭諸詩是也秋浦歌云秋浦長似秋蕭條使人愁又曰兩鬢入秋浦一朝颯已衰猨聲催白鬢長短盡成絲則池州之風物可見矣然觀太白此歌高妙乃爾則知姑孰十詠決爲贋作也杜牧之池州諸詩正爾觀之亦清

婉可愛若與太白詩並讀醇釀異味矣初王師平南唐命曹彬分兵自荆州順流東下以樊若冰爲鄉導首克池州然後能取蕪湖當塗駐軍采石而浮橋成則池州今實要地不可不備也

二十五日見知州右朝議大夫直祕閣楊師中通判右朝奉郎孫德芻遊光孝寺寺有西峯聖者所留鐵笛聖者生當吳武王楊行密時陽狂不羈好吹笛能役鬼神蛟龍嘗寓池州乾明寺乾明卽光孝也及去留笛付主事僧笛似銅鐵而非色綠而瑩潤如綠玉不知何物僧懼爲好事者所奪郡官求觀之輒出一凡鐵笛充數予偶與監寺僧有舊獨得一見有石刻沈叡達所作西峯銘文辭古雅可愛恨非其自書也僧言貴池去城八十里在秀山下江之一支別匯爲池四隅皆因山石爲岸產鯉魚金鱗朱尾味極美本以此得貴池之目秀山有梁昭明太子墓拱木森然今池州城西有神甚靈

者曰九郎或云九郎即昭明晚登弄水亭杜牧之所賦詩也亭殊不葺然正對清溪齊山景物絕佳州雖瀕江然據岡阜上頗難得水

二十六日解舟過長風沙羅刹石李太白江上贈竇長史詩云萬里南遷夜郎國三年歸及長風沙梅聖俞送方進士遊廬山云長風沙浪屋許大羅刹石齒水下排歷此二險過溢浦始見瀑布懸蒼崖即此地也又太白長干行云早晚下三巴預將書報家相迎不道遠直到長風沙蓋自金陵至此七百里而室家來迎其夫甚言其遠也地屬舒州舊最號湍險仁廟時發運使周湛役三十萬夫疏支流十里以避之至今爲行舟之利羅刹石在大江中正如京口鶻峯而稍大白石拱起其上叢篠喬木亦有小神祠檣竿不知何神也西望羣山靡迤巖嶂深秀宛如吾廬南望鏡中諸山爲之累欷宿懷家洑懷姓也吳有尚書郎懷敘見顧雍傳

二十七日五鼓大風自東北來舟人不告乘便風解船過雁翅夾有稅場居民二百許家岸下泊船甚衆遂經皖口至趙屯未朝食已行百五十里而風益大乃泊夾中皖口卽王師破江南大將朱令贇水軍處趙屯有戍兵亦小市聚也是日大風至莫不止登岸行至夾口觀江中驚濤駭浪雖錢塘八月之潮不過也有一舟掀簸浪中欲入夾者再三不可得幾覆溺矣號呼求救久方能入北望正見皖山太白江上望皖公山詩云巉絕稱人意巉絕二字不刊之妙也南唐元宗南遷豫章舟中望皖山愛之謂左右曰此青峭數峯何名畣曰舒州皖山時方新失淮南伶人李家明侍側獻詩曰龍舟千里颺東風漢武潯陽事正同回首皖公山色好日斜不到壽盃中元宗爲悲憤欷歔故王文公詩云南狩皖山非故地北師淮水失名王討其處當去此不遠也夜雨

二十八日過東流縣不入自雷江口行大江江南羣山蒼翠萬疊如列屏障凡數十里不絕自金陵以西所未有也是日便風張颿舟行甚速然江面浩渺白浪如山所乘二千斛舟搖兀掀舞纔如一葉過獅子磯一名佛指磯蘚壁百尺青林綠篠倒生壁間圖畫有所不及猶恨舟行北岸不得過其下旁有數磯亦奇峭然皆非獅子比也至馬當所謂下元水府山勢尤秀拔正面山腳直插大江廟依峭崖架空爲閣登降者皆自閣西崖腹小石徑捫蘿側足而上宛若登梯飛甍曲檻丹碧縹緲江上神祠惟此最佳舟至石壁下忽晝晦風勢橫甚舟人大恐失色急下颿趨小港竭力牽挽僅能入港繫纜同泊者四五舟皆來助牽早間同行一舟亦蜀舟也忽有大魚正綠腹下赤如丹躍起柂旁高三尺許人皆異之是晚果折檣破帆幾不能全亦可怪也入夜風愈厲增十餘纜迨曉方少定

二十九日阻風馬當港中風雨淒冷初御裌衣有小舟言風濤來賣薪菜豨肉亦有賣野彘肉者云獵蘆場中所得飯已登南岸望馬當廟北風吹人勁甚至不能語既莫風少定然怒濤未息擊船終夜有聲

八月一日過烽火磯南朝自武昌至京口列置烽燧此山當是其一也自舟中望山突兀而已及抛江過其下嶔巖竇穴怪奇萬狀色澤瑩潤亦與它石迥異又有一石不附山傑然特起高百餘尺丹藤翠蔓羅絡其上如寶裝屏風是日風靜舟行頗遲又秋深潦縮故得盡見杜老所謂幸有舟楫遲得盡所歷妙也過澎浪磯小孤山二山東西相望小孤屬舒州宿松縣有戍兵凡江中獨山如金山焦山落星之類皆名天下然峭拔秀麗皆不可與小孤比自數十里外望之碧峯巉然孤起上干雲霄已非它山可擬愈近愈秀冬夏晴雨姿態萬變信

造化之尤物也但祠宇極於荒殘若稍飾以樓觀亭榭與江山相發揮自當高出金山之上矣廟在山之西麓額曰惠濟神曰安濟夫人紹興初張魏公自湖湘還嘗加營葺有碑載其事又有別祠在澎浪磯屬江州彭澤縣三面臨江倒影水中亦占一山之勝舟過磯雖無風亦浪湧蓋以此得名也昔人詩有舟中估客莫漫狂小姑前年嫁彭郎之句傳者因謂小孤廟有彭郎像澎浪廟有小姑像實不然也晚泊沙夾距小孤一里微雨復以小艇遊廟中南望彭澤都昌諸山煙雨空濛鷗鷺滅沒極登臨之勝徙倚久之而歸方立廟門有俊鶻摶水禽掠江東南去甚可壯也廟祝云山有棲鶻甚多

二日早行未二十里忽風雲騰湧急繫纜俄復開霽遂行泛彭蠡口四望無際乃知太白開帆入天鏡之句爲妙始見廬山及大孤大孤狀類西梁雖不

可擬小姑之秀麗然小孤之旁頗有沙洲葭葦大孤則四際渺瀰皆大江望之如浮水面亦一奇也江自湖口分一支爲南江蓋江西路也江水渾濁每汲用皆以杏仁澄之過夕乃可飲南江則極清澈合處如引繩不相亂晚抵江州州治德化縣卽唐之潯陽縣柴桑栗里皆其地也南唐爲奉化軍節度今爲定江軍岸土赤而壁立東坡先生所謂舟人指點岸如赬者也泊湓浦水亦甚清不與江水亂自七月二十六日至是首尾財六日其間一日阻風不行實以四日半泝流行七百里云

三日移泊琵琶亭見知州左朝請郎周昇强仲通判左朝散郎胡迺發運使戸部侍郎史正志志道發運司幹辦公事程坦履道察推左文林郎蔡戡定夫始得夔州公移

四日遊天慶觀李太白詩所謂潯陽紫極宮也蘇黃詩刻皆不復存太白詩有一石亦近時俗書見觀

主李守智問玉芝亦不能畣觀皆古屋初不更兵燼而遺迹掃地獨太清殿老君像乃唐人所塑特爲奇古真人女真仙官力士童子各二軀又有唐明皇帝金銅像衣冠如道士而氣宇粹穆有五十年安享太平富貴氣象李守智者滁州來安人自言家故富饒遇亂棄家爲道人大將岳飛以度牒與之始爲道士至今畫岳氏父子事之史志道招飲於發運廨中登高遠亭望廬山天氣澄霽諸峯盡見志道出新鼓鑄鐵錢

五日郡集於庾樓樓正對廬山之雙劍峯北臨大江氣象雄麗自京口以西登覽之地多矣無出庾樓右者樓不甚高而覺江山煙雲皆在几席間真絕景也庾亮嘗爲江荊豫州刺史其實則治武昌若武昌南樓名庾樓猶有理今江州治所在晉特柴桑縣之湓口關耳此樓附會甚明然白樂天詩固已云潯陽欲到思無窮庾亮樓南湓口東則承誤

亦久矣張芸叟南遷錄云庾亮鎭潯陽經始此樓
其誤尤甚
六日甲夜有大燈毬數百自湓浦蔽江而下至江面
廣處分散漸遠赫然如繁星麗天土人云此乃一
家放五五百椀以禳災祈福蓋江鄉舊俗云
七日往廬山小憩新橋市蓋吳蜀大路市肆壁間多
蜀人題名並溪喬木往往皆三二百年物蓋山之
麓也自江州至太平興國宮三十里此適當其半
是日車馬及徒行者憧憧不絕云上觀蓋往太平
宮焚香自八月一日至七日乃已謂之白蓮會蓮
社本遠法師遺迹舊傳遠公嘗以一日借道流故
至今太平宮歲以爲常東林寺亦自作會然來者
反不若太平之盛亦可笑也晚至清虛菴菴在撥
雲峯下皇甫道人所居皇甫名坦嘉州人出遊旁
郡獨見其弟子曹彌深登紹興煥文閣寶藏光堯
皇帝御書又有神泉清虛堂皆宸翰題榜宿清虛

西室曹君置酒堂中炙鹿肉甚珍酒尤清醇夜寒可附火

渭南文集卷第四十五

渭南文集目錄

卷第四十六

渭南文集卷第四十六

入蜀記

八日早由山路至太平興國宮門庭氣象極閎壯正殿爲九天采訪使者像袞冕如帝者舒州灊山靈仙觀祀九天司命真君而采訪使者爲之佐故南唐名靈仙曰丹霞府太平曰通玄府崇奉有自來矣至太宗皇帝時嘗遣中使送泥金絳羅雲鶴帔仍命三年一易神宗皇帝時又加封應元保運真君及賜塗金殿額兩壁圖十真人本吳生筆建炎中李成何世清二盜以廬山爲巢宮屋焚蕩無餘先是山中有太一宮摹吳筆於殿廡及太平再興復摹取太一本所託非善工無復髣髴憩於雲無心堂蓋冷翠亭故趾也溪聲如大風雨至使人毛骨寒慄一宮之最勝處也采訪殿前有鍾樓高十許丈三層累塼所成不用一木而欄楯翬飛雖木

工之良者不能加也但鍾爲塼所擗蔽聲不甚揚亦是一病觀主胡思齊云此一樓爲費二萬緡鍾重二萬四千餘斤又有經藏亦佳扁曰雲章瓊室太平規模大槩類南昌之玉隆然玉隆不經焚尚有古趣爲勝也遂至東林太平興龍寺寺正對香爐峯峯分一支東行自北而西環合四抱有如城郭東林在其中相地者謂之倒掛龍格寺門外虎溪本小澗比年甃以塼但若一溝無復古趣予勸其主僧法才去塼使少近自然不知能用吾言否食已徧觀音泉啜茶登華嚴羅漢閣閣與盧舍閣鍾樓鼎峙皆極天下之壯麗雖閩浙名藍所不能逮遂至上方五杉閣舍利墖白公草堂上方者自寺後支徑穿松陰躡石磴而上亦不甚高五杉閣前舊有老杉五本傳以爲晉時物白傳所謂大十尺圍者今又數百年其老可知矣近歲主僧了然輒伐去殊可惜也墖中作如來示寂像本宋佛䭾

跋陀尊者自西域持舍利五粒來葬於此草堂以白公記考之略是故處三間兩注亦如記所云其他如瀑水蓮池亦皆在高風逸韻尚可想見白公嘗以文集留草堂後屢亡逸真宗皇帝嘗令崇文院寫校包以斑竹帙送寺建炎中又壞於兵今獨有姑蘇版本一帙備故事耳草堂之旁又有一故趾云是王子醇樞密菴基蓋東林爲禪苑始於王公而照覺禪師常總實第一祖總公有塑像嚴重英特人也宿東林

九日至晉慧遠法師祠堂及神運殿焚香憩官廳堂中有耶舍尊者劉遺民等十八人像謂之十八賢遠公之側又有一人執軍持侍立謂之辟蛇童子傳云東林故多蛇此童子盡拾取投之蘄州神運殿本龍潭深不可測一夕鬼神塞之且運良材以作此殿皆不知實否也然神運殿三字唐相裴休書則此說亦久矣官廳重堂邃廡廚廄備設壁間

有張文潛題詩寺極大連日遊歷猶不能徧唐碑亦甚多惟顏魯公題名最爲時所傳又有聰明泉在方丈之西卓錫泉在遠公祠堂後皆久廢不汲不可食爲之太息食已游西林乾明寺西林在東林之西二林之間有小市曰雁門市傳者以爲遠公雁門人老而懷故鄉遂髣髴雁門邑里作此市漢作新豐之比也西林本晉江州刺史陶範捨地建寺紹興十五六年間方爲禪居褊小非東林比又絕獘壞主僧仁聰閩人方漸興葺然流泉泠泠環遶庭際殊有野趣正殿釋迦像著寶冠他處未見僧云唐塑也殿側有慧永法師祠堂永公蓋遠公之兄像下一虎偃伏又有一居士立侍不知何人方丈後有塼墖不甚高制度古朴予登二級而止東廂有小閣曰待賢蓋往時館客之地今亦頹獘東西林寺舊額皆牛奇章八分書筆力極渾厚西林亦有顏魯公題名書家以爲二林題名顏書

之冠冕也舊聞廬山天池塼墖初成有僧施經二匣未幾墖震一角經亦失所在是日因登望以問僧僧云誠然或謂經乃刺血書故致此異又云今年天池火尺椽不遺蓋旁埜火所及也晚復取太平宮路還江州小憩於新亭距州二十五里過董真人煉丹井汲飲味亦佳董真人者奉也

十日史志道餉谷簾水數器真絕品也甘腴清冷具備衆美前輩或斥水品以爲不可信水品固不必盡當然谷簾卓然非惠山所及則亦不可誣也水在廬山景德觀晚別諸人連夕在山中極寒可擁爐比還舟秋暑殊未艾終日揮扇

十一日解舟吳發幹約待夔州書因小留江口望廬山自到江州至是凡十日皆晴秋高氣清長空無纖雲甚宜登覽亦客中可喜事也泊赤沙湖口東北望猶見廬山老杜潭州道林詩云殿脚插入赤沙湖此湖當在湖南然岳州華容縣及此皆有赤

沙湖蓋江湖間地名多同猶赤壁也
十二日江中見物有雙角遠望正如小犢出沒水中有聲晚泊艛𦪈洑隔江大山中有火兩點若鐙開闔久之問舟人皆不能知或云蛟龍之目或云靈芝丹藥光氣不可得而詳也
十三日至富池昭勇廟以壺酒特豕謁昭毅武惠遺愛靈顯王神神吳大帝時折衝將軍甘興霸也興霸嘗為西陵太守故廟食於此開寶中既平江南增江淮神祠封爵始封褒國公宣和中進爵為王建炎中大盜張遇號一窩蜂擁兵過廟下相率卜珓一珓騰空中不下一珓躍出戶外羣盜惶恐引去未幾遂敗大將劉光世以聞復詔加封岳飛為宣撫使大葺祠宇江上神祠皆不及也門起大樓曰卷雪有釘洲正對廟故廟雖俯大江而可泊舟釘洲者以銳下得名神妃封順祐夫人神二子封紹威紹靈侯神女封柔懿夫人皆有像而後殿復

有王與妃像偶坐祭享之盛以夜繼日廟祝歲輸官錢千二百緡則神之靈可知也舟人云若精虔致禱則神能分風以應往來之舟廡下有關雲長像雲長不應祀於興霸之廟者豈各忠所事神靈共食皆可以無媿邪徹奠自祠後步至旌教寺寺爲酒務及酒官廨像設斂置一屋盡逐去僧輩亦事之已甚者富池蓋隸興國軍

十四日曉雨過一小石山自頂直削去半與餘姚江濱之蜀山絕相類拋大江遇一木栰廣十餘丈長五十餘丈上有三四十家妻子雞犬臼碓皆具中爲阡陌相往來亦有神祠素所未覩也舟人云此尚其小者耳大者於栰上鋪土作蔬圃或作酒肆皆不復能入夾但行大江而已是日逆風挽船自平旦至日昳纔行十五六里泊劉官磯旁蘄州界也兒輩登岸歸云得小徑至山後有陂湖渺然蓮芰甚富沿湖多木芙蕖數家夕陽中蘆藩茅舍宛

有幽致而寂然無人聲有大梨欲買之不可得湖中小艇采菱呼之亦不應更欲窮之會見道旁設機疑有虎狼遂不敢往劉官磯者傳云漢昭烈入吳嘗檥舟於此晚觀大黿浮沉水中

十五日微陰西風益勁挽船尤艱自富池以西泝江之南皆大山起伏如濤頭山麓時有居民往往作棚持弓矢伏其上以伺虎過龍眼磯江中拳石耳磯旁山上有龍祠晡後得便風次蘄口鎮居民繁錯蜀舟泊岸下甚衆監稅秉義郎高世棟來舊在京口識之言此鎮歲課十五萬緡雁翅歲課二十六萬緡夜與諸子登岸臨大江觀月江面遠與天接月影入水蕩搖不定正如金虬動心駭目之觀也是日買熟藥於蘄口市藥貼中皆有煎煮所須如薄荷烏梅之類此等皆客中不可倉卒求者藥肆用心如此亦可嘉也

十六日過新野夾有石瀨茂林始聞秋鶯沙際水牛

至多往往數十爲羣吳中所無也地屬興國軍大冶縣當是土產所宜爾晚過道士磯石壁數百尺色正青了無竅穴而竹樹迸根交絡其上蒼翠可愛自過小孤臨江峯嶂無出其右磯一名西塞山卽玄眞子漁父辭所謂西塞山前白鷺飛者李太白送弟之江東云西塞當中路南風欲進船必在荆楚作故有中路之句張文潛云危磯插江生石色壁青玉殆爲此山寫眞又云已逢嫵媚散花峽不泊豔危道士磯蓋江行惟馬當及西塞最爲湍險難上拋江泊散花洲洲與西塞相直前一夕月猶未極圓蓋望正在是夕空江萬頃月如紫金盤自水中涌出平生無此中秋也

十七日過回風磯無大山蓋江濱石磧耳然水急浪湧舟過甚豔過蘭溪東坡先生所謂山下蘭芽短浸谿者買鹿肉供膳晚泊巴河口距黃州二十里一市聚也有馬祈寺吳大帝刑馬壇傳云吳攻壽

春刑白馬祭江神於此自蘭谿而西江面尤廣山
阜平遠兩日皆逆風舟人以食盡欲來巴河糴米
極力牽挽日皆行八九十里蘇黃門謫高安東坡
先生送至巴河即此地也張文潛亦有巴河道中
詩云東南地缺天連水春夏風高浪捲山
十八日食時方行晡時至黃州州最僻陋少事杜牧
之所謂平生睡足處雲夢澤南州然自牧之王元
之出守又東坡先生張文潛謫居遂爲名邦泊臨
皐亭東坡先生所嘗寓與秦少游書所謂門外數
步即大江是也煙波渺然氣象疎豁見知州右朝
奉郎直祕閣楊由義通判右奉議郎陳紹復州治
陋甚廳事僅可容數客倅居差勝晚移舟竹園步
蓋臨皐多風濤不可夜泊也黃州與樊口正相對
東坡所謂武昌樊口幽絕處也漢昭烈用吳魯子
敬策自當陽進住鄂縣之樊口即此地也
十九日早游東坡自州門而東岡壟高下至東坡則

地勢平曠開豁東起一壟頗高有屋三間一龜頭曰居士亭亭下面南一堂頗雄四壁皆畫雪堂中有蘇公像烏帽紫裘橫按節杖是爲雪堂堂東大柳傳以爲公手植正南有橋牓曰小橋以莫志小橋流水之句得名其下初無渠澗遇雨則有涓流耳舊止片石布其上近輒增廣爲木橋覆以一屋頗敗人意東一井曰暗井取蘇公詩中走報暗井出之句泉寒熨齒但不甚甘又有四望亭正與雪堂相直在高阜上覽觀江山爲一郡之最亭名見蘇公及張文潛集中坡西竹林古氏故物號南坡今已殘伐無幾地亦不在古氏矣出城五里至安寺國亦蘇公所嘗寓兵火之餘無復遺迹惟遶寺茂林啼鳥似猶有當時氣象也郡集於棲霞樓本太守閭丘孝終公顯所作蘇公樂府云小舟橫截春江臥看翠壁紅樓起正謂此樓也下臨大江煙樹微茫遠山數點亦佳處也樓頗華潔先是郡有

慶瑞堂謂一故相所生之地後毀以新此樓酒味
殊惡蘇公齎湯蜜汁之戲不虛發郡人何斯舉詩
亦云終年飲惡酒誰敢憎督郵然文潛乃極稱黃
州酒以爲自京師之外無過者故其詩云我初謫
官時帝問司酒神曰此好飲徒聊給酒養真去國
一千里齊安酒最醇失火而得兩仰戴天公仁豈
文潛謫黃時適有佳匠乎循小徑繚州宅之後至
竹樓規模甚陋不知當王元之時亦止此耶樓下
稍東即赤壁磯亦茆岡爾略無草木故韓子蒼待
制詩云豈有危巢與栖鶻亦無陳迹但飛鷗此磯
圖經及傳者皆以爲周公瑾敗曹操之地然江上
多此名不可考質李太白赤壁歌云烈火張天照
雲海周瑜於此敗曹公不指言在黃州蘇公尤疑
之賦云此非曹孟德之困於周郎者乎樂府云故
壘西邊人道是當日周郎赤壁蓋一字不輕下如
此至韓子蒼云此地能令阿瞞走則真指爲公瑾

之赤壁矣又黃人實謂赤壁曰赤鼻尤可疑也晚復移舟菜園步又遠竹園三四里蓋黃州臨大江了無港澳可泊或云舊有澳郡官厭過客故塞之

二十日曉離黃州江平無風挽船正自赤壁磯下過多奇石五色錯雜粲然可愛東坡先生恠石供是也挽行十四五里江面始稍狹隔江岡阜延袤竹樹葱蒨漁家相映幽邃可愛復出大江過三江口極望無際泊戚磯港

二十一日過雙柳夾回望江上遠山重複深秀自離黃雖行夾中亦皆曠遠地形漸高多種菽粟蕎麥之屬晚泊楊羅洑大隄高柳居民稠衆魚賤如土百錢可飽二十口又皆巨魚欲覓小魚飼猫不可得

二十二日平旦微雨過青山磯多碎石及淺灘晚泊白楊夾口距鄂州三十里陸行止十餘里居民及泊舟甚多然大抵皆軍人也

二十三日便風掛帆自十四日至是始得風食時至鄂州泊稅務亭賈船客舫不可勝計銜尾不絕者數里自京口以西皆不及李太白贈江夏韋太守詩云萬舸此中來連帆過揚州蓋此郡自唐爲衝要之地夔州迓兵來參見知州右朝奉郎張郯之彥轉運判官右朝奉大夫謝師稷市邑雄富列肆繁錯城外南市亦數里雖錢塘建康不能過隱然一大都會也吳所都武昌乃今武昌縣此州在吳名夏口亦要害故周公瑾求以精兵進住夏口而晉武帝亦詔王濬唐彬旣定巴丘與胡奮王戎共平夏口武昌順流長騖也自江州至此七百里泝流雖日得便風亦須三四日韓文公云盆城去鄂渚風便一日耳過矣蓋退之未嘗行此路也

二十四日早謝漕招食於漕園光華堂依山亭館十餘不甚葺晚郡集於奇章堂以唐牛思黯嘗爲武昌節度使也

二十五日觀大軍教習水戰大艦七百艘皆長二三十丈上設城壁樓櫓旗幟精明金鼓鞺鞳破巨浪往來捷如飛翔觀者數萬人實天下之壯觀也

二十六日與統紓同遊頭陁寺寺在州城之東隅石城山山繚繞如伏蛇自西亘東因其上爲城缺壞僅存州治及漕司皆依此山寺毀於兵火汴僧舜廣住持三十年興葺略備自方丈西北躡支徑至絕頂舊有奇章亭今已廢四顧江山井邑靡有遺者李太白江夏贈韋南陵詩云頭陁雲外多僧氣正謂此寺也黃魯直亦云頭陁全盛時宮殿梯空級藏殿後有南齊王簡棲碑唐開元六年建蘇州刺史張庭圭温玉書韓熙載撰碑陰徐鍇題額最後云唐歲在己巳武昌軍節度觀察留後知軍州事楊守忠重立前鄂州唐年縣主簿祕書省正字韓夔書碑陰云乃命猶子夔正其舊本而刊寫之以是知夔爲熙載兄弟之子也碑字前後一手又

作溫字不全蓋南唐尊徐溫爲義祖而避其名則此碑蓋夔重書也碑陰又云皇上鼎新文物教被華夷如來妙旨悉已徧窮百代文章罔不備舉故是寺之碑不言而與按此碑立於己巳歲當皇朝之開寶二年南唐危蹙日甚距其亡六年爾熙載大臣不以覆亡爲懼方且言其主鼎新文物教被華夷固已可怪又以窮佛旨舉遺文及興是碑爲盛誇誕妄謬眞可爲後世發笑然熙載死李主猶恨不及相之君臣之惑如此雖欲久存得乎唐制節度使不在鎭而以副大使或留後居任則云知節度事此云知軍州事蓋漸變也唐年縣本故唐時名梁改曰臨夏後唐復晉又改臨江然歷五代鄂州未嘗屬中原皆遙改耳故此碑開寶中建而猶曰唐年也至江南平始改崇陽云簡棲爲此碑駢儷卑弱初無過人世徒以載於文選故貴之耳自漢魏之間駸駸爲此體極於齊梁而唐尤貴之

天下一律至韓吏部柳柳州大變文格學者翕然
慕從然駢儷之作終亦不衰故熙載鍇號江左辭
宗而拳拳於簡棲之碑如此本朝楊劉之文擅天
下傳夷狄亦駢儷也及歐陽公起然後掃蕩無餘
後進之士雖有工拙要皆近古如此碑者今人讀
不能終篇已坐睡矣而況効之乎則歐陽氏之功
可謂大矣若魯直亦云唯有簡棲碑文章歸然立蓋
戲也

渭南文集卷第四十六

渭南文集目錄

卷第四十七

渭南文集卷第四十七

入蜀記

二十七日郡集於南樓在儀門之南石城上一曰黃鶴山制度閎偉登望尤勝鄂州樓觀爲多而此獨得江山之要會山谷所謂江東湖北行畫圖鄂州南樓天下無是也下闞南湖荷葉彌望中爲橋曰廣平其上皆列肆兩旁有水閣極佳但以賣酒不可往山谷云凭欄十里芰荷香謂南湖也是日早微雨晚晴

二十八日同章冠之秀才甫登石鏡亭訪黃鶴樓故址石鏡亭者石城山一隅正枕大江其西與漢陽相對止隔一水人物草木可數唐沔州治漢陽縣故李太白沔州泛城南郎官湖詩序云白遷於夜郎遇故人尚書郎張謂出使夏口沔州牧杜公漢陽令王公觴於江城之南湖其後沔州廢漢陽以

縣隷鄂州周世宗平淮南得其地復以爲軍太白
詩云誰道此水廣狹如一疋練江夏黃鶴樓青山
漢陽縣大語猶可聞故人難可見形容最妙黃魯
直宵征江夏縣睡起漢陽城亦此意老杜有公安
送李晉肅入蜀余下沔鄂及登舟將適漢陽詩而
卒於耒水可恨也漢陽負山帶江其南小山有僧
寺者大別山也又有小別謂之二別云黃鶴樓舊
傳費禕飛升於此後忽乘黃鶴來歸故以名樓號
爲天下絶景崔灝詩最傳而太白奇句得於此者
尤多今樓已廢故址亦不復存問老吏云在石鏡
亭南樓之間正對鸚鵡洲猶可想見其地樓榜李
監篆石刻獨存太白登此樓送孟浩然詩云孤帆
遠映碧山盡惟見長江天際流蓋帆檣映遠山尤
可觀非江行久不能知也復與冠之出漢陽門遊
仙洞止是石壁數尺皆直裂無洞穴之狀舊傳有
仙人隱其中嘗啓洞出游老兵遇之得黃金數餅

後化爲石東坡先生有詩紀其事初不云所遇何人且太白固已云頗聞列仙人於此學飛術一朝向蓬海千載空石室今鄂人謂之呂公洞蓋流俗附會也有道人澧州人結廬洞側設呂公像其中洞少南卽石鏡山麓巉頑石也色黃赤皴駁了不能鑑物可謂浪得名者由江濱堤上還船民居市肆數里不絕其間復有巷陌往來憧憧如織蓋四方商賈所集而蜀人爲多

二十九日早有廣漢僧世全左緜僧了證來附從人舟日昳移舟江口回望堤上樓閣重複燈火歌呼夜分乃已招醫趙隨爲靈照視脈

三十日犂明離鄂州便風掛颿沿鸚鵡洲南行洲上有茂林神祠遠望如小山洲蓋禰正平被殺處故太白詩云至今芳洲上蘭蕙不敢生梁王僧辯擊邵陵王綸軍至鸚鵡洲卽此地也自此以南爲漢水禹貢所謂嶓冢導漾東流爲漢者水色澄澈可

鑑太白云楚水清若空蓋言此也過謝家磯金雞洑磯不甚高而石皆横裂如累層甓得縮項鯿魚重十斤洑中有聚落如小縣出鱘魚居民率以賣鮓爲業晚泊通濟口自此入沌沌讀如篆字書云水名在江夏過九月則沌涸不可行必由巴陵至荆渚

九月一日始入沌實江中小夾也過新潭有龍祠甚華潔自是遂無復居人兩岸皆葭葦彌望謂之百里荒又無挽路舟人以小舟引百丈入夜財行四十五里泊叢葦中平時行舟多於此遇盜通濟巡檢持兵來警邏不寐達旦

二日東岸葦稍薄缺時見大江渺瀰蓋巴陵路也晡時次下郡始有二十餘家皆業漁釣蘆藩茅屋宛有幽致魚尤不論錢自此始復有挽路登舟背望竟陵遠山泊白臼有莊居數家門外皆古柳侵雲

三日自入沌食無菜是日始得菘及蘆服然不肯斷

根皆刈葉而已過八疊狀口皆有民居晚泊歸子保亦有十餘家多桑柘榆柳

四日平旦始解舟舟人云自此陂澤深阻虎狼出沒未明而行則挽卒多爲所害是日早見舟人焚香祈神云告紅頭須小使頭長年三老莫令錯呼錯喚問何謂長年三老云梢工是也長讀如長幼之長乃知老杜長年三老長歌裏白晝攤錢高浪中之語蓋如此因問何謂攤錢云博也按梁冀能意錢之戲注云即攤錢也則攤錢之爲博亦信矣過綱步有二十餘家在夕陽高柳中短籬晒罾小艇往來正如畫圖所見沌中之最佳處也泊畢家池地勢爽塏居民頗衆有一二家雖茆荻結廬而窗戶整潔藩籬堅壯舍傍有果園甚盛蓋亦一聚之雄也與諸子及二僧步登岸遊廣福永固寺闃然無一人東偏白雲軒前橙方結實雖小而極香相與烹茶破橙抵莫乃還舟中畢家池蓋屬復州玉

沙縣滄浪鄉〻云
五日泊紫湄
六日過東場竝水皆茂竹高林隄淨如掃雞犬閑暇
鳧鴨浮沒人往來林樾間亦有臨渡喚船者使人
怳然如造異境舟人〻云皆村豪園廬也泊雞鳴
七日泊湛江
八日早次江陵之建寧鎮蓋沌口也晉王澄棄荆州
别駕郭舒不肯從澄東下乃留屯沌口陳侯安都
討王琳至沌口皆此地也阻風大魚浮水中無數
凡行沌中七日自是泛江入石首縣界夜觀隔江
燒蘆場煙焰亘天如火城光照舟中皆赤
九日早謁后土祠道旁民屋苫茆皆厚尺餘整潔無
一枝亂挂帆拋江行三十里泊塩子磯江濱大山
也自離鄂州至是始見山買羊置酒蓋村步以重
九故屠一羊諸舟買之俄頃而盡求菊花於江上
人家得數枝芬馥可愛爲之頹然徑醉夜雨極寒

始覆絮衾

十日阻風雨遣小舟橫絕江面至對岸買肉食得大魚之半又得一烏牲雞不忍殺畜於舟中俄有村翁持芡萌一束來餉不肯受直遣人先之夔晚晴開船窗觀月

十一日舟行望西南一角水與天接舟人云是爲潛軍港古嘗潛軍伺敵於此遙見港中有兩點正黑疑其遠樹則下不屬地久之漸近可辨蓋二千五百斛大舟也又有水禽雙浮江中色白類鵝而大楚人謂之天鵝飛鶱絕高有弋得者味甚美或曰卽鵠也泊三江口水淺舟行甚艱自此遂不復有山太白詩山隨平野盡江入大荒流蓋荆渚所作也

十二日過石首縣不入石首自唐始爲縣縣在龍蓋山之麓下臨漢水亦形勝之地杜子美有送石首薛明府詩卽此邑也泊藕池

十三日泊柳子夜過全證二僧舟中聽誦梵語般若心經此經惟蜀僧能誦
十四日次公安古所謂油口也漢昭烈駐軍始更今名規模氣象甚壯兵火之後民居多葤竹然葤屋尤精緻可愛井邑亦頗繁富米斗六七十錢知縣右儒林郎周謙孫來湖州人遊二聖報恩光孝禪寺二聖謂青葉髻如來婁至德如來也皆示鬼神力士之形高二丈餘陰威凜然可畏正殿中爲釋迦右爲青葉髻號大聖左爲婁至德號二聖三像皆南面予按藏經騎字函娑羅浮殊童子成道爲青葉髻如來青葉髻如來再出世爲樓至如來則二如來本一身耳有碑言邑人一夕同夢二神人言我青葉髻婁至德如來也有二巨木在江干我所運者俟鄯行者來令刻爲我像已而果有人自稱鄯行者又善肖像邑人欣然請之像成人皆謂酷類所夢然碑無年月不知何代也長老祖珠南

平軍人寺後有廢城髣髴尚存圖經謂之呂蒙城然老杜乃曰地曠呂蒙營江深劉備城蓋玄德子明皆屯於此也老杜曉發公安詩注云數月憩息此縣按公移居公安詩云水煙通徑草秋露接園葵而留别公安太易沙門詩云沙村白雪仍含凍江縣紅梅已放春則是以秋至此縣莫冬始去其曰數月憩息蓋爲此也泊彌節亭馴鷗低飛往來竟日不去

十五日周令說縣本在近北枕漢水沙虛岸摧漸徙而南今江流乃昔市邑也又云縣有五鄉然共不及二千戶地曠民寡如此民耕尤苦隄防數壞歲歲增築不止晚攜家再遊二聖寺衆寮有維摩刻木像甚佳云沙市工人所爲也方丈西有竹軒頗佳珠老說五祖法演禪師初住四面山孑然獨處凡二年始有一道士來問道乃請作知事又三年僧寶良來與道士朝夕參叩皆得法於是演公之

道濅爲人知而四方學者始稍有至者雖其後門人之盛稱天下然終身不過數十衆珠聞此於其師卍菴顏禪師荆州絕無禪林惟二聖而已然蜀僧出關必走江浙回者又已自謂有得不復參叩故語云下江者疾走如煙上江者鼻孔撩天徒勞他二佛打供了不見一僧坐禪

十六日過白湖渺然無津抛江至升子鋪有天鵝數百翔泳水際日入泊沙市自公安至此六十里自此至荆南陸行十里舟不復進矣老杜詩云買薪猶白帝鳴艣已沙頭劉夢得云沙頭檣干上始見春江闊皆謂此也

十七日入後還行李過嘉州趙青船蓋入峽船也沙市堤上居者大抵皆蜀人不然則與蜀人爲婚姻者也

十八日見知府資政殿學士劉恭父珙通判右奉議郎權嗣衍左宣教郎陳璹荆南圖經以爲楚之郢

都梁元帝亦嘗都焉唐爲江陵府荆南節度今因
之然牧守署銜但云知荆南軍府與永與河陽正
同初無意義但沿舊而已
十九日郡集於新橋馬監監在西門外四十里自出
城即黄茅彌望每十餘里有村疃數家而已道遇
數十騎縱獵獲狐兔皆繫鞍上割鮮藉艸而飲云
襄陽軍人也是日極寒如窮冬土人云此月初已
嘗有雪
二十日倒檣竿立艣牀蓋上峽惟用艣及百丈不復
張帆矣百丈以巨竹四破爲之大如人臂予所乘
千六百斛舟凡用艣六枝百丈兩車
二十一日劉帥丁內艱分迓兵之半負肩輿自山路
先歸夔州是日重霧四塞
二十二日五鼓赴能仁院建會慶節道場中夜後舟
人祀峽神屠一豨
二十三日奠劉帥母安定郡太夫人卓氏劉帥受吊

禮與吳人同
二十四日見左朝奉郎湖北安撫司主管機宜文字
牛達可右奉議郎安撫司幹辦公事湯衡右朝奉
郎安撫同幹辦公事趙蘊
二十五日右文林郎知歸州興山縣高祁來
二十六日修船始畢骨肉入新船祭江瀆廟用壺酒
特豕廟在沙市之東三四里神曰昭靈孚應威惠
廣源王蓋四瀆之一最爲典祀之正者然兩廡淫
祠尤多蓋荊楚舊俗也司法參軍右迪功郎王師
點錄其叔祖君儀待制訟卦講義來君儀嚴州人
師事先大父精於易然遺書不傳講義止存一篇
而已然亦其少作也
二十七日解舟擊鼓鳴艣舟人皆大噪擁堤觀者如
堵檣泊新河口距沙市三四里蓋蜀人修船處
二十八日泊方城有嘉州人王百一者初應募爲船
之招頭招頭蓋三老之長顧直差厚每祭神得胙

肉倍衆人旣而船戸趙清改用所善程小八爲招頭百一失職怏怏又不決去遂發狂赴水予急遣人拯之流一里餘三沒三踊僅得出一招頭得喪能使人至死況大於此者乎

二十九日阻風

十月一日過瓜洲壩倉頭百里洲泊沱灉皆聚落竹樹鬱鬱然民居相望亦有村夫子聚徒教授羣童見船過皆挾書出觀亦有誦書不輟者沱江別名詩江有沱禹貢岷山導江東別爲沱是也灉則爾雅所謂春秋夏有水冬無水曰灉也

二日泊桂林灣全證二僧陸行來云沿路民居大抵多四方人土著財十一也舟人殺猪十餘口祭神謂之開頭

三日舟人分胙行差晚與兒輩登隄觀蜀江乃知李太白荆門望蜀江詩江色綠且明爲善狀物也自離塩子磯至是始望見巴山山在松滋縣泊灌子

口蓋松滋枝江兩邑之間松滋晉縣自此入蜀江
枝江唐縣古羅國也江陵九十九洲在焉晉柳約
之羅述甄季之聞桓玄死自白帝至枝江卽此地
也歐陽文忠公有枝江山行五言二十四韻蓋文
忠赴夷陵時自此陸行至峽州故其埅州坡詩云
崎嶇幾日山行倦卻喜坡頭見峽州灌子口一名
松滋渡劉賓客有詩云巴人淚應猨聲落蜀客船
從鳥道回
四日過楊木寨蓋松滋有四寨曰楊木車羊高平稅
家云泊龍灣
五日過白羊市蓋峽州宜都縣境上宜都唐縣也謁
張文忠公天覺墓殘伐墓木橫道幾不可行天覺
之子直龍圖閣茂已卒二孫一有官病狂易一白
丁也初作墓江濱已而不果葬改葬山間今墓是
也而舊墓亦不復毀啓隧道出入中可容數十人
坐有道人結屋其旁守之道人出一石刻艸書云

莫將外物尋奇寶須問真師決汞鉛寄八瓊張子高鍾離權始自王屋遊都下弟子浮玉山人來乞此字今又將西還丹元子再請書卷之末紹聖元年仲冬望日權卽世所謂鍾離先生子高卽天覺丹元子卽東坡先生與之禱倡者後有魏泰道輔跋云天覺修黄籙醮法成浮玉山人謂之曰上天錄公之功爲須彌山八瓊洞主宜刻印謝帝而佩之天覺不以爲信故浮玉又出鍾離公書爲證後丹元子又爲天覺求書卷末又有徐注者跋云天覺舟過真州方出謁有布衣幅巾者徑入舟中索筆大書閑人呂洞賓來謁張天覺十字擲筆卽去而天覺適歸墨猶未乾注真州人云親見之壇前碑樓壁間有詩一篇云秋風十驛望台星想見氷壺照坐清霖雨已回公日駕挽鬚聊聽野王箏三朝元老心方壯四海蒼生耳已傾自髮故人來一別卻歸林下看昇平蓋魏道輔贈天覺詩後人所

題者唐立夫舍人亦有一詩末句云無碑堪墮淚
著句與招魂宜都知縣右文林郎呂大辨來泊赤
崖

渭南文集卷第四十七

渭南文集目錄

卷第四十八

入蜀記　十月六日起二十七日止

渭南文集卷第四十八

入蜀記

六日過荊門十二碚皆高崖絕壁嶄巖突兀則峽中之嶮可知矣過碚望五龍及雞籠山嵯峨正如夏雲之奇峯荊門者當以險固得名碚上有石穴正方高可通人俗謂之荊門則妄也晚至峽州泊至喜亭下峽州在唐爲硤州後改峽而印文則爲陜州元豐中郎官何洵直建言陜與陝相亂請改鑄印文從山事下少府監而監丞歐陽發言湖北之陜州從阜從夾 夾從兩入 陝西之陝州從阜從夾 夾從兩人 偏旁不同本不相亂恐四方謂少府監官皆不識字當時朝士之議皆是發而卒從洵直言改鑄云至喜亭記歐陽公撰黃魯直書

七日見知州右朝奉大夫葉安行字履道以小舟遊西山甘泉寺竹橋石磴甚有幽趣有靜練洸心二

亭下臨江山頗疎豁法堂之右小徑數十步至一
泉曰孝婦泉謂姜詩妻龐氏也泉上亦有龐氏祠
然歐陽文忠公不以爲信故其詩曰叢祠已廢姜
祠在事迹難尋楚語訛又此篇首章云江上孤峯
蔽綠蘿初讀之但謂孤峯蒙藤蘿耳及至此乃知
山下爲綠蘿谿也又至漢景帝廟及東山寺景帝
不知何以有廟於此歐陽公爲令時有祈雨文在
集中東山寺亦見歐陽公詩距望京門五里寺外
一亭臨小池有山如屏環之頗佳亭前冬青及柏
皆百餘年物遂至夷陵縣令見縣左從政郎胡振
廳事東至喜堂郡守朱虞部爲歐陽公所築者已
焚壞柱礎尚存規模頗雄深又東則祠堂亦簡陋
肖像殊不類可歎廳事前一井相傳爲歐陽公所
浚水極甘寒爲一郡之冠井旁一柟合抱亦傳爲
公手植晚郡集於楚塞樓遍歷爾雅臺錦障亭亭
前海棠二一本亦百年物爾雅臺者圖經以爲郭景

純註爾雅於此又有絳雪亭取歐陽公千葉紅梨詩而紅梨已不存矣

八日五鼓盡解船過下牢關夾江千峯萬嶂有競起者有獨拔者有崩欲壓者有危欲墜者有橫裂者有直坼者有凸者有窪者有罅者奇怪不可盡狀初冬草木皆青蒼不彫西望重山如闕江出其間則所謂下牢谿也歐陽文忠公有下牢津詩云入峽山漸曲轉灘山更多即此也繫船與諸子及證師登三游洞躡石磴二里其險處不可著腳洞大如三間屋有一穴通人過然陰黑峻險尤可畏繚山腹傴僂自巖下至洞前差可行然下臨溪潭石壁十餘丈水聲恐人又一穴後有壁可居鍾乳歲久垂地若柱正當穴門上有刻云黃大臨弟庭堅同辛紘子大方紹聖二年三月辛亥來遊旁石壁上刻云景祐四年七月十日夷陵歐陽永叔下缺一字又云判官丁下又缺數字丁者寶臣也字元

珍今丁字下二字亦髣髴可見殊不類元珍字又
永叔但曰夷陵不稱令洞外溪上又有一崩石偃
仆刻云黄庭堅弟叔向子相姪檄同道人唐履來
游觀辛亥舊題如夢中事也建中靖國元年三月
庚寅按魯直初謫黔南以紹聖二年過此歲在乙
亥今云辛亥者誤也泊石牌峽石穴中有石如老
翁持魚竿狀略無少異
九日微雪過扇子峽重山相掩政如屏風扇疑以此
得名登蝦蟇碚水品所載第四泉是也蝦蟇在山
麓臨江頭鼻吻頷絶類而背脊皰處尤逼真造物
之巧有如此者自背上深入得一洞穴石色綠潤
泉泠泠有聲自洞出垂蝦蟇口鼻間成水簾入江
是日極寒巖嶺有積雪而洞中温然如春碚洞相
對稍西有一峯孤起侵雲名天柱峯自此山勢稍
平然江岸皆大石堆積彌望正如濬渠積土狀晚
次黄牛廟山復高峻村人來賣茶菜者甚衆其中

有婦人皆以青斑布帕首然頗白皙語音亦頗正
茶則皆如柴枝草葉苦不可入口廟靈感神封嘉
應保安侯皆紹興以來制書也其下即無義灘亂
石塞中流望之可畏然舟過乃不甚覺蓋操舟之
妙也傳云神佐夏禹治水有功故食於此門左右
各一石馬頗卑小以小屋覆之其右馬無左耳蓋
歐陽公所見也廟後叢木似冬青而非莫能名者
落葉有黑文類符篆葉葉不同兒輩亦求得數葉
歐詩刻石廟中又有張文忠一贊其詞曰壯哉黃
牛有大神力輦聚巨石百千萬億劍戟齒牙礫硊
江側壅激波濤險不可測威脅舟人駭怖失色封
羊釃酒千載廟食張公之意似謂神聚石壅流以
脅人求祭饗使神之用心果如此豈能巍然廟食
千載乎蓋過論也夜舟人來告請無擊更鼓云廟
後山中多虎聞鼓則出
十日早以特豕壺酒祭靈感廟遂行過鹿角虎頭史

君諸灘水縮已三之二然湍險猶可畏泊城下歸州秭歸縣界也與兒曹步沙上回望正見黃牛峽廟後山如屏風疊嵯峨插天第四疊上有若牛狀其色赤黃前有一人如著帽立者昨日及今早雲冒山頂至是始見之因至白沙市慈濟院見主僧志堅問地名城下之由云院後有楚故城今尚在因相與訪之城在一岡阜上甚小南北有門前臨江水對黃牛峽城西北一山蜿蜒回抱山上有伍子胥廟大抵自荊以西子胥廟至多城下多巧石如靈壁湖口之類

十一日過達洞灘灘惡與骨肉皆棄轎陸行過灘灘際多奇石五色粲然可愛亦或有文成物象及符書者猶見黃牛峽廟後山太白詩云三朝上黃牛三莫行太遲三朝又三莫不覺鬢成絲歐陽公云朝朝莫莫見黃牛徒使行人過此愁山高更遠望猶見不是黃牛滯客舟蓋諺謂朝見黃牛莫見黃

牛一朝一暮黃牛如故故二公皆及之歐陽公自荆渚赴夷陵而有下牢三游及蝦蟆碚黃牛廟詩者蓋在官時來游也故憶夷陵山詩云憶嘗祗吏役鉅細悉經覩其後又云荒煙下牢戍百仞塞溪瀨蝦蟆噴水簾甘液勝飲酎亦嘗到黃牛泊舟聽猨狖也晚泊馬肝峽口兩山對立修聳摩天略如廬山江岸多石百丈縈絆極難過夜小雨

十二日早過東瀼灘入馬肝峽石壁高絕處有石下垂如肝故以名峽其傍又有獅子巖巖中有一小石蹲踞張頤碧草被之正如一青獅子微泉泠泠自巖中出舟行急不能取嘗當亦佳泉也溪上又有一峯孤起秀麗略如小孤山晚抵新灘登岸宿新安驛夜雪

十三日舟上新灘由南岸上及十七八船底爲石所損急遣人往拯之僅不至沉然銳石穿船底牢不可動蓋舟人載陶器多所致新灘兩岸南曰官漕

平聲 北曰龍門龍門水尤湍急多暗石官漕差可行然亦多銳石故爲峽中最嶮處非輕舟無一物不可上下舟人冒利以至此可爲戒云遊江瀆北廟廟正臨龍門其下石罅中有溫泉淺而不涸一村賴之婦人汲水皆背負一全木盎長二尺下有三足至泉旁以杓挹水及八分即倒坐旁石束盎背上而去大抵峽中負物率著背又多婦人不獨水也有婦人負酒賣亦如負水狀呼買之長跪以獻未嫁者率爲同心髻高二尺插銀釵至六隻後插大象牙梳如手大

十四日留驛中晚以小舟渡江南登山至江瀆南廟新修未畢有一碑前進士曾華旦撰言因山崩石壅成此灘害舟不可計於是著令自十月至二月禁行舟知歸州尚書都官員外郎趙誠聞於朝疏鑿之用工八十日而灘害始去皇祐三年也蓋江絕於天聖中至是而復通然灘害至今未能悉去

若棄十二月正月水落石盡出時亦可併力盡鑱去銳石然灘上居民皆利於敗舟賤賣板木及滯留買賣必搖沮此役不則賂石工以爲石不可去須斷以必行乃可成又舟之所以敗皆失於重載當以大字刻石置驛前則過者必自懲創二者皆不可不講當以告當路者

十五日舟人盡出所載始能挽舟過灘然須修治遂易舟離新灘過白狗峽泊舟興山口肩輿遊玉虛洞去江岸五里許隔一溪所謂香溪也源出昭君村水味美錄於水品色碧如黛呼小舟以渡過溪又里餘洞門小纔袤丈既入則極大可容數百人宏敞壯麗如入大宮殿中有石成幢蓋旛旗芝草竹笋仙人龍虎鳥獸之屬千狀萬態莫不逼真其絕異者東石正圓如日西石半規如月予平生所見巖竇無能及者有熙寧中謝師厚岑巖起題名又有陳堯咨所作記敘此洞本末云唐天寶中獵

者始得之比歸已夜風急不可秉燭炬然月明如
晝兒曹與全師皆杖策相從殊不覺崖谷之險也
十六日到歸州見知州右奉議郎賈選子公通判左
朝奉郎陳端彥民瞻館於報恩光孝寺距城一里
許蕭然無僧歸之爲州纔三四百家負臥牛山臨
江州前卽人鮓甕城中無尺寸平土灘聲常如暴
風雨至隔江有楚王城亦山谷間然地比歸州差
平或云楚始封於此山海經夏啓封孟除於丹陽
城郭璞註云在秭歸縣南疑卽此也然史記成王
封熊繹於丹陽裴駰乃云在枝江未詳孰是
十七日郡集於望洋堂玩芳亭亦皆沙石犖确之地
賈守云州倉歲收秋夏二料麥粟秔米共五千餘
石僅比吳中一下戶耳
十八日初得艤船羗小然底闊而輕於上灘爲便
十九日郡集於歸鄉堂欲以是晚行不果訪宋玉宅
在秭歸縣之東今爲酒家舊有石刻宋玉宅三字

近以郡人避太守家諱去之或遂由此失傳可惜也

二十日早離歸州出巫峯門過天慶觀少留觀唐天寶元年碑載明皇夢老子事巴東太守劉瑫所立字畫頗清逸碑側題當時郡官吏胥姓名字亦佳又有周顯德中荆南判官孫光憲爲知歸州高從讓所立碑從讓蓋南平王家子弟光憲亦知名國史有事迹蓋五代時歸峽皆隸荆渚也殿前有柏數百年物觀下卽吒灘亂石無數飯於靈泉寺遂登舟過業灘亦名灘也水落舟輕俄頃遂過

二十一日舟中望石門關僅通一人行天下至險也晚泊巴東縣江山雄麗大勝秭歸但井邑極於蕭條邑中纔百餘戶自令廨而下皆茅茨了無片瓦權縣事秭歸尉右迪功郎王康年尉兼主簿右迪功郎杜德先來皆蜀人也謁寇萊公祠堂登秋風亭下臨江山是日重陰微雪天氣飂飄復觀亭名

使人悵然始有流落天涯之歎遂登雙柏堂白雲亭堂下舊有萊公所植柏今已槁死然南山重複秀麗可愛白雲亭則天下幽奇絕境羣山環擁層出間見古木森然往往二三百年物欄外雙瀑瀉石澗中跳珠濺玉冷入人骨其下是爲慈溪犇流與江會予自吳入楚行五千餘里過十五州亭榭之勝無如白雲者而止在縣廨聽事之後巴東了無一事爲令者可以寢飯於亭中其樂無涯而闕令動輒二三年無肯補者何哉

二十二日發巴東山益奇怪有夫子洞者一竇在峭壁絕高處人迹所不可至然髣髴若有欄楯不知所謂夫子者何也過三分泉自山竇中出止兩泒俗云三泒有年兩泒中熟一泒或絕流饑饉洊疲石夜雨

二十三日過巫山凝真觀謁妙用真人祠真人即世所謂巫山神女也祠正對巫山峯巒上入霄漢山

腳直插江中議者謂太華衡廬皆無此奇然十二
峯者不可悉見所見八九峯惟神女峯最爲纖麗
奇峭宜爲仙真所託祝史云每八月十五夜月明
時有絲竹之音往來峯頂山猿皆鳴達旦方漸止
廟後山半有石壇平曠傳云夏禹見神女授符書
於此壇上觀十二峯宛如屏障是日天宇晴霽四
顧無纖翳惟神女峯上有白雲數片如鸞鶴翔舞
裴徊久之不散亦可異也祠舊有烏數百送迎客
舟自唐夔州刺史李貽詩已云羣烏幸胙餘矣近
乾道元年忽不至今絕無一烏不知其故泊清水
洞洞極深後門自山後出但黯闇水流其中鮮能
入者歲旱祈雨頗應權知巫山縣左文林郎冉徽
之尉右迪功郎文庶幾來
二十四日早抵巫山縣在峽中亦壯縣也市井勝歸
峽二郡隔江南陵山極高大有路如綫盤屈至絕
頂謂之一百八盤蓋施州正路黃魯直詩云一百

八盤擕手上至今歸夢繞羊腸即謂此也縣廨有故鐵盆底銳似半甕狀極堅厚銘在其中蓋漢永平中物也缺處鐵色光黑如佳漆字畫淳質可愛玩有石刻魯直作盆記大略言建中靖國元年予弟叔向嗣直自涪陵尉攝縣事予起戎州來寓縣廨此盆舊以種蓮余洗滌乃見字云遊楚故離宮俗謂之細腰宮有一池亦當時宮中燕遊之地今湮沒略盡矣三面皆荒山南望江山奇麗又有將軍墓東晉人也一碑在墓後趺陷入地碑傾前欲壓字纔半存

二十五日晡後至大谿口泊舟出美梨大如升

二十六日發大谿口入瞿唐峽兩壁對聳上入霄漢其平如削成仰視天如疋練然水已落峽中平如油盎過聖姥泉蓋石上一罅人大呼於旁則泉出屢呼則屢出可怪也晚至瞿唐關唐故夔州與白帝城相連杜詩云白帝夔州各異城蓋言難辨也

關西門正對灩澦堆堆碎石積成出水數十丈土人云方夏秋水漲時水又高於堆數十丈肩輿入關謁白帝廟氣象甚古松柏皆數百年物有數碑皆孟蜀時所立庭中石筍有黃魯直建中靖國元年題字又有越公堂隋楊素所創少陵爲賦詩者已毀今堂近歲所築亦甚宏壯自關而東卽東屯少陵故居也

二十七日早至夔州州在山麓沙上所謂魚復永安宮也宮今爲州倉而州治在宮西北甘夫人墓西南景德中轉運使丁謂薛顏所徙比白帝頗平曠然失關險無復形勢在瀼之西故一曰瀼西土人謂山間之流通江者曰瀼云州東南有八陣磧孔明之遺迹碎石行列如引繩每歲江漲磧上水數十丈比退陣石如故

渭南文集卷第四十八

渭南文集目錄

卷第四十九

好事近

渭南文集卷第四十九

赤壁詞　招韓無咎遊金山

禁門鐘曉憶君來朝路初翔鸞鵠西府中臺推獨步行對金蓮宮燭蹙繡華韉僊葩寶帶看卽飛騰速人生難料一尊此地相屬　回首紫陌青門西湖閑院鎖千梢脩竹素壁棲鴉應好在殘夢不堪重續歲月驚心功名看鏡短鬢無多綠一歡休惜與君同醉浮玉

浣沙溪　和無咎韻

懶向沙頭醉玉瓶喚君同賞小窗明夕陽吹角最關情　忙日苦多閑日少新愁常續舊愁生客中無伴怕君行

又　南鄭席上

浴罷華清第二湯紅綿撲粉玉肌涼娉婷初試藕絲裳　鳳尺裁成猩血色螭奩熏透麝臍香水亭幽處

捧霞觴

青玉案　與朱景參會北嶺

西風挾雨聲飜浪恰洗盡黃茆瘴老慣人間齊得喪千巖高臥五湖歸棹替却凌煙像　故人小駐平戎帳白羽腰間氣何壯我老漁樵君將相小槽紅酒晚香丹荔記取蠻江上

水調歌頭　多景樓

江左占形勝最數古徐州連山如畫佳處縹渺著危樓鼓角臨風悲壯烽火連空明滅往事憶孫劉千里曜戈甲萬竈宿貔貅　露霑草風落木歲方秋使君宏放談笑洗盡古今愁不見襄陽登覽磨滅遊人無數遺恨黯難收叔子獨千載名與漢江流

浪淘沙　丹陽浮玉亭席上作

綠樹暗長亭幾把離尊陽關常恨不堪聞何況今朝秋色裏身是行人　清淚浥羅巾各自消魂一江離恨恰平分安得千尋橫鐵鎖截斷煙津

定風波 進賢道上見梅贈王伯壽

敧帽垂鞭送客回小橋流水一枝梅衰病逢春都不記誰謂幽香却解逐人來　安得身閑頻置酒攜手與君看到十分開少壯相從今雪鬢因甚流年羇恨兩相催

南鄉子

歸夢寄吳檣水驛江程去路長想見芳洲初繫纜斜陽煙樹參差認武昌　愁鬢點新霜曾是朝衣染御香重到故鄉交舊少淒涼却恐它鄉勝故鄉

又

早歲入皇州鐏酒相逢盡勝流三十年來真一夢堪愁客路蕭蕭兩鬢秋　蓬嶠偶重遊不待人嘲我自羞看鏡倚樓俱已矣扁舟月笛煙蓑萬事休

滿江紅

危堞朱欄登覽處一江秋色人正似征鴻社燕幾番輕別繾綣難忘當日語淒涼又作它鄉客問鬢邊都

有幾多絲真堪織　楊柳院秋千陌無限事成虛擲
如今何處也夢魂難覓金鴨微溫香縹緲錦茵初展
情蕭瑟料也應紅淚伴秋霖燈前滴

又　夔州催王伯禮侍御尋梅之集

疎蕋幽香禁不過晚寒愁絕那更是巴東江上楚山
千疊欹帽閑尋西瀼路鞾鞭笑向南枝說恐使君歸
去上鑾坡孤風月　清鏡裏悲華髮山驛外溪橋側
悽然回首處鳳凰城闕黰頳如今誰領略飄零已是
無顏色問行廚何日喚賓僚猶堪折

感皇恩　伯禮立春日生日

春色到人間綵旛初戴正好春盤細生菜一般日月
只有僊家偏耐雪霜從點鬢朱顏在　溫詔鼎來延
英催對鳳閣鸞臺看除拜對衣裁穩恰稱毬紋新帶
箇時方旋了功名債

又

小閣倚秋空下臨江渚漠漠孤雲未成雨數聲新雁

回首杜陵何處壯心空萬里人誰許　黃閣紫樞築壇開府莫怕功名欠人做如今熟計只有故鄉歸路石帆山脚下菱三畝

好事近　寄張眞甫

羈雁未成歸腸斷寶箏零落那更凍醪無力似故人情薄　瘴雲蠻雨暗孤城身在楚山角煩問劍南消息怕還成疎索

又

風露九霄寒侍宴玉華宮闕親向紫皇香案見金芝之千葉　碧壺仙露醞初成香味兩奇絕醉後却騎丹鳳看蓬萊春色

又　次宇文卷目韻

客路苦思歸愁似繭絲千緒夢裏鏡湖煙雨看山無重數　尊前消盡少年狂慵著送春語花落燕飛庭戶數年光如許

又

歲晚喜東歸掃盡市朝陳迹揀得亂山環處釣一潭澄碧　賣魚沽酒醉還醒心事付橫笛家在萬重雲外有沙鷗相識

又

華表又千年誰記駕雲孤鶴回首舊曾遊處但山川城郭　紛紛車馬滿人間塵土汙芒屩且訪葛仙丹井看巖花開落

又

揮袖別人間飛躡峭崖蒼壁尋見古僊丹竈有白雲成積　心如潭水靜無風一坐數千息夜半忽驚奇事看鯨波暾日

又

瀊口放船歸薄莫散花洲宿兩岸白蘋紅蓼映一蓑新綠　有沽酒處便爲家菱芡四時足明日又乘風去任江南江北

又　登梅仙山絕頂望海

揮袖上西峯孤絕去天無尺柱杖下臨鯨海數煙颿歷歷 貪看雲氣舞青鸞歸路已將夕多謝半山松吹解慇懃留客

又

小倦帶餘酲澹澹數櫺斜日驅退睡魔十萬有雙龍蒼壁 少年莫笑老人衰風味似平昔扶杖凍雲深處探溪梅消息

又

覓箇有緣人分付玉壺靈藥誰向市塵深處識遼天孤鶴 月中吹笛下巴陵條華赴前約今古廢興何限歎山川如昨

又

平日出秦關雪色駕車雙鹿借問此行安往賞清伊脩竹 漢家宮殿劫灰中春草幾回綠君看變遷如許況紛紛榮辱

又

秋曉上蓮峯高躡倚天青壁誰與放翁爲伴有天壇輕策 鏗然忽變赤龍飛雷雨四山黑談笑做成豐歲笑禪龕榔栗

鷓鴣天 送葉夢錫

家住東吳近帝鄉平生豪舉少年場十千沽酒青樓上百萬呼盧錦瑟傍 身易老恨難忘尊前贏得是凄涼君歸爲報京華舊一事無成兩鬢霜

又 葭萌驛作

看盡巴山看蜀山子規江上過春殘慣眠古驛常安枕熟聽陽關不慘顏 慵服氣嬾燒丹不妨青鬢戲人間祕傳一字神仙訣說與君知只是頑

又

梳髮金盤剩一窩畫眉鸞鏡暈雙蛾人間何處無春到只有伊家獨占多 微步處奈嬌何春衫初換麴塵羅東鄰鬬草歸來晚忘却新傳子夜歌

又

家住蒼煙落照間絲毫塵事不相關斟殘玉瀣行穿竹卷罷黃庭臥看山　貪嘯傲任衰殘不妨隨處一開顏元知造物心腸別老却英雄似等閑

又

插腳紅塵已是顛更求平地上青天新來有箇生涯別買斷煙波不用錢　沽酒市採菱船醉聽風雨擁蓑眠三山老子真堪笑見事遲來四十年

又

懶向青門學種瓜只將漁釣送年華雙雙新燕飛春岸片片輕鷗落晚沙　歌縹緲艣嘔啞酒如清露鮓如花逢人問道歸何處笑指船兒此是家

又　薛公肅家席上作

南浦舟中兩玉人誰知重見楚江濱憑教後苑紅牙版引上西川綠錦茵　纔淺笑却輕嚬淡黃楊柳又催春情知言語難傳恨不似琵琶道得真

驀山溪　送伯禮

元戎十乘出次高唐館歸去舊鵷行更何人齊飛霄漢瞿唐水落惟是淚波深催疊鼓起牙檣難鏁長江斷　春深鼇禁紅日宮甎暖何處望音塵黯消魂層城飛觀人情見慣不敢恨相忘梅驛外蓼灘邊只待除書看

又　遊三榮龍洞

窮山孤壘臘盡春初破寂寞掩空齋好一箇無聊底我嘯臺龍岫隨分有雲山臨淺瀨蔭長松閑據胡床坐　二盃徑醉不覺紗巾墮畫角喚人歸落梅村籃輿夜過城門漸近幾點妓衣紅官驛外酒壚前也有閑燈火

木蘭花　立春日作

三年流落巴山道破盡青衫塵滿帽身如西瀼渡頭雲愁抵瞿唐關上草　春盤春酒年年好試戴銀旛判醉倒今朝一歲大家添不是人間偏我老

朝中措梅

幽姿不入少年場無語只淒涼一箇飄零身世十分冷淡心腸　江頭月底新詩舊夢孤恨清香任是春風不管也曾先識東皇

又　代譚得稱作

怕歌愁舞懶逢迎粧晚託春酲總是向人深處當時枉道無情　關心近日啼紅密訴剪綠深盟杏館花陰恨淺畫堂銀燭嫌明

又

鼕鼕儺鼓餞流年燭焰動金船綵燕難尋前夢酥花空點春妍　文園謝病蘭成久旅回首淒然明月梅山笛夜和風禹廟鸎天

臨江仙　離果州作

鳩雨催成新綠燕泥收盡殘紅春光還與美人同論心空眷眷分袂却匆匆　只道真情易寫那知怨句難工水流雲散各西東半廊花院月一帽柳橋風

蝶戀花　離小益作

陌上簫聲寒食近雨過園林花氣浮芳潤千里斜陽鍾欲暝憑高望斷南樓信　海角天涯行略盡三十年間無處無遺恨天若有情終欲問忍教霜點相思鬢

又

桐葉晨飄蛩夜語旅思秋光黯黯長安路忽記橫戈盤馬處散關清渭應如故　江海輕舟今已具一卷兵書歎息無人付早信此生終不遇當年悔草長楊賦

又

水漾萍根風卷絮倩笑嬌顰忍記逢迎處只有夢魂能再遇堪嗟夢不由人做　夢若由人何處去短帽輕衫夜夜眉州路不怕銀缸深繡戶只愁風斷青衣渡

釵頭鳳

紅酥手黃縢酒滿城春色宮墻柳東風惡歡情薄一

懷愁緒幾年離索錯錯錯　春如舊人空瘦淚痕紅浥鮫綃透桃花落閑池閣山盟雖在錦書難託莫莫莫

清商怨　葭萌驛作

江頭日莫痛飲乍雪晴猶凜山驛淒涼燈昏人獨寢鴛機新寄斷錦歎往事不堪重省夢破南樓綠雲堆一枕

水龍吟　榮南作

樽前花底尋春處堪歎心情全減一身萍寄酒徒雲散佳人天遠那更今年瘴煙蠻雨夜郎江畔漫倚樓橫笛臨窗看鏡時揮涕驚流轉　花落月明庭院悄無言魂消腸斷憑肩攜手當時曾效畫梁棲燕見說新來網縈塵暗舞衫歌扇料也羞顰頻慵行芳徑怕啼鸎見

秋波媚　七月十六日晚登高興亭望長安南山

秋到邊城角聲哀烽火照高臺悲歌擊筑憑高酹酒

此與悠哉　多情誰似南山月特地莫雲開灞橋煙柳曲江池館應待人來

又

曾散天花蕋珠宮一念墮塵中鉛華洗盡珠璣不御道骨仙風　東遊我醉騎鯨去君駕素鸞從垂虹看月天台采藥更與誰同

采桑子

寶釵樓上粧梳晚嬾上鞦韆閑撥沉煙金縷衣寬睡髻偏　鱗鴻不寄遼東信又是經年彈淚花前愁入春風十四絃

卜算子　詠梅

驛外斷橋邊寂寞開無主已是黃昏獨自愁更著風和雨　無意苦爭春一任羣芳妬零落成泥碾作塵只有香如故

沁園春　三榮橫谿閣小宴

粉破梅梢綠動萱叢春意已深漸珠簾低卷筇枝微

步冰開躍鯉林暖鳴禽荔子扶疎竹枝哀怨濁酒一尊和淚斟憑欄久歎山川冉冉歲月駸駸　當時豈料如今漫一事無成霜鬢侵看故人强半沙堤黃閣魚懸帶玉貂映蟬金許國雖堅朝天無路萬里淒涼誰寄音東風裏有灞橋煙柳知我歸心

又

一別秦樓轉眼新春又近放燈憶盈盈倩笑纖纖柔握玉香花語雪暖酥凝念遠愁腸傷春病思自怪平生殊未曾君知否漸香消蜀錦淚漬吳綾　難求繫日長繩況倦客飄零少舊朋但江郊雁起漁村笛怨寒釭委燼孤硯生冰水繞山圍煙昏雲慘縱有高臺常怯登消魂處是魚牋不到蘭夢無憑

又

孤鶴歸飛再過遼天換盡舊人念纍纍枯冢茫茫夢境王侯螻蟻畢竟成塵載酒園林尋花巷陌當日何曾輕負春流年改歎圍腰帶剩點鬢霜新　交親散

落如雲又豈料如今餘此身幸眼明身健茶甘飯軟非惟我老更有人貧躲盡危機消殘壯志短艇湖中閑采蓴吾何恨有漁翁共醉谿友爲鄰

憶秦娥

玉花驄晚街金轡聲璁瓏聲璁瓏閑欹烏帽又過城東　富春巷陌花重重千金沽酒酬春風酬春風笙歌闌裏錦繡叢中

漢宮春　張園賞海棠作園故蜀燕王宮也

浪迹人間喜聞猿楚峽學劍秦川虛舟汎然不繫萬里江天朱顏綠鬢作紅塵無事神仙何妨在鸎花海裏行歌閑送流年　休笑放慵狂眼看閑坊深院多少嬋娟燕宮海棠夜宴花覆金船如椽畫燭酒闌時百炬吹煙憑寄語京華舊侶幅巾莫換貂蟬

又　初自南鄭來成都作

羽箭雕弓憶呼鷹古壘截虎平川吹笳莫歸埜帳雪壓青氈淋漓醉墨看龍蛇飛落蠻牋人誤許詩情將

略一時才氣超然　何事又作南來看重陽藥市元夕燈山花時萬人樂處攲帽垂鞭聞歌感舊尚時時流涕尊前君記取封侯事在功名不信由天

月上海棠

成都城南有蜀王舊苑多梅皆二百餘年古木

斜陽廢苑朱門閉吊興亡遺恨淚痕裏淡淡宮梅也依然點酥剪水凝愁處似憶宣華舊事　行人別有淒涼意折幽香誰與寄千里佇立江皋杳難逢隴頭歸騎音塵遠楚天危樓獨倚　宣華故蜀苑名

又

蘭房繡戶厭厭病歎春酲和悶甚時醒燕子空歸幾曾傳玉關邊信傷心處獨展團窠瑞錦　熏籠消歇沉煙冷淚痕深展轉看花影漫擁餘香怎禁他峭寒孤枕西窗曉幾聲銀瓶玉井

烏夜啼

金鴨餘香尚煖綠窗斜日偏明蘭膏香染雲鬟膩釵墜滑無聲　冷落鞦韆伴侶闌珊打馬心情繡屏驚

斷瀟湘夢花外一聲鸎

又

簷角楠陰轉日樓前荔子吹花鷓鴣聲裏霜天曉疊鼓已催衙　鄉夢時來枕上京書不到天涯邦人訟少文移省閑院自煎茶

又

我挍丹臺玉字君書蕋殿雲篇錦官城裏重相遇心事兩依然　攜酒何妨處處尋梅共約年年細思上界多官府且作地行僊

又

世事從來慣見吾生更欲何之鏡湖西畔秋千頃鷗鷺共忘機　一枕蘋風午醉二升菰米晨炊故人莫訝音書絕釣侶是新知

又

素意幽棲物外塵緣浪走天涯歸來猶幸身强健隨分作山家　已趁餘寒泥酒還乘小雨移花柴門盡

日無人到一徑傍谿斜

又

園館青林翠樾衣巾細葛輕紈好風吹散霏微雨沙路喜新乾　小燕雙飛水際流鶯百囀林端投壺聲斷彈棋罷閑展道書看

又

從宦元知漫浪還家更覺清真蘭亭道上多脩竹隨處岸綸巾　泉冽偏宜雪茗秔香雅稱絲蓴脩然一飽西窗下天地有閑人

又

紈扇嬋娟素月紗巾縹緲輕煙高槐葉長陰初合清潤雨餘天　弄筆斜行小草鉤簾淺醉閑眠更無一點塵埃到枕上聽新蟬

真珠簾

山村水館參差路感羈遊正似殘春風絮掠地穿簾知是竟歸何處鏡裏新霜空自憫問幾時鸞臺鼇署

遲莫謾憑高懷遠書空獨語　自古儒冠多誤悔當
年早不扁舟歸去醉下白蘋洲看夕陽鷗鷺菰菜鱸
魚都棄了只換得青衫塵土休顧早收身江上一蓑
煙雨

好事近

混迹寄人間夜夜畫樓銀燭誰見五雲丹竈養黃芽
初熟　春風歸從紫皇遊東海宴暘谷進罷碧桃花
賦賜玉塵千斛

渭南文集卷第四十九

渭南文集目錄

卷第五十

渭南文集卷第五十

柳梢青 故蜀燕王宮海棠之盛爲成都第一今屬張氏

錦里繁華環宮故邸疊萼奇花俊客妖姬爭飛金勒齊駐香車　何須幙障帷遮寶盃浸紅雲瑞霞銀燭光中清歌聲裏休恨天涯

又 乙巳二月西興贈別

十載江湖行歌沽酒不到京華底事翩然長亭煙草衰鬢風沙　憑高目斷天涯細雨外樓臺萬家只恐明朝一時不見人共梅花

夜遊宮 記夢寄師伯渾

雪曉清笳亂起夢遊處不知何地鐵騎無聲望似水想關河鴈門西青海際　睡覺寒燈裏漏聲斷月斜窗紙自許封侯在萬里有誰知鬢雖殘心未死

又 宮詞

獨夜寒侵翠被奈幽夢不成還起欲寫新愁淚濺紙

憶承恩數餘生今至此　蔌蔌燈花墜問此際報人何事只尺長門過萬里恨君心似危欄難久倚

安公子

風雨初經社子規聲裏春光謝最是無情零落盡薔薇一架況我今年顦顇幽窗下人盡怪詩酒消聲價向藥爐經卷忘却鸎窗柳榭　萬事收心也粉痕猶在香羅怕恨月愁花爭信道如今都罷空憶前身便面章臺馬因自來禁得心腸怕縱遇歌逢酒但說京都舊話

玉蝴蝶　王忠州家席上作

倦客平生行處墜鞭京洛解佩瀟湘此夕何年來賦宋玉高唐繡簾開香塵乍起蓮步穩銀燭分行暗端相燕羞鸎妬蝶擾蜂忙　難忘芳樽頻勸峭寒新退玉漏猶長幾許幽情只愁歌罷月侵廊欲歸時司空笑問微近處丞相嗔狂斷人腸假饒相送上馬何妨

木蘭花慢　夜登青城山玉華樓

闕邯鄲夢境歎綠鬢早霜侵奈華岳燒丹青谿看鶴尚負初心年來向濁世裏悟真詮祕訣絕幽深養就金芝九畹種成琪樹千林　星壇夜學步虛吟露冷透瑤簪對翠鳳披雲青鸞遡月宮闕蕭森琅函一封奏罷自鈞天帝所有知音却過蓬壺嘯傲世間歲月駸駸

蘇武慢　唐西安湖

澹靄空濛輕陰清潤綺陌細塵初靜平橋繫馬畫閣移舟湖水倒空如鏡掠岸飛花傍簷新燕都似學人無定歎連年戎帳經春邊壘暗凋顏鬢　空記憶杜曲池臺新豐歌管怎得故人音信羇懷易感老伴無多談麈久閑犀柄惟有翛然筆床茶竈自適筍輿煙艇待綠荷遮岸紅蕖浮水更乘幽興

齊天樂　左綿道中

角殘鐘晚關山路行人乍依孤店塞月征塵鞭絲帽影常把流年虛占藏鴉柳暗歎輕負鶯花謾勞書劍

事往關情悄然頻動壯遊念　孤懷誰與强遣市壚沽酒酒薄怎當愁釅倚瑟妍詞調鉛妙筆那寫柔情芳豔征途自厭況煙斂蕪痕雨稀萍點最是眠時枕寒門半掩

又　三榮人日遊龍洞作

客中隨處閑消悶來尋嘯臺龍岫路斂春泥山開翠霧行樂年年依舊天工妙手放輕綠萱牙淡黃楊柳笑問東君爲人能染鬢絲否　西州催去近也帽簷風軟且看市樓沽酒宛轉巴歌淒涼塞管攜客何妨頻奏征塵暗袖漫禁得梅花伴人疎瘦幾日東歸畫船平放溜

望梅

壽非金石恨天教老向水程山驛似夢裏來到南柯這些子光陰更堪輕擲戍火邊塵又過了一年春色歎名姬駿馬盡付杜陵苑路豪客　長繩漫勞繫日看人間俛仰俱是陳迹縱自倚英氣淩雲奈回盡鵬

程鍛殘鸞翮終日憑高悄不見江東消息算沙邊也有斷鴻倩誰問得

洞庭春色

壯歲文章暮年勳業自昔誤人算英雄成敗軒裳得失難如人意空喪天真請看邯鄲當日夢待炊罷黃粱徐欠伸方知道許多時富貴何處關身 人間定無可意怎換得玉鱠絲蓴且釣竿漁艇筆牀茶竈閑聽荷雨一洗衣塵洛水秦關千古後尚棘暗銅駝空愴神何須更慕封侯定遠圖像麒麟

漁家傲 寄仲高

東望山陰何處是往來一萬三千里寫得家書空滿紙流清淚書回已是明年事 寄語紅橋橋下水扁舟何日尋兄弟行徧天涯真老矣愁無寐鬢絲幾縷茶煙裏

繡停針

歎半紀跨萬里秦吳頓覺衰謝回首鵷行英俊並遊

只尺玉堂金馬氣淩嵩華負壯畧縱横王霸夢經洛浦梁園覺來淚流如瀉　山林定去也却自恐説著少年時話靜院焚香閑倚素屏今古總成虚假趁時婚嫁幸自有湖邊茅舍燕歸應笑客中又還過社

桃園憶故人　并序

三榮郡治之西因子城作樓觀曰高齋下臨山村蕭然如世外余留七十日被命參成都戎幙而去臨行徙倚竟日作桃源憶故人一首

斜陽寂歷柴門閉一點炊煙時起雞犬往來林外俱有蕭然意　衰翁老去疎榮利絶愛山城無事臨去畫樓頻倚何日重來此

又　應靈道中

欄干幾曲高齋路正在重雲深處丹碧未乾人去高棟空留句　離離芳草長亭暮無奈征車不住惟有斷鴻煙渚知我頻回顧

又

一彈指頃浮生過墮甑元知當破去去醉吟高臥獨唱何須和　殘年還我從來我萬里江湖煙艇脫盡利名韁鏁世界元來大

又

城南載酒行歌路冶葉倡條無數一朶鞓紅凝露最是關心處　鶯聲無賴催春去那更兼旬風雨試問歲華何許芳草連天暮

又　題華山圖

中原當日三川震關輔回頭煨燼淚盡兩河征鎮日望中興運　秋風霜滿青青鬢老却新豐英俊雲外華山千仞依舊無人問

極相思

江頭疎雨輕煙寒食落花天飜紅墜素殘霞暗錦一段淒然　惆悵東君堪恨處也不念冷落樽前那堪更看漫空相趁柳絮榆錢

一叢花

樽前凝佇漫魂迷猶恨負幽期從來不慣傷春淚爲伊後滴滿羅衣那堪更是吹簫池館青子綠陰時回廊簾影晝參差偏共睡相宜朝雲夢斷知何處倩雙燕說與相思從今判了十分顦顇圖要箇人知

又

仙姝天上自無雙玉面翠蛾長黃庭讀罷心如水閉朱戶愁近絲簧窗明几淨閑臨唐帖深炷寶奩香人間無藥駐流光風雨又催涼相逢共話清都舊歎塵劫生死茫茫何如伴我綠蓑青篛秋晚釣瀟湘

隔浦蓮近拍

飛花如趁燕子直度簾櫳裏帳掩香雲暖金籠鸚鵡驚起凝恨慵梳洗粧臺畔蘸粉纖纖指寶釵墜　才醒又困厭厭中酒滋味牆頭柳暗過盡一年春事晝高樓怕獨倚千里孤舟何處煙水

又

騎鯨雲路倒景醉面風吹醒笑把浮丘袂寥然非復塵境震澤秋萬頃煙霏散水面飛金鏡露華冷　湘妃睡起鬟傾釵墜慵整臨江舞處零亂塞鴻清影河漢橫斜夜漏永人靜吹簫同過緱嶺

昭君怨

晝永蟬聲庭院人倦嬾搖團扇小景寫瀟湘自生涼　簾外蹴花雙燕簾下有人同見寶篆拆宮黃炷熏香

雙頭蓮　呈范至能待制

華鬢星星驚壯志成虛此身如寄蕭條病驥向暗裏消盡當年豪氣夢斷故國山川隔重重煙水身萬里舊社凋零青門俊遊誰記　盡道錦里繁華歎官閑晝永柴荊添睡清愁自醉念此際付與何人心事縱有楚柂吳檣知何時東逝空悵望鱠美菰香秋風又起

南歌子　送周機宜之益昌

異縣相逢晚中年作別難暮秋風雨客衣寒又向朝天門外話悲歡　瘦馬行霜棧輕舟下雪灘烏奴山下一林丹爲說三年常寄夢魂間

豆葉黃

春風樓上柳腰肢初試花前金縷衣嫋嫋娉娉不自持曉粧遲畫得蛾眉勝舊時

又

一春常是雨和風風雨晴時春已空誰惜泥沙萬點紅恨難窮恰似衰翁一世中

醉落魄

江湖醉客投盃起舞遺烏幘三更冷翠霑衣溼嫋嫋菱歌催落半川月　空花昨夢休尋覓雲臺麟閣俱陳迹元來只有閑難得青史功名天却無心惜

鵲橋仙

華燈縱博雕鞍馳射誰記當年豪舉酒徒一一取封侯獨去作江邊漁父　輕舟八尺低篷三扇占斷蘋

洲煙雨鏡湖元自屬閑人又何必君恩賜與

又

一竿風月一蓑煙雨家在釣臺西住賣魚生怕近城門況肯到紅塵深處　潮生理櫂潮平繫纜潮落浩歌歸去時人錯把比嚴光我自是無名漁父

又　夜聞杜鵑

茆簷人靜蓬窗燈暗春晚連江風雨林鶯巢燕總無聲但月夜常啼杜宇　催成清淚驚殘孤夢又揀深枝飛去故山猶自不堪聽況半世飄然羇旅

長相思

雲千重水千重身在千重雲水中月明收釣筒　頭未童耳未聾得酒猶能雙臉紅一尊誰與同

又

橋如虹水如空一葉飄然煙雨中天教稱放翁　側船篷使江風蟹舍參差漁市東到時聞暮鐘

又

面蒼然鬢皤然滿腹詩書不直錢官閑常晝眠　晝
凌煙上甘泉自古功名屬少年知心惟杜鵑

又

暮山青暮霞明夢筆橋頭艇子橫蘋風吹酒醒　看
潮生看潮平小住西陵莫較程蓴絲初可烹

又

悟浮生厭浮名回視千鍾一髮輕從今心太平　愛
松聲愛泉聲寫向孤桐誰解聽空江秋月明

菩薩蠻

江天淡碧雲如掃蘋花零落蓴絲老細細晚波平月
從波面生　漁家真箇好悔不歸來早經歲洛陽城
鬢絲添幾莖

又

小院蠶眠春欲老新巢燕乳花如掃幽夢錦城西海
棠如舊時　當年真草草一櫂還吳早題罷惜春詩
鏡中添鬢絲

訴衷情

當年萬里覓封侯疋馬戍梁州關河夢斷何處塵暗舊貂裘　胡未滅鬢先秋淚空流此生誰料心在天山身老滄洲

又

青衫初入九重城結友盡豪英蠟封夜半傳檄馳騎諭幽并　時易失志難成鬢絲生平章風月彈壓江山別是功名

生查子

還山荷主恩聊試扶犂手新結小茆茨恰占清江口　風塵不化衣鄰曲常持酒那似宦遊時折盡長亭柳

又

梁空燕委巢院靜鳩催雨香潤上朝衣客少閑談塵　鬢邊千縷絲不是吳蠶吐孤夢泛瀟湘月落聞柔艣

破陣子

仕至千鍾良易年過七十常稀眼底榮華元是夢身後聲名不自知營營端爲誰　幸有旗亭沽酒何妨繭紙題詩幽谷雲蘿朝採藥靜院軒窗夕對棋不歸眞箇癡

又

看破空花塵世放輕昨夢浮名蠟屐登山眞率飲筇杖穿林自在行身閑心太平　料峭餘寒猶力廉纖細雨初晴苔紙閑題谿上句菱唱遙聞煙外聲與君同醉醒

上西樓　一名相見歡

江頭綠暗紅稀燕交飛忽到當年行處恨依依　灑清淚歎人事與心違滿酌玉壺花露送春歸

點絳唇

采藥歸來獨尋茆店沽新釀暮煙千嶂處處聞漁唱醉弄扁舟不怕黏天浪江湖上遮回疎放作箇閑

人樣

謝池春

壯歲從戎，曾是氣吞殘虜。陣雲高、狼烽夜舉。朱顏青鬢，擁雕戈西戍。笑儒冠、自來多誤。　功名夢斷，却泛扁舟吳楚。漫悲歌、傷懷弔古。煙波無際，望秦關何處。歎流年、又成虛度。

又

賀監湖邊，初繫放翁歸棹。小園林、時時醉倒。春眠驚起，聽啼鶯催曉。歎功名、誤人堪笑。　朱橋翠徑，不許京塵飛到。挂朝衣、東歸欠早。連宵風雨，捲殘紅如掃。恨樽前、送春人老。

又

七十衰翁，不減少年豪氣。似天山、淒涼病驥。銅駞荊棘，灑臨風清淚。甚情懷、伴人兒戲。　如今何幸，作箇故谿歸計。鶴飛來、晴嵐暝翠。玉壺春酒，約羣僊同醉。洞天寒、露桃開未。

一落索

滿路遊絲飛絮韶光將暮此時誰與說新愁有百囀流鶯語　頫仰人間今古神仙何處花前須判醉扶歸酒不到劉伶墓

又

識破浮生虛妄從人譏謗此身恰是弄潮兒曾過了千重浪　且喜歸來無恙一壺春醞雨蓑煙笠傍漁磯應不是封侯相

杏花天

老來駒隙駸駸度算只合狂歌醉舞金盃到手君休訴看著春光又暮　誰爲倩柳條繫住且莫遣城笳催去殘紅轉眼無尋處盡屬蜂房燕戶

太平時

竹裏房櫳一徑深靜愔愔亂紅飛盡綠成陰有鳴禽臨罷蘭亭無一事自修琴銅爐裊裊海南沉洗塵襟

戀繡衾

不惜貂裘換釣篷嗟時人誰識放翁歸櫂借樵風穩數聲聞林外暮鐘　幽棲莫笑蝸廬小有雲山煙水萬重半世向丹青看喜如今身在畫中

又

無方能駐臉上紅笑浮生擾擾夢中平地是沖霄路又何勞千日用功　飄然再過蓮峯下亂雲深吹下暮鐘訪舊隱依然在但鶴巢時有墮松

風入松

十年裘馬錦江濱酒隱紅塵萬金選勝鶯花海倚疎狂驅使青春吹笛魚龍盡出題詩風月俱新　自憐華髮滿紗巾猶是官身鳳樓常記當年語問浮名何似身親欲寄吳牋說與這回真箇閑人

真珠簾

燈前月下嬉遊處向笙歌錦繡叢中相遇彼此知名纔見便論心素淺黛嬌蟬風調別最動人時時偷顧

歸去想閑牕深院調絃促柱　樂府初翻新譜漫裁紅點翠閑題金縷燕子入簾時又一番春暮側帽燕脂坡下過料也記前年崔護休訴待從今須與好花爲主

風流子　一名內家嬌

佳人多命薄初心慕德耀嫁梁鴻記綠窗睡起靜吟閑詠句翻離合格變玲瓏更乘興素紈留戲墨纖玉撫孤桐蟾滴夜寒水浮微凍鳳牋春麗花砑輕紅人生誰能料堪悲處身落柳陌花叢空羨畫堂鸚鵡深閉金籠向寶鏡鸞釵臨粧常晚繡茵牙版催舞還慵腸斷市橋月笛燈院霜鐘

雙頭蓮

風卷征塵堪歎處青驄正搖金轡客襟貯淚漫萬點如血憑誰持寄佇想豔態幽情壓江南佳麗春正媚怎忍長亭匆匆頓分連理　目斷淡日平蕪煙濃樹遠微茫如薺悲歡夢裏奈倦客又是關河千里最苦

唱徹驪歌重遲留無計何限事待與丁寧行時已醉

鷓鴣天

杖屨尋春苦未遲洛城櫻筍正當時三千里外歸初到五百年前事總知　吹玉笛渡清伊相逢休問姓名誰小車處士深衣叟曾是天津共賦詩

蝶戀花

禹廟蘭亭今古路一夜清霜染盡湖邊樹鸚鵡杯深君莫訴他時相遇知何處　冉冉年華留不住鏡裏朱顏畢竟消磨去一句丁寧君記取神僊須是閑人做

渭南文集卷第五十

南唐書

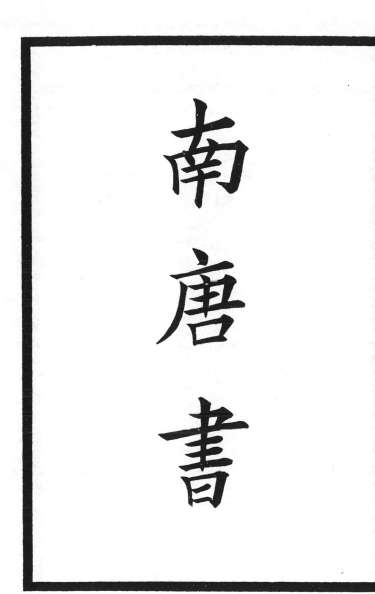

四部備要

集部

中華書局據汲古閣本校刊

桐鄉陸費逵總勘
杭縣高時顯
吳汝霖輯校
杭縣丁輔之監造

南唐書序

天曆改元余待罪中執法監察御史王主敬謂余曰
公向在南臺蓋嘗命郡士戚光纂輯金陵志始訪得
南唐書其於文獻遺闕大有所攷證裨助良多且爲
之音釋焉因屬博士程熟等就加校訂鋟板與諸史
並行之越明年余得告還金陵書適就光來請序按
南唐本紀李昪系出憲宗四世間關困阨纔有江淮
之地僅餘三十年卒不復振而宋滅之雖爲國褊小
觀其文物當時諸國莫與之並其賢才碩輔固不逮
蜀漢武侯而張延翰劉仁贍潘佑韓熙載孫忌徐鍇
之徒文武才業忠節聲華炳耀一時有不可揜矧其
間政化得失興衰治亂之跡有可爲世鑒戒者尤不
可泯也竊謂唐末契丹雄盛虎視中原晉漢之君以

臣子事之惟謹顧乃獨拳拳於江淮小國聘使不絕
嘗獻橐駞幷羊馬千計高麗亦歲貢方物意者久服
唐之恩信尊唐餘風以唐爲猶未亡也邪宋承五季
周統目爲僭僞故其國亡而史錄散佚不彰然則馬
元康胡恢等迭有所述今復罕見至山陰陸游著成
此書最號有法傳者亦寡後世有能秉春秋直筆究
明綱目統緒之旨者或有所攷而辯之姑識其端以
俟君子余前忝史館朝廷嘗議修宋遼金三史而未
暇他日太史氏復申前議必將有取於是書焉集賢
大學士奎章閣大學士光祿大夫知經筵事趙世延
序

南唐書音釋

習氏明晉紹漢比宋論乃章漢事失于陳志唐尚有是書戚光既校之弁音釋

本紀一之三　　南唐書一之三

烈祖第一　昪音弁日光皃明也又喜樂皃或作忭　憲宗第八子憲宗凡二十子見唐書宗室世系表　城昪州古金陵唐稱昪州城始東南跨淮水卽今城也又見後周宗傳　蒜山在鎮江城西三里　捭闔捭通作擺開也鬼谷子有捭闔篇蘇秦學捭闔揣摩　銅駞橋卽今金陵城東十里銅橋据五代史及金陵志駞衍文　茀音弗草多也詩茀厥豐草　南郊牛頭山有廢宮址相傳爲是山見浮屠傳　太廟金陵志今乾明尼寺是其址　玄武湖見馮延己傳　鍾山在城東北十五里卽蔣山東南之鎮名山也　迎鑾鎮見揚州　馬元康胡恢　宋陽羨馬令祖太學博士元康世家金陵多記唐事書未成而卒令於崇寧間繼成南唐書三十卷　恢金陵人宋華州推官嘗篆太學石經博物強記藏否人物能詩○案南唐諸書有烈祖開基誌十卷唐滁州刺史王顏撰起天祐乙丑止昪元癸卯烈祖實錄十三卷內闕二卷吳錄二十卷並高遠撰遠傳書

未成卒焚其草故多遺落江南錄十卷宋太宗以徐鉉湯悅皆唐舊臣命撰之晁无咎曰王安石言鉉書至士國之際不言其君之過但以曆數存亡論之於春秋箕子之義爲得也然潘佑以直見殺而鉉書佑死以妄豈惟厚誣忠臣其欺君亦甚世多以此言爲然獨劉道原得佑子華所上父事迹略與江南錄同乃知鉉等非欺誣也悅即殷崇義避宋諱改姓因并易名江南別錄四卷宋陳彭年撰吳唐四主傳也南唐近事二卷江表傳三卷並鄭文寶撰江南野史二十卷宋龍衮撰凡八十四傳江南館載二卷其序言鉉等奉詔爲江南錄後王舉路振陳彭楊億皆有書大槩皆不足以史稱而衮尤甚熙寧八年得鄭君所遺於楚州其事有六家所遺或小異者刪落正是以類相從云鄭君序者皆不著名已上并馬胡二家凡十一書惟陸游偏取折衷成此書也游亦不著名以他書考而知豈時以私著避也

元宗第二　璟俱永切不音景　逷字通作逖　近濁唐天文志流星尾長丈餘出紫微入濁大星自東濁際西流有聲如雷寶苹音訓曰天與地際處曰濁案宋天文志有星星出濁有星出東壁東北速行至濁沒六月朔日食五分至西六刻帶二分入濁不見七月月食丑五刻虧見東北方食及二分半入濁不見食甚及復五分月食戌一刻虧見東南方出濁未員六分在東井度中至五刻復以日月食朔望出沒之際觀實說益明矣又凡此書星變五代史通鑑皆不載蓋其史失之　少微長垣各四

星在南方張度**贇**於倫切美好也**瑫**他勞切玉名**郴**慶林切琛**暹**纖**榜**音彭笞擊也漢書榜笞又㔙格彭考字通用一作搒**霣**通作隕**清流關**在滁州西南二十里周之捷時宋太祖爲將**孫晟**郎孫忌**信祖**郭威卽帝位稱周追尊高祖璟廟號信祖**訹**雪律切音戌說文誘也或作怵漢書怵於邪說如淳曰見誘怵也今俗猶云相誂怵謏音小

後主第三**煜**音燿燿也**殷崇義**見烈祖紀馬元康下**暴張**張通作漲漲亦通平聲江淹詩雲霞肅川漲**皖**合版切山在舒州**咼彥**咼字書口戾也俗作喎不言是姓姓書無咼姓但有過咼二姓並音戈過風俗通夏諸侯國氏焉漢有兗州刺史詡急就章有過說春秋寒浞處其子澆于過謂之過澆少康滅之以封諸侯其地漢東萊掖縣北過鄉是也宋季有尚書郎最望出高平渦楚大夫封渦因氏焉三輔決錄有扶風太守尚或以咼郎渦非也宋季猶有過最或曰郎過後世去辵如隨爲隋爾亦非也鄭樵氏族略以古帝名爲氏者女媧之後有媧氏媧與咼音同而字近咼當是媧而去女文爾案秋浦志載池牧守自唐康震蕭復至南唐鄭彥華咼彥凡九十五人惜彥事績莫考也**鍾蒨**字德林案徐鉉王夫人墓誌王太原人家豫章蒨父司徒纘戎是邦因娶焉二子長懷建縣校書郎瀝東府掾以羣從百口家豫章辭祿公朝因除洪州都督府司馬亥蒨也以屬詞敦行從事戚藩累登臺郎爲

集賢殿學士會中令齊王避親讓寵授鉞臨川朝廷
憤選英僚以光幕府除撫州觀察判官檢校屯田郎
中既拜而夫人疾亟以交泰元年卒于京師嘉瑞坊
官舍鉉又有保大九年送徳林員外赴東府亞尹詩
序鉉等餞于石頭城分題為詩蒨有賦山別諸知己
詩云暮景江亭上雲山日望多只愁辭輦轂長恨隔
嵯峨有意圖功業無心憶薛蘿親朋將遠別且共醉
笙歌又克復揚州後以蒨綴待從攝尹正東府鉉等
分韻賦詩弟鍇亦與有序蒨有得新鴻別諸同志詩
云隨陽來萬里點點度遙空影落長江水聲悲半夜
風殘秋辭絕漠無定以驚蓬我有離羣恨飄飄類此
鴻蒨之才譽亦可見矣但馬承信兄弟事未詳舊嘉
瑞坊在今城內東南隅蒨倉甸切

青山 案郡志後主獵青龍山一牝狙觸網淚下稽顙屢顧其腹後主命虞人守之其夕生二子還幸大理寺親錄囚一大辟婦以孕在獄適產二子因得減死山在城東三十五里然城南四十里亦有青山但郡志所傳若頗悉爾

膜拜 長跪拜也膜音謨

唐年世總釋 凡七十二年

唐天祐元年 甲子昭宗天復四年改元朱溫弒帝立哀帝蜀仍稱天復 **二年** 乙丑蜀天復五年 **三年** 丙寅蜀天復六年 **四年** 丁卯蜀天復七年○朱溫簒位稱梁開平元年 **五年** 戊辰晉岐淮南○蜀武成元年 **六年** 己巳晉岐淮南 **七年** 庚午晉岐吳岐王承制加淮南

楊隆演嗣吳王八年辛未晉岐吳○蜀永平元年梁乾化元年九年壬申晉岐吳十年

癸酉晉岐吳十一年甲戌晉岐吳十二年乙亥晉岐吳○梁貞明元年十三年丙子晉岐吳○蜀通正元年十四年丁丑晉岐吳○蜀天漢元年漢乾亨元年十五年戊寅晉岐吳○蜀光天元年十六年己卯晉岐○吳武義元年蜀乾德元年十七年庚辰晉岐十八年辛巳晉岐○吳順義元年梁龍德元年十九年壬午晉岐

同光元年癸未晉莊宗復唐改元岐尋內屬二年甲申三年乙酉

天成元年丙戌明宗立改元○吳越寶正元年二年丁亥○吳乾貞元年三年戊子○漢大有元年四年己丑○吳太和元年

長興元年庚寅二年辛卯三年壬辰四年癸巳

應順元年甲午閔帝立遇弑末帝立改元清泰

清泰二年乙未○吳天祚元年蜀明德元年三年丙申石敬塘因契丹立號晉天福元年○自天祐至是三十三年

昇元元年丁酉烈祖即位○古今之亂唐末極矣然清泰方絕昇元已建天命人心無絕也孰謂五季無君哉二年戊戌○蜀廣政元年三年己亥○閩永隆元年四年庚子五年辛丑六年壬寅○漢光天元年七年癸卯元宗立改元保大○殷天德元年漢乾和元年

保大二年甲辰

○晉開運元年三年乙巳四年丙午五年丁未晉亡○六年戊申○漢乾祐元年
七年己酉八年庚戌漢亡○九年辛亥○周廣順元年十年壬子十一年
癸丑十二年甲寅○周顯德元年十三年乙卯十四年丙辰十五年丁巳
○北漢天會元年中興元年戊午初改交泰元宗十六年始奉周顯德年去帝號○自昇元至是二十二年天祐至是則五十五年自武德至是三百四十二年矣使元宗能安天命事大國以存宗祀周能敦王道以賓之則三世代之意也○周顯德六年元宗十七年己未天子命城金陵
七年元宗十八年庚申○宋建隆元年○宋建隆二年元宗十九年辛酉元宗殂後主卽位仍奉其正朔宋又始稱詔于唐三年後主二年壬戌乾德元年後主三年癸亥
二年後主四年甲子三年後主五年乙丑四年後主六年丙寅五年後主七年丁卯
開寶元年後主八年戊辰二年後主九年己巳三年後主十年庚午四年後主十一年辛未
五年後主十二年壬申六年後主十三年癸酉○甲戌歲後主十四年○宋開寶七年
乙亥歲後主十五年○宋開寶八年後主城陷被執唐亡○自烈祖至是三主凡三十九年自高祖至是凡三百五十九年殷周革命而祀宋國隨之世梁猶祀焉宋之君

度不逮世宗矣

州軍總音釋

凡州軍三十八

昇都金陵府以宣之當塗廣信弁置蕪湖銅陵繁昌來屬及當塗爲雄遠軍復以池之青陽來屬與舊
領上元江寧句容溧水溧陽爲十縣也揚東都江都府改江陽爲廣陵以海陵興化屬泰以天長置
軍尋改曰建武軍改楊子曰永貞以其白沙鎮爲迎鑾鎮雄割揚之六合天長置楚以鹽城屬泰吳
順化軍宋淮安泗滁改永陽曰來安和光黃舒蘄廬
昭順軍壽清順軍海泰以揚之海陵置領揚之興化楚之鹽城置泰興如皐濠定遠
軍通靜海軍雄遠軍見昇州潤鎮海軍常宣見昇州□攝池康化
軍置銅陵吳改至德爲建德饒永平軍置德興信置鉛山江□化軍置德安順昌湖口□流
東流尋屬池改潯陽□德德化洪南都南昌府□置清江改新吳爲奉□置靖安鄂武昌軍筠
割洪之高安置上高萬載清江筠音□以南城置建武勻州以出竹名宋瑞州□□軍吳招武軍袁
置萬載吉置龍泉虔昭信軍□瑞金龍南石城上□□□贛州建永安軍改忠義軍置歸化
建寧汀劍割建汀置南□□漳名以泉□□□泰屬泉清源軍

列傳一之十五　　南唐書四之十八

宋齊丘第一詩凡三十四韻有曰山蹙龍虎健水黑螭壘作日晚嚴城鼓風來蕭寺鐸金桃帶葉摘綠李和衣嚼塵飛景陽井草合臨春閣一日賢太守輿我觀稾籥乃陪烈祖登金陵城中鳳凰臺作今石刻王紹顏奉勅書貞竹無盛衰媚柳先搖落一聯小異昇元中敕立

周宗第二臺城六朝宮也在都城內北烈祖因築府就為宮宋為府治後為行宮在今郡城內北志謂之舊子城郡城亦烈祖築子城郡城比古城皆近南爾摺襆頭角見李建勳等畫影皆輭裹公服一如盛唐也

徐鍇鍇音楷又音皆九江謂鐵為鍇諦音帝審也

邊鎬鎬音好郴見元宗紀

柴克宏第三頵麇又音贇頭大也

王會弢音叨弓衣也

游簡言讟音讀怨謗也

刁彥能舉刀示先主先主蓋舊書文當云烈祖也

鍾謨第四　沾沾自衒　沾音瞻輕薄也漢魏其傳沾沾自喜衒音縣說文自矜也

朱匡業第五　朱元叛元宗議親征　元本作烈祖今按其事正之

朱令贇　贇　見元宗紀

江文蔚第七　捨爵策勳　出左氏捨舍去聲

馮延己第八　顧　見上柴克宏傳　延魯　玄武湖　在金陵城北南唐近事湖周迴十數里幕府雞籠蔣山環聳左右名園勝境掩映如畫六朝舊迹多出其間每裁菱藕罟網之利不下數千云案湖宋王安石言開爲田今成平陸矣

孫忌　豆盧　姓出北地

彭師暠　暠字通作皓皜

韓熙載第九　梅嶺岡　在城南郡志謝公墓上有無字碑今皆失其處　慕容紹宗　案北史紹宗初事爾朱歸高歡歡命其子澄用之故曰神武遺言實表知人之鑒

劉仁贍第十　壽州　本漢壽春周世宗得壽州徙其軍淮北下蔡改名忠正軍以旌仁贍之節復以壽州故治立壽春縣隸忠正軍宋置安豐軍於壽春縣今安豐路也

潘佑 見上馬元康下

嚴續 腑附 見漢書劉向衛青傳肝肺相附著也附通作腑音副

張易 蒐莪 即巍峩蒐巍古通 喑噁 史記韓信傳喑噁叱咤索隱曰喑於鴆切噁烏路切懷怒氣也漢書作音烏猝嗟晉灼曰音烏恚怒聲也

郭廷謂第十一 笮 通作筰音昨以竹索為橋也字又音窄而義異

林仁肇 擿 音剔挑也發也漢趙廣漢傳發姦擿伏揚子擿埴索塗字又通作摘擲而音義異

盧絳 新淦 漢縣隋以屬吉州宋以屬臨江軍淦水出焉淦從水金聲古暗切

陳喬 脫屣 屣音徙孟子猶棄敝蹝也又通作躧屨不躡根也屣所寄切

李元清第十二 趫 音驕善走也捷也

魏岑 怵 見上元宗紀作訹

元宗子從善第十三 悁 縈緣切詩憂心悁悁蓋兼縎絓捐委之義

雜藝方士吳廷紹第十四 飴 音怡餳也

潘扆 紫極宮 南唐近事扆後欲傳其法於人夢其師怒擅洩靈術傳非其人陰奪其法痁不復能劍云尋病終紫極宮臨終上言乞桐棺葬近地後當尸解上從之使中貴人護葬金波園保大中元宗命親信發冢觀之骸骨尚在迄無異焉

耿先生 爓 火乾也亦作炒煭 方山 在城東南三十里外吳葛仙翁所居有丹井一名天印山有寶華宮碑宮基經火正當井處故老云當時卽焚之也

節義 史諜 諜通作牒札也漢志披圖諜

吳媛 媛音援女賢也字又通作娟 晬 祖對切子生一歲也

浮屠 第十五 身毒 身音捐又音乾毒音篤國在大夏東南今呼天竺蓋身毒聲轉爲天篤篤省作竺又轉爲竹音也 衣祴 語出佛書祴音刻字書衣裾也 牛頭山 在城南二十里卽晉王導指爲天闕者

契丹 旃 俗作氈 賮 徐刃切會禮之財也通作贐漢書唐書作進

高麗 倭 窩 龜茲 音丘慈○已上音釋姑据所知亦有特略之者加詳者幸觀者審焉

南唐書音釋

南唐書卷第一

宋 陸游 務觀

烈祖本紀第一

烈祖光文肅武孝高皇帝名昪字正倫小字彭奴徐州人姓李氏唐憲宗第八子建王恪之玄孫恪生超早卒超生志仕爲徐州判司卒官因家焉志生榮榮性謹厚喜從浮屠遊多晦跡精舍時號李道者帝以光啓四年十二月二日生于彭城六歲而孤遇亂伯父球攜帝及母劉氏避地淮泗至濠州乾寧二年淮南節度使楊行密見而奇之養以爲子行密長子渥惡帝不以爲兄弟行密乃以與大將徐溫曰是兒狀須非常吾度渥終不能容故以乞汝遂冒姓徐氏名知誥帝事溫盡子道溫妻李氏以其同姓鞠養甚至

及長身七尺方額隆準脩上短下語聲如鍾精采鑠人常緩步而從者疾行莫能及溫有疾與其婦晨夜侍旁不去溫益愛之行密亦謂溫曰知誥雋傑諸將子皆不逮也天祐六年六月自元從指揮使遷昇州防遏使兼樓船軍使治戰艦于昇七年五月授昇州副使知州事九年副柴再用平宣州以功遷昇州刺史時江淮初定守令皆武夫專事軍旅帝獨褒廉吏課農桑求遺書招延四方士大夫傾身下之雖以節儉自勵而輕財好施無所愛吝以宋齊丘王令謀王翃主論議曾禹張洽孫魴徐融爲賓客馬仁裕周宗曹悰爲親吏十一年加檢校司徒始城昇州十四年五月城成溫來觀喜其制度壯麗徙治焉而以帝爲檢校太保潤州團練使帝本意在宣州不悅時溫子

知訓以內外馬步都軍副使專制楊氏驕淫失衆宋齊丘納說曰知訓旦暮且敗是行天所贊也十五年朱瑾殺知訓馬仁裕自蒜山渡馳告帝帝即日帥師入廣陵定亂遂代知訓爲淮南節度行軍副使內外馬步都軍副使勤儉寬簡盡反知訓之政上下悅服吳王建國以帝爲左僕射參政事國人謂之政事僕射棄剝亂之後曾未期歲紀綱憲度粲然竝舉溫雖遙執國政而人情頗已歸屬于帝有徐玠者事溫爲金陵行軍司馬工揣摩捭闔密說溫曰居中輔政豈宜假之它姓請更用嫡子知詢帝刺知皇恐表乞罷政事出鎮江西表未上而溫疾亟遂止溫卒知詢嗣爲金陵節度使諸道副都統數與帝爭權帝乃使人誘之來朝留爲左統軍悉奪其兵而帝以太尉中書

令出鎮金陵如溫故事吳命帝開大元帥府置僚屬
進封齊王用天子制度改名誥
昇元元年冬十月吳帝禪位乎我甲申即皇帝位改
吳天祚二年爲昇元元年國號齊以十二月二日爲
仁壽節尊吳帝爲高尚思玄弘古讓皇帝上冊稱受
禪老臣誥追尊考溫爲太祖武皇帝丙申以平章事
張延翰爲右僕射兼門下侍郎同平章事門下侍郎
張居詠中書侍郎李建勳皆爲同平章事以建康爲
西都廣陵爲東都改尚書省爲尚書都省東都尚書
省爲留守院丙戌改齊明門爲朝元門丁亥封弟知
證爲江王知諤爲饒王戊子降吳太子璉爲弘農郡
公辛卯降吳建安王珙江夏王璘等十一人爵一等
而加官增戶邑詔獄訟未經本處論決者毋得詣闕

訴乙未降吳公主爲國君甲午立王后宋氏爲皇后
丙申封女弟杞國君爲廣德長公主庚子遣使如漢
閩吳越荆南告卽位辛丑追封吳歷陽公濛爲臨川
王謚曰靈以禮改葬戊申封子景通爲吳王諸道副
元帥判六軍諸衞事十一月庚戌朔改東都舊第爲
崇德宮癸丑改承宣院爲宣徽院丙辰追冊故妃魏
國君楊氏爲順妃丁巳追封長子景遷爲高平郡王
長女爲豐城公主改辭狀司爲清訟院立姪景邁爲
晉陵郡公景遜爲上饒郡公景邈爲桂楊郡公景逸
爲平陽郡公封女五人爲盛唐太和永興建昌玉山
公主戊午立子景遂爲吉王景達爲壽陽郡公以景
遂爲東都留守江都尹赴東都己未陞東都海陵縣
爲泰州割鹽城泰興如皐興化縣屬焉丁卯高從誨

表請置邸建康從之己巳吳越王使將軍袁韜來賀
卽位乙亥追封故高平王景遷妃吳上饒公主爲燕
國君謚貞莊十二月庚寅上太祖武皇帝陵曰定陵
追尊高祖以下皆爲公王而稱宗配皆稱國君及妃
墓皆稱陵惟武皇帝之配李氏曰明德皇后丙午有
星孛北方
昇元二年春正月己酉朔日有食之避殿停朝賀甲
子高從誨使龐守規來賀卽位甲戌詔臣僚三品以
上追贈父母將相贈三世二月壬戌閩使內客省使
朱文進來賀卽位夏五月讓皇屢請徙居南平王李
德誠等亦引漢隋故事有請戊午改潤州州治爲丹
陽宮以平章事李建勳充迎奉讓皇使己未漢使集
賢殿學士鄭禹謨來賀卽位甲寅徙讓皇居丹陽宮

丁卯廣濟倉災焚米二十萬石作渾天儀六月庚辰月入太微西華門犯右執法辛巳犯東垣上相甲申陞池州爲康化軍是月高麗使正朝廣評侍郎柳勳律來朝貢秋七月壬申以左丞相宋齊丘爲平章事八月戊寅陞洪州灊灘鎮爲清江縣不隸州丁亥契丹使梅里捺盧古來聘冬十月丙子立太學命刪定禮樂癸未新羅使來朝貢壬辰命吳王璟勒步騎八萬講武銅駞橋十二月辛丑讓皇殂詔不視朝二十七日帝率百官素服舉哀是歲徙吳王璟爲齊王

昇元三年春正月庚戌江王知證饒王知諤表請帝復姓李氏不許癸亥右丞相齊丘平章事居詠建勳樞密使同平章事宗等表請復姓甲子御札詳議復姓乙丑齊丘等議宜如所請從之丙寅至壬申齊王

璟等三上尊號曰應乾紹聖文武孝明皇帝不許詔曰迺者干戈相尋地茀而不蓺桑殖而弗蠶衣食日耗朕甚閔之民有嚮風來歸者授之土田仍給復三歲二月乙亥改太祖武皇帝廟號義祖己卯帝御輿祥殿復姓爲考妣發哀與皇后皆服斬縗居廬如始喪禮服考妣喪各二十七日凡五十四日不視朝旦葬臨詔國事委宋齊丘惟軍旅以聞羣臣固諫詔以墨縗聽政帝初欲更名昪以犯文宗諱乃名晃或云朱全忠名也又更名坦御史王鵠言字從旦犯睿宗諱庚寅詔更名昪甲午月犯南斗第六星乙未契丹使曷魯來以兄禮事帝蜀使來賀即位追尊高祖建王恪曰定宗孝靜皇帝貞妃程氏曰貞靜皇后曾祖超曰成宗孝平王配崔氏曰平貞妃祖志曰惠宗孝

安王配盧氏曰安莊妃考榮曰慶宗孝德皇帝配劉氏曰德恭皇后庚午作南郊行宮千間夏四月庚辰朝享于太廟辛巳有事于南郊以高祖神堯皇帝配用上辛也大赦百官進位將士勞賜有差民三年藝桑及三千本者賜帛五十疋每丁墾田及八十畝者賜錢二萬皆五年勿收租稅詔曰朕以眇躬託于民上常懼弗類以羞高祖太宗之遺業羣公卿士顧欲舉上尊號之禮朕甚不取其勿復以聞戊子進封李德誠趙王徐知證韓王知諤梁王辛亥進封景遂壽王景達宣城王丙寅以齊王璟爲諸道兵馬大元帥丁未吳越王使左武衞上將軍沈韜文荆南高從誨使王崇嗣來賀南郊作北郊于玄武湖西熒惑犯月秋七月丙午放諸州所獻珍禽奇獸于鍾山命有司

作昇元格與吳令竝行甲寅歲星晝見自五月不雨
至于閏七月冬十月丁丑御後樓閱戰馬
昇元四年春二月詔罷營造力役毋妨農時三月丁
未頒中正曆曆官陳承勛所譔也丙戌漢人閩人來
聘夏五月晉安州節度副使李金全來降六月癸亥
罷宣州歲貢木瓜雜果太師中書令趙王李德誠卒
秋八月立齊王璟爲皇太子仍兼大元帥錄尚書事
璟固讓從之丁卯月掩歲星九月戊辰契丹使梅里
掠姑米里來聘獻狐白裘冬十月癸巳朔日熒惑塡
歲星聚于南斗壬寅以齊王璟讓儲貳赦殊死以下
京師賜酺內外諸軍給優賜禁表奏言聖壽二字違
者以大不敬論乙巳詔幸東都命齊王璟監國庚戌
帝自保德門御舟辛亥次迎鑾鎮甲寅至東都入建

元門帝感念疇昔泫然流涕不已遣使問東畿士民不能自存者己未高麗使廣評侍郎柳兢質來貢方物十一月乙丑宴羣臣于崇德宮故第也以聽事爲光慶殿庚辰改東都文明殿爲乾元殿英武殿爲明光殿應乾殿爲巫拱殿朝陽殿爲福昌殿積慶宮爲崇道宮西都崇英殿爲延英殿凝華內殿前爲昇元殿後爲雍和殿興祥殿爲昭德殿積慶殿爲穆清殿乙酉賜東畿高年疾苦惸獨米人二石漢使都官郎中鄭翱閩使客省使葛裕吳越使刑部尚書楊嚴來賀仁壽節十二月丙申帝至自東都昪元五年春二月己未殺泰州刺史褚仁規五月戊辰契丹使來秋七月詔曰右僕射兼中書侍郎同平章事監脩國史李建勳幸處台司且聯戚里靡循紀律敢黷彝章其

罷歸私第八月有星孛于天市長數尺七十日沒遣使振貸黃州旱傷戸口是歲吳越水民就食境內遣使振恤安集之

昇元六年春正月甲子月犯填星退行在畢閏月甲申朔改天長制置使爲建武軍庚寅漢使匽延保來聘癸巳閩使尙食使林弘嗣來聘都下大水秦淮溢東都火焚數千家二月己丑以左丞相太保宋齊丘知尙書省事初齊丘累求預政帝許中書視事又以兩省事多委給事舍人劇務多在尙書省又求知省事許之夏五月左丞相太保宋齊丘罷爲鎭南軍節度使六月常宣歙三州大雨漲溢漢使蕭規來告哀廢朝三日庚午契丹使掠姑米里來聘獻馬五駟大蝗自淮北蔽空而至辛未命州縣捕蝗瘞之庚辰熒

惑犯房次將辛巳禁節度刺史給攝署牒秋八月甲申漢使法物使公孫惠來謝襲位九月庚寅頒昇元刪定條冬十月詔曰前朝失御四方崛起者衆武人用事德化壅而不宣朕甚悼焉三事大夫其爲朕舉用儒者罷去苛政與吾民更始十二月閩使徐弘績漢使滕紹英吳越使右武衛大將軍蔣璠來賀仁壽節

昇元七年春正月契丹使達羅千等二十七人來聘獻馬三百羊三萬五千二月庚午帝崩于昇元殿年五十六十一月壬寅葬永陵帝臨崩謂齊王璟曰德昌宮儲戎器金帛七百萬汝守成業宜善交鄰國以保社稷吾服金石欲延年反以速死汝宜視以爲戒

帝生長兵間知民厭亂在位七年兵不妄動境內賴

以休息性節儉常躡蒲履用鐵盆盎暑月寢殿施青葛帷左右宮婢裁數人服飾樸陋建國始即金陵治所爲宮惟加鴟尾設闌檻而已終不改作元宗爲太子欲得杉木作板障有司以聞帝曰杉木固有之但欲作戰艦以竹作障可也江淮間連年豐樂兵食盈溢羣臣多請恢拓境土帝歎息曰吾少在軍旅見兵之爲民害深矣誠不忍復言使彼民安吾民亦安矣吳越國大火焚其宮室帑藏甲兵幾盡將帥皆言乘其弊可以得志帝一切不聽遣使厚持金幣唁之仁厚恭儉務在養民有古賢主之風焉

論曰昔馬元康胡恢皆嘗作南唐書自烈祖以下元康謂之書恢謂之載記蘇丞相頌得恢書而非之曰夫所謂紀者蓋摘其事之綱要繫於歲月屬於時君

秦莊襄王而上與項羽皆未嘗有天下而史遷著於本紀范曄漢書又有皇后紀以是質之言紀者不足以別正閏陳壽三國志吳蜀不稱紀是又非可法者也蘇丞相之言天下之公言也今取之自烈祖而下皆爲紀而用史遷法總謂之南唐紀云

南唐書卷第一

南唐書卷第二

元宗本紀第二

元宗明道崇德文宣孝皇帝名璟字伯玉烈祖長子母曰宋皇后初名景通風度高秀幼工屬文起家駕部郎中累進諸衞大將軍烈祖爲齊王立爲王太子固讓昇元初烈祖受禪封吳王徙齊王四年八月立爲皇太子復固讓曰前世以嫡庶不明故早建元良示之定分如臣兄弟友愛尙何待此烈祖爲下詔稱其守廉退之風師忠貞之節有子如此予復何憂赦殊死以下臣民奉牋齊王如太子禮七年二月烈祖病疽祕之人皆莫知庚午疾亟大醫吳廷紹密遣人告帝帝馳入宮侍疾於東閤是夕烈祖崩祕不發喪而下詔命帝監國大赦頒賚有差丙子始宣遺詔

保大元年春三月己卯朔烈祖殂已旬日帝猶未嗣
位方泣讓諸弟奉化節度使周宗手取袞冕衣帝曰
大行付陛下神器之重豈得固守小節是日卽皇帝
位大赦改元不待逾年遽改元識者非之百官進位
二等將士皆有賜蠲民逋負租稅賜鰥寡孤獨粟帛
尊皇后爲皇太后立妃鍾氏爲皇后以鎮南軍節度
使宋齊丘爲太保兼中書令奉化軍節度使周宗爲
侍中徙封壽王景遂爲燕王宣城王景達爲鄂王閩
使來弔祭升濠州爲定遠軍秋七月徙燕王景遂爲
齊王鄂王景達爲燕王仍以景遂爲諸道兵馬元帥
居東宮景達爲副元帥仍詔中外以兄弟傳國之意
八月乙卯立弟景逷爲保寧王冬十月庚戌有星孛
于東方嶺南妖賊張遇賢犯虔州詔遣洪州營屯都

虞候嚴恩帥師討之以通事舍人邊鎬監其軍其後擒遇賢及其黨黃伯雄曹景全斬于金陵市十二月以太保中書令宋齊丘爲鎭海軍節度使
保大二年春正月侍中周宗罷爲鎭南軍節度使左僕射兼門下侍郎平章事張居詠罷爲鎭海軍節度使辛巳詔齊王景遂總庶政惟樞密副使魏岑查文徽得奏事餘非召對不得見初烈祖尤愛景遂帝奉先志欲傳以位故有是詔宋齊丘蕭儼皆上書切諫未見聽侍衞都虞候賈崇叩閤請見曰臣事先帝三十年孜孜詢察下情猶患壅隔陛下始卽位所委何人而頓與臣下疎絕如此因嗚咽流涕帝感悟命坐賜食遂收所下詔夏五月閩將朱文進弒其君曦自稱閩王遣使來告帝因其使將討之議者謂閩亂由

王延政當先討乃釋閩使遣還秋九月庚午朔日有食之冬十二月樞密院使查文徽請討王延政詔以文徽爲江西安撫使往覘建州文徽固請乃以邊鎬爲行營招討共攻延政敗績于蓋竹

保大三年春二月以何敬洙爲福建道行營招討祖全恩爲應援使姚鳳爲諸軍都監會查文徽進討秋七月星見而風雨八月甲子朔日有食之克建州執王延政歸于金陵拜羽林大將軍升建州爲永安軍冬十月皇太后宋氏殂是歲升建州延平津爲劍州以建州之劍浦汀州之沙縣隸焉

保大四年春正月以青陽公宋齊丘爲太傅兼中書令昭武軍節度使李建勳爲右僕射兼門下侍郎及中書侍郎馮延己皆平章事夏五月以樞密使陳覺

爲福建宣輸使使諭李弘義入朝不克覺擅發汀建撫信州兵趨福州帝遂命王崇文魏岑馮延魯會攻福州秋九月淮南蟲食稼除民田稅冬十月庚辰閩福州改漳州爲南州

保大五年春正月立齊王景遂爲皇大弟徙燕王景達爲齊王拜諸道兵馬元帥徙南昌王弘冀爲燕王副元帥晉密州刺史皇甫暉棣州刺史王建來歸契丹耶律德光以滅晉來告捷且請會盟於境上帝不從遣工部郎中張易聘之請命使者如長安脩奉諸陵契丹亦不從三月己亥吳越救福州兵自海道至我師與之戰敗績諸營皆潰夏四月壬申詔卽軍中斬陳覺馮延魯餘將帥皆赦不問已而復詔械覺延魯還都既至貸死覺流蘄州延魯流舒州五月帝聞

契丹棄中原遁歸詔曰乃眷中原我之故地以李金全爲北面行營招討使六月聞漢入汴兵遂不出而金全猶不罷秋閏七月丁丑夜有彗出東方近濁其尾迹近側掃少微及長垣至八月壬辰乃沒八月太傅兼中書令宋齊丘罷爲鎮南軍節度使

保大六年夏六月庚寅朔日有食之九月漢護國軍節度使李守貞間道表求援師以鎮海軍節度使李金全爲北面行營招討使救河中師次沂州冬十一月退保海州

保大七年春正月淮北盜起以神衛都虞候皇甫暉將軍張巒蕭處贇監軍散騎常侍張義方帥師萬人出海泗招降納亳州蒙城鎮將咸師朗等以歸夏六月癸酉朔日有食之冬十月我師度淮攻正陽敗績

十二月泉州刺史劉從効兄南州刺史從願殺刺史董思安據南州自稱刺史我不能問因升泉州爲清源軍以從効爲節度使

保大八年春正月李金全始罷北面行營招討使二月福州遣諜者詣建州留後查文徽告吳越戍卒亂殺李弘義棄城去文徽信其言襲福州大敗被執而別將建州刺史陳誨以戰棹敗福州兵執其將馬先進俘於金陵秋七月歸馬先進於吳越而求查文徽八月尚書郎周濬等三人奔漢九月楚朗州節度使馬希蕚表請師詔加同平章事賜以鄂州今年租稅命楚州團練使何敬洙帥師援之冬十月越歸查文徽十一月甲子朔日有食之十二月馬希蕚攻陷潭州弑其君馬希廣楚將李彥温劉彥瑫各以千人來

歸
保大九年春二月楚王希萼使掌書記劉光翰來貢
方物三月壬戌朔以右僕射孫晟客省使姚鳳爲楚
王策禮使又以洪州營屯都虞候邊鎬爲湖南安撫
使便宜進封淮南饑夏五月辛未有星大如五升器
自西南流墜西北光燭地聲如雷六月楚靜江軍指
揮使王逵執朗州節度使馬光惠歸於金陵推辰州
刺史劉言爲朗州留後來請命秋九月楚將徐威等
廢其君希萼命邊鎬出萍鄉以討楚亂冬十月壬寅
武安留後馬希崇請降鎬入潭州癸丑武昌節度使
劉仁贍帥舟師取岳州湖南遂平南漢來攻陷郴州
周兗州節度使慕容彥超來乞援師從之
保大十年春正月陞洪州高安縣爲筠州以清江萬

執上高三縣隸焉援兗州之師敗績于沭陽周人執我指揮使燕敬權二月周人歸敬權使來言曰吾賊臣背叛爾國助之豈長計哉且使潁州郭瓊遺我壽州劉彥貞書曰自古有國皆惡叛臣貴邦何爲常事招誘吳中多士無乃淺圖帝頗愧其言以翰林學士江文蔚知禮部貢舉放進士王克貞等三人及第旋復停貢舉三月以太弟太保馮延己爲左僕射前鎮海節度使徐景運爲中書侍郎及右僕射孫忌並同平章事帝以南漢乘楚亂據桂宜等州將取之以知全州張巒兼桂州招討使夏四月丙戌朔日有食之命統軍侯訓帥五千人會張巒攻桂州敗績于城下訓死之巒收餘衆保全州周興順指揮使白進福以族來歸秋九月召朗州劉言入朝冬十月劉言將王

逵周行逢攻潭州壬辰拔益陽寨戍將李建期死之丙申潭州節度使邊鎬棄城遁辛丑劉言將蒲公益攻岳州刺史宋德權監軍任鎬棄城遯十一月劉言盡據故楚地詔流邊鎬于饒州斬宋德權任鎬于太社斬裨將申洪泰尹建于都門外平章事馮延己孫忌皆罷爲左右僕射十二月雩都令趙暹奔周洪州大都督楚王馬希蕚來朝留不遣是歲大旱

保大十一年春三月以左僕射馮延己同平章事金陵火逾月焚官寺民廬數千間復設貢舉夏六月不雨井泉竭涸淮流可涉旱蝗民饑流入周境冬十月築楚州白水塘以溉屯田遂詔州縣陂塘湮廢者皆脩復之於是力役暴興楚州常州爲甚帝使親吏車延規董其役發洪饒吉筠州民牛以往吏緣爲姦強

奪民田爲屯田江淮騷然百姓以數丈竹去節焚香於中仰天訴寃者不可勝數知制誥徐鉉因奏事白之帝曰吾國兵數十萬安肯不食捍邊事有大利則舉國排之奈何鉉又力陳其弊帝乃遣鉉行視利害鉉至楚州悉取所奪田還民詰責車延規欲榜之百姓感悅而帝左右交譖以爲擅作威福帝大怒趣歸將沉之江中既至怒少解流舒州而白水塘等役亦賴以止

保大十二年春正月有大星霣于西北聲如雷二月命吏部侍郎朱鞏知禮部貢舉自十一年六月至于今年三月大饑疫命州縣鬻粥食餓者秋七月契丹使其舅來聘夜宴清風驛盜斬契丹使士去捕之不得或以爲周人也自是契丹遂不至

保大十三年春二月以中書侍郎知尚書省嚴續爲門下侍郎平章事夏六月周攻秦鳳蜀使閒使來告難周下詔罪狀我遣將李穀王彥超韓令坤等侵我淮南攻自壽州帝乃以神武統軍劉彥貞爲北面行營都部署帥師三萬赴壽州奉化節度使同平章事皇甫暉爲北面行營應援使常州團練使姚鳳爲應援都監帥師三萬屯定遠縣召鎮南節度使宋齊丘入朝謀難冬十二月以安定郡公從嘉爲沿江巡撫使是歲天裂東北其長二十丈

保大十四年春正月壬寅周帝親征劉彥貞與周師戰于正陽敗績彥貞戰死二月周師兼道襲清流關皇甫暉敗保滁州周師破城俘暉及姚鳳以歸壬戌有星孛于參芒東南指帝遣泗州牙將王承朗奉書

至徐州求成于周稱唐皇帝奉書于大周皇帝願以兄事歲獻方物大弟景遂亦移書周將帥皆不報己卯遣翰林學士鍾謨文理院學士李德明使周奉表至下蔡行在貢金器千兩銀器五千兩錦綺紋帛二千疋及御衣犀帶茶藥又奉牛五百頭酒二千石犒軍請罷兵乙酉周師陷東都執副留守馮延魯丁亥左神衛使徐象等十八人自壽州奔周天長制置使耿謙以城降于周遣園苑使尹廷範護遷讓皇之族于潤州廷範殺其男子六十人誅廷範以謝國人周師陷泰州刺史方訥棄城遯帝遣閒使求援于契丹至淮北爲周人所執吳越侵常州宣州靜海制置使姚彥洪奔吳越三月遣司空孫晟及禮部尚書王崇質使周削去帝號奉表請爲外臣猶不許光州兵馬

都監張延翰以城降于周刺史張紹遯還丁酉周師
陷舒州刺史周弘祚赴水死蘄州將李福殺知州王
承雋降于周戊戌天成軍使蔡暉自壽州奔周周師
陷和州詔斬李德明於都市坐奉使請割地也吳越
陷常州之郛執團練使趙仁澤燕王弘冀遣龍武都
虞候柴克宏救常州壬子大敗吳越兵于常州斬獲
萬計俘其將數十至潤州弘冀悉斬之壬戌壽州軍
校陳延貞等十三人奔周是月命諸道兵馬元帥齊
王景達拒周夏四月復泰州五月周帝北還秋七月
復東都舒蘄光和滁州惟壽州之圍愈急冬十月周
人害我行人孫晟從者二百人皆死獨貸鍾謨以為
燿州司馬是歲詔省淮南屯田之害民者
保大十五年春二月乙亥周帝親征齊王景達自濠

州遣邊鎬許文稹朱元帥兵數萬援壽州景達用監軍使陳覺言謀奪朱元兵以楊守忠代之元遂舉寨降周裨將時厚卿獨不從見殺壬辰周師盡破我諸寨執邊鎬許文稹楊守忠餘衆悉奔潰景達亦遯歸金陵是役也所喪四萬人三月誅朱元妻子丁未壽州劉仁贍病革副使孫羽等代仁贍署表降于周辛亥晝晦雨沙如霧夏四月周帝北還冬十一月周帝復親征十二月濠州刺史郭廷謂泗州刺史范再遇皆舉城降帝知東都必不守遣使焚其官私廬舍徙其民于江南周師入揚州丁丑周師攻陷泰州都城大火一日數發

交泰元年春正月改元中興丙戌周師陷海州壬辰周師陷靜海軍丁未陷楚州防禦使張彥卿兵馬都

監鄭昭業死之周師屠其城焚廬舍殆盡周師次雄
州刺史易文贇舉城降州天長縣也三月大赦改元
交泰以皇太弟景遂爲天策上將軍晉王立燕王弘
冀爲皇太子參治朝政丁亥周帝次揚州辛卯遂至
迎鑾鎮壬辰耀兵江口帝懼周師南渡遣樞密使陳
覺奉表貢方物請傳位太子弘冀以國爲附庸周帝
始采唐報囘紇可汗故事答帝璽書稱皇帝致書敬
問江南國主帝遣閤門承旨劉承遇上表稱唐國主
盡獻江北郡縣之未陷者鄂州漢陽汉川二縣在江
北亦獻焉歲歲輸土貢數十萬乞海陵鹽監南屬不許
後歲給贍軍鹽三十萬石庚子周帝賜書許帝奉正
朔罷兵而不許傳位太子甲辰遣平章事馮延己等
使周犒軍及買宴夏五月下令去帝號稱國主去交

泰年號稱顯德五年置進奏邸于汴都凡帝者儀制皆從貶損改名景以避周信祖諱告于太廟告廟之日金陵大霧通夕不解左僕射平章事馮延己罷爲太子太傅門下侍郎平章事嚴續罷爲太子少傅己酉周帝遣太府卿馮延魯衞尉少卿鍾謨賜國主御衣金玉帶錦帛羊馬及犒軍帛十萬凡士卒俘于周者皆遣還凡五千七百五十人冬十月甲午周帝歸我臣馮延魯許文稹邊鎬周廷構國主皆不復用十一月己亥暴宋齊丘陳覺李徵古罪放齊丘歸九華山覺安置饒州徵古削官爵覺徵古尋皆賜自盡齊丘明年正月亦幽死

顯德六年秋七月鑄大錢文曰永通泉貨一當十與舊錢並行又鑄唐國通寶錢二當開通錢之一九月

丙午太子弘冀卒冬十一月建洪州爲南都南昌府
建隆元年春正月遣何莅誅鍾謨于饒州誅張巒于
宣州大宋太祖皇帝受周禪放江南降將三十四人
來歸二月始鑄鐵錢三月遣使朝賀于京師秋七月
遣禮部郎中龔愼儀朝于京師貢乘輿服御自是貢
獻尤數歲費以萬計冬十月宋楊州節度使李重進
叛來求援不許十一月丁未太祖平李重進國主遣
右僕射嚴續犒軍蔣國公從鎰戶部侍郎馮延魯朝
貢
建隆二年春二月國主遷於南都立吳王從嘉爲太
子留金陵監國國主舟行旌麾仗衛六軍百司凡千
餘里不絕所過勞問高年疾苦大宴于當塗至宋家
洑暴風飄國主舟幾至北岸翼日從官皆棄輕舟奔

問三月國主至南都太祖以國主遷都遣通事舍人王守貞來勞問南都迫隘羣下皆思歸國主亦悔遷北望金陵鬱鬱不樂澄心堂承旨秦承裕常引屏風障之復議東還未及行國主寢疾不復進膳惟啜蔗漿嗅藕華六月己未疾革親書遺令留葬西山累土數尺爲墳且曰違吾言非忠臣孝子夕有大星霣于南都庚申殂于長春殿年四十六後主不忍從遺令迎喪還秋八月至金陵丁未殯于宮中萬壽殿告哀于京師且請追復帝號太祖許之

三年正月戊寅葬順陵元宗多才藝好讀書便騎善射在位幾二十年慈仁恭儉禮賢睦族愛民字孤裕然有人君之度少喜栖隱築館于廬山瀑布前蓋將終焉迫于紹襲而止然自以唐室苗裔誅於斥大境

士之說及福州湖南再喪師知攻取之難始議弭兵務農或曰願陛下十數年勿復用兵元宗曰兵可終身不用何十數年之有會周師大舉寄任多非其人折北不支至於蹙國降號憂悔而殂悲夫

論曰元宗舉閩楚之師境內虛耗及契丹滅晉中原有隙可乘而南唐兵力國用既已弗支熟視而不能出世以爲恨予謂不然唐有江淮比同時割據諸國地大力强人材衆多且據長江之險隱然大邦也若用得其人乘閩楚昏亂一舉而平之然後東取吳越南下五嶺成南北之勢中原雖欲睥睨豈易動哉不幸諸將失律貪功輕舉大事弗成國勢遂弱非始謀之失所以行之者非也且陳覺爲延魯輩用師閩楚猶喪敗若此若北鄉而爭天下與秦晉趙魏之師戰

于中原角一旦勝負其禍可勝言哉故予具論其實如此後之覽者得以考觀焉

南唐書卷第三

後主本紀第三

後主名煜字重光元宗第六子初名從嘉母曰光穆皇后鍾氏從嘉廣顙豐頰駢齒一目重瞳子文獻太子惡其有奇表從嘉避䜿惟覃思經籍歷封安定郡公鄭王文獻太子卒徙吳王以尚書令知政事居東宮建隆二年遂立爲太子元宗南巡太子留金陵監國以嚴續殷崇義輔之張洎主牋奏六月元宗殂太子嗣立于金陵更名煜居喪哀毀幾不勝赦境內尊鍾后曰聖尊后以后父名太章也立妃周氏爲國后徙信王景遏爲江王鄧王從善爲韓王立弟從鎰爲鄧王從謙爲宜春王從信爲文陽郡公從度爲昭平郡公從度景遷子也令諸司四品至九品無職事者

日二員待制於內殿以右僕射嚴續爲司空平章事餘進位有差遣中書侍郎馮延魯于京師奉表陳襲位太祖賜詔答之自是始降詔秋九月太祖遣鞍轡庫使梁義來吊祭冬十月太祖遣樞密承旨王文來賀襲位初元宗雖臣于周惟去帝號他猶用王者禮至是國主始易紫袍見使者使退如初服十二月置龍翔軍以教水戰

建隆三年春三月遣馮延魯入貢京師泉州節度使中書令晉江王劉從効卒子紹鎡自稱留後四月泉州將陳洪進執紹鎡歸金陵推副使張漢思爲留後六月遣客省使翟如璧入貢京師太祖放降卒千人南還冬十一月遣水部郎中顧彝入貢京師

乾德元年春正月太祖遣使來賜羊馬槖駞三月太

祖出師平荊湖國主遣使犒軍夏四月泉州副使陳
洪進廢張漢思自稱權知軍府來告國主即以洪進
爲節度使秋七月太祖詔國主遣還顯德以來中朝
將士在江南者及令揚州民遷江南者還其故土十
二月國主表乞罷詔書不名之禮不從
乾德二年春三月行鐵錢每十錢以鐵錢六權銅錢
四而行其後銅錢遂廢民間止用鐵錢末年銅錢一
直鐵錢十比國亡諸郡所積銅錢六十七萬緡命吏
部侍郎脩國史韓熙載知貢舉放進士王崇古等九
人國主命中書舍人徐鉉覆試舒雅等五人雅等不
就國主乃自命詩賦題以中書官涖其事五人皆見
黜秋八月太祖於江北置折博務禁商旅過江九月
立子仲寓爲清源郡公仲宣宣城郡公十月甲辰仲

寓卒國后周氏已寢疾哀傷增革遂亦卒十一月太
祖遣作坊副使魏丕來吊祭
乾德三年夏五月司空平章事嚴續罷爲鎮海軍節
度使秋九月兩沙聖尊后鍾氏殂冬十月太祖遣染
院使李光圖來吊祭
乾德四年秋八月國主遣龔慎儀持書使南漢約與
俱事中朝九月慎儀至番禺被執
乾德五年春命兩省侍郎諫議給事中中書舍人集
賢勤政殿學士更直光政殿召對咨訪率至夜分
開寶元年春三月戊申以樞密使右僕射殷崇義爲
左僕射同平章事境內旱太祖賜米麥十萬石冬十
一月立國后周氏
開寶二年三月以游簡言爲左僕射兼門下侍郎同

平章事夏五月簡言卒是歲右僕射同平章事殷崇義罷爲潤州節度使同平章事

開寶三年夏太白晝見二日相觸

開寶四年冬十月國主聞太祖滅南漢屯兵于漢陽大懼遣太尉中書令鄭王從善朝貢稱江南國主請罷詔書不名從之有商人來告中朝造戰艦數千艘在荆南請密往焚之國主懼不敢從

開寶五年春二月國主下令貶損儀制改詔爲教中書門下省爲左右內史府尚書省爲司會府御史臺爲司憲府翰林院爲文館樞密院爲光政院大理寺爲詳刑院客省爲延賓院官號亦從改易以避中朝

初金陵殿闕皆設鴟吻元宗雖臣于周猶如故乾德後遇中朝使至則去之使還復設至是遂去不復用

降諸弟封王者皆爲公從善楚國從鎰江國從謙鄂國內史舍人張佖知禮部貢舉放進士楊遂等三人清耀殿學士張洎言佖多遺才國主命洎考覆遺不中第者於是又放王倫等五人閏月癸巳太祖命進奉使楚國公從善爲泰寧軍節度使留京師賜第汴陽坊示欲召國主入朝也國主遣戶部尚書馮延魯謝從善爵命延魯至京師疾病不能朝而歸

開寶六年夏太祖遣翰林院學士盧多遜來國主聞太祖欲興師上表願受爵命不許以司空殷崇義知左右內史事冬十月內史舍人潘佑上書切諫佑素與戶部侍郎李平交厚國主以爲事皆由平始先以平屬吏遣使收佑佑自殺平縊死獄中皆徙其家外郡

甲戌歲秋國主上表求從善歸國不許太祖遣閤門使梁迥來使從容言曰天子今冬行柴燎之禮國主宜往助祭國主不答九月丁卯復遣知制誥李穆爲國信使持詔來曰朕將以仲冬有事圜丘思與卿同閱犧牲且諭以將出師宜早入朝之意國主辭以疾且曰臣事大朝冀全宗祀不意如是今有死而已時太祖已遣潁州團練使曹翰率師先出江陵宣徽南院使曹彬侍衛馬軍都虞候李漢瓊賀州刺史田欽祚率舟師繼發及是又命山南東道節度使潘美侍衛步軍都虞候劉遇東上閤門使梁迥率師水陸竝進與國信使李穆同日行冬十月國主遣江國公從鎰貢帛二十萬疋白金二十萬斤又遣起居舍人潘慎修貢買宴帛萬疋錢五百萬築城聚粮大爲守備

閏十月王師拔池州國主於是下令戒嚴去開寶紀年稱甲戌歲辛未王師進拔蕪湖及雄遠軍吳越亦大舉兵犯常潤國主遺吳越王書曰今日無我明日豈有君一旦明天子易地賞功王亦大梁一布衣耳吳越王表其書于朝王師次采石磯作浮橋成長驅渡江遂至金陵每歲大江春夏暴漲謂之黃花水及王師至而水皆縮小國人異之國主以軍旅委皇甫繼勳機事委陳喬張洎又以徐元瑀刁衎爲內殿傳詔而遽書警奏日夜狎至元瑀等輒屏不以聞王師屯城南十里閉門守陴國主猶不知也初烈祖有國凡民產二千以上出一卒號義軍分籍者又出一卒號生軍新置產亦出一卒號新擬軍客戶有三丁者出一卒號拔山軍元宗時許郡縣村社競渡每歲重

午日官閱試之勝者給綵帛銀椀皆籍姓名至是盡取爲卒號凌波軍民奴及贅壻號義勇軍募豪民以私財招聚亡賴亡命號自在軍至是又大蒐境內自老弱外皆募爲卒號排門軍民間又有自相率拒敵以紙爲甲農器爲兵者號白甲軍凡十三等皆使捍禦然實皆不可用奔潰相踵

乙亥歲春二月壬戌王師拔金陵關城三月丁巳吳越攻我常州權知州事禹萬誠以城降誅神衞都指揮使皇甫繼勳彗出五車色白長五尺夏六月轉見西方犯太微六十日滅王師及吳越圍潤州留後劉澄以城降吳越遂會王師圍金陵洪州節度使朱令贇帥勝兵十五萬赴難旌旗戰艦甚盛編木爲栰長百餘丈大艦容千人令贇所乘艦尤大擁甲士建大

將旗鼓將斷采石浮橋至皖口與王師遇傾火油焚北船適北風反熖自焚我軍大潰令贇及戰櫂都虞候王暉皆被執外援既絕金陵益危蹙王師百道攻城晝夜不休城中米斗萬錢人病足弱死者相枕籍國主兩遣徐鉉等厚貢方物求緩兵守祭祀皆不報冬十一月白虹貫日晝晦乙未城陷將軍咼彥馬承信及弟承俊帥壯士數百力戰而死勤政殿學士鍾蒨朝服坐于家亂兵至舉族就死不去光政使右內史侍郎陳喬請死不許自縊死國主帥司空知左右內史事殷崇義等肉袒降于軍門明年正月辛未至京師乙亥授右千牛衛上將軍封違命侯太宗即位加特進改封隴西公太平興國三年七月辛卯殂年四十二是日七夕也後主蓋以是日生贈太師追封

吳王葬洛陽北邙山後主天資純孝事元宗盡子道
居喪哀毀杖而後起嗣位之初屬保大軍興之後國
削勢弱帑庾空竭專以愛民爲急蠲賦息役以裕民
力尊事中原不憚卑屈境內賴以少安者十有五年
憲司章疏有繩糾過訐皆寢不下論決死刑多從末
減有司固爭乃得少正猶垂泣而後許之常獵于青
山還如大理寺親錄繫囚多所原釋中書侍郎韓熙
載奏獄訟有司之事囹圄非車駕所宜臨幸請罰內
庫錢三百萬以資國用雖不聽亦不怒也殂問至江
南父老有巷哭者然酷好浮屠崇塔廟度僧尼不可
勝算罷朝輒造佛屋易服膜拜以故頗廢政事又置
澄心堂于內苑引能文士及徐元機元榆元樞兄弟
居其間中旨由之而出中書密院乃同散地兵興之

際降御札移易將帥大臣無知者皇甫繼勳誅死之後夜出萬人斫營招討使但署牒遣兵竟不知何往蓋皆澄心堂直承宣命也長圍既合內外隔絕城中之人惶怖無死所後主方幸淨居室聽沙門德明雲真義倫崇節講楞嚴圓覺經用鄱陽隱士周惟簡爲文館詩易侍講學士延入後苑講易否卦賜惟簡金紫羣臣皆知國亡在旦暮而張洎猶謂北師已老將自遁去後主益甘其言晏然自安命戶部員外郎伍喬于圍城中放進士孫確等三十八人及第其所施爲大抵類此故雖仁愛足以感其遺民而卒不能保社稷云

南唐書卷第四

宋齊丘列傳第一

宋齊丘字子嵩世爲廬陵人父誠與鍾傳同起兵高駢表傳爲洪州節度使以誠副之卒官因家洪州齊丘好學工屬文尤喜縱橫長短之說烈祖爲昇州刺史齊丘因騎將姚克贍得見暇日陪燕游賦詩以獻曰養花如養賢去草如去惡松竹無時衰蒲柳先秋落烈祖奇其志待以國士從鎭京口入定朱瑾之難常參祕畫因說烈祖講典禮明賞罰禮賢能寬征賦多見聽用烈祖爲築小亭池中以橋度至則徹之獨與齊丘議事率至夜分又爲高堂不設屏障中置灰爐而不設火兩人終日擁爐畫灰爲字旋卽平之人以比劉穆之之佐宋高祖然齊丘資躁褊或議不合

則拂衣徑起烈祖謝之乃已義祖獨惡其爲人每欲進拔輒不果浮沉下僚十餘年義祖末年議者多請以徐氏諸子執國政烈祖聞之亟欲自請出鎮齊丘請徐之俄而義祖殂自殿直軍判官擢右司員外郎進右諫議大夫兵部侍郎居中用事且倚以爲相齊丘自以資望尚淺或不爲國中所服乃告歸洪州改葬因入九華山累啓求致仕不許時元宗已爲大將軍烈祖以吳主命命元宗躬往迎之於是齊丘託不得已而起遂拜中書侍郎遷右僕射平章事烈祖出鎮金陵以元宗入輔委齊丘左右之初烈祖權位日隆舉國皆知代謝之勢吳主謙恭無失德烈祖懼羣情未協欲待嗣君與齊丘議合已而都押衙周宗揣微指請急至都以禪代事告齊丘齊丘默計大議本

自己出今若遽行則功歸周宗欲因以釣名乃留與
夜飲亟遣使手書切諫以爲時事未可後數日馳至
金陵請斬宗以謝國人烈祖亦悔將從之徐玠固爭
纔黜宗爲池州副使玠乃與李建勳等遂極言宜從
天人之望復召宗還舊職齊丘由是頗見疎忌留爲
諸道都統判官加司空無所關預從容而已數請退
烈祖以南國給之俄而齊國建猶以勳舊爲左丞相
而不預事李德誠周本自廣陵持吳帝詔來行傳禪
齊丘謂德誠子建勳曰尊公吳室元勳今日掃地矣
獨稱疾臥家不預勸進烈祖既受禪徐玠爲侍中李
建勳爲中書侍郎同平章事周宗爲樞密使齊丘但
遷司徒中懷不平及宣制至布衣之交忽抗聲曰臣
爲布衣時陛下亦一刺史耳今爲天子可不用老臣

矣烈祖優容之嘗夜燕天泉閣李德誠曰陛下應天順人惟宋齊丘不悅因出齊丘諷止勸進書烈祖卻之曰子嵩三十年故人豈負我者齊丘頓首謝自是爲求媚計更請降讓皇爲公侯絕吳太子璉婚久之表言備位丞相不當不聞國政又自陳爲人所間烈祖大怒齊丘歸第白衣待罪而烈祖怒已解謂左右曰宋公有才特不識大體爾孤豈忘舊臣者命吳王璟持手詔召見遂以丞相同平章事寖復委任兼知尚書省事與張居詠李建勳更日入閣議政契丹耶律德光遣使來齊丘陰謀間契丹使與晉人相攻則江淮益安密請厚其原幣遣還至淮北潛令人刺殺之契丹與晉人果成嫌隙齊丘親吏夏昌圖盜庫金數百萬特判傳輕典烈祖命斬昌圖齊丘慙稱疾求

罷省事許之遂不復朝謁帝遣壽王景遂勞問許鎮故鄉始入朝因召與宴飲齊丘酒酣輒曰陛下中興實老臣之力乃忘老臣可乎烈祖怒曰太保始以游客干朕今爲三公足矣齊丘詞色愈厲曰臣爲游客時陛下亦偏裨耳今不過殺老臣遂引去烈祖頗悔明日手詔曰朕之性子嵩所知少相親老相怨可乎拜鎮南節度使至鎮起大第窮極宏麗坊中居人皆使修飾垣屋民不堪其擾有逃去者初赴鎮烈祖曰衣錦晝行古人所貴賜以錦袍親爲著之遂服錦袍視事元宗卽位召拜太保中書令與周宗並相齊丘之客最親厚者陳覺元宗亦以爲才馮延己延魯魏岑查文徽與覺深相附結內主齊丘時人謂之五鬼相與造飛語傾周宗宗泣訴于元宗而岑覺又更相

攻於是出齊丘爲鎮海軍節度使齊丘怏怏力請歸
九華舊隱從之賜號九華先生封青陽公食青陽一
縣租稅元宗欲傳位齊王景遂詔景遂總庶政惟魏
岑查文徽得奏事餘非特召不得見國人大駭齊丘
自九華上疏極論不可會言者衆元宗乃收所下詔
或謂齊丘先帝勛舊不宜久弃山澤遣馮延己召之
不起遣燕王景達再持詔往乃起拜太傅中書令封
衞國公賜號國老奉朝請然不得預政益輕財好客
識與不識皆附之薦陳覺使福州諭李弘義入朝覺
至福州不敢言而專命出兵敗事僉謂必坐誅齊丘
上表待罪置不問覺亦不死齊丘方且怒韓熙載議
其黨與黜之元宗不悅復使鎮洪州周侵淮北起齊
丘爲太師領劒南東川節度使進封楚國公與謀難

齊丘固讓仍爲太傅建議發諸州兵屯淮泗擇偏裨可任者將之周人未能測虛實勢不敢輕進及春水生轉饟道阻彼師老食匱自當北歸然後遣使乞盟度可無大喪敗元宗惶惑不能用又力陳割地無益與朝論頗異及明年暑雨周弃所得淮南地北歸議者謂扼險要擊可以有功且懲後齊丘乃謂擊之怨益深不如縱其歸以爲德由是周兵皆聚于正陽而壽州之圍遂不可解終失淮南方是時陳覺李徵古同爲樞密副使皆齊丘之黨躁妄專肆無人臣禮自度事定必不爲羣臣所容若齊丘專大柄則可以無患覺乃棄間言宋公造國于艱危如此陛下宜以國事一委宋公元宗意謀出齊丘大銜之會鍾謨使還挾周以爲己重所言率見聽而謨本善李德明欲爲

報仇屢陳齊丘棄國危殆竊懷非望且黨與衆謀不可測元宗遂命殷崇義草詔曰惡莫甚于無君罪莫深於賣國放歸九華山而不奪其官爵初命穴墻給食俄又絶之以餒卒謚醜繆覺徵古皆誅死未幾元宗燕居見齊丘爲厲叱之不退遂遷南都後主立召其家還金陵廩給甚厚方齊丘敗時年七十三且無子若謂窺伺謀簒竊則過也特好權利尚詭譎造虛譽植朋黨矜功忌能飾詐護前富貴滿溢猶不知懼狃於要君闇於知人釁隙遂成蒙大惡以死悲夫

論曰世言江南精兵十萬而長江天塹可當十萬國老宋齊丘機變如神可當十萬周世宗欲取江南故齊丘以反間死方五代之際天下分裂大亂賢人君子皆自引於深山大澤之間以不仕爲得而馮道有

重名於中原齊丘擅衆譽於江表觀其人可以知其時之治亂矣周師之犯淮南齊丘實預議論雖元宗不盡用然使展盡其籌策亦非能決勝保境者且世宗豈畏齊丘機變而間之者哉蓋鍾謨自周歸力排齊丘殺之故其黨附會爲此說非其實也予論序齊丘事盡黜當時愛憎之論而錄其實覽者得詳焉

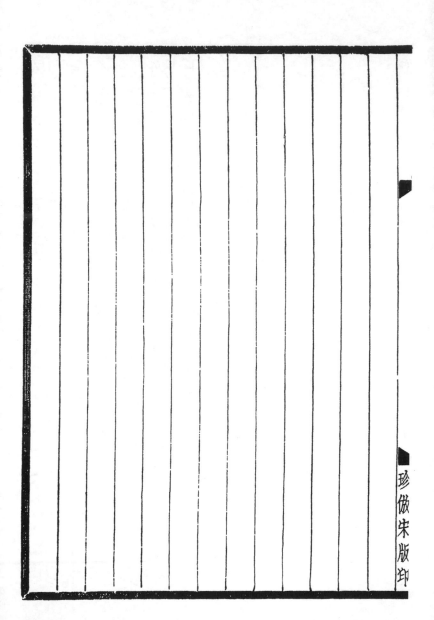

南唐書卷第五

周徐查邊列傳第二

周宗字君太廣陵人少遇亂孤窮事烈祖爲給使閑於擯相辭令方時艱難每使四方輒稱職端敏可仗恩顧日洽烈祖鎮金陵爲都押衙時用宋齊丘議迎吳讓皇都金陵繕府治爲宮馬步都虞候蔡弘業爲宮城營奉使徙都統府于古臺城使都教練使孔昌祚營之都統府成凡二千四百間環一千五百步烈祖已徙居且迎讓皇矣宗請間曰若主上西遷則公當東駕勞費方始怨嗟將日聞矣烈祖納之託以歲不利而止自是宗益預議論齊丘始忌之一日烈祖臨鏡理白鬚太息曰功業成而吾老矣奈何宗適侍側悟微指乃請如廣陵諷讓皇以禪代事亦請諭齊

丘齊丘心忌大議自宗發及其將還留與飲酒而遣騎以手疏切諫烈祖得之大悔懼後數日齊丘馳至金陵爲險語動烈祖請斬宗以謝國人烈祖將從之徐玠固爭事乃已但黜宗爲池州副使玠又與李建勳等言天人之望已集密定大計復召宗還舊職烈祖受禪宗躐進至內樞使同平章事遷侍中時以樞密爲內樞者猶避吳武王諱也烈祖常召宗及宋齊丘馬仁裕宴於崇英院歡燕道舊爲樂他將相莫預然待宗尤親厚不甚以職務嬰之宗亦能澹然畏遠權勢居家節儉俸賜皆積不用故齊丘黨雖日讒之不能害久之乃罷爲江州節度使有俞文貞者早遊烈祖幕府宗及馬仁裕皆趨走執事左右及宗出鎮文貞仕宦蹭蹬猶爲其州巡官方旅見輒越次問曰

馬押衙士恙宗曰馬相公已鎮廬州文貞顧同列匿笑而退他日預公設宗勸以酒文貞俛首曰下官小戸令公所熟知也聞者大駭而宗怡然不動其寬厚如此徙宣州節度使入覲賜宴元宗親爲摺襆頭腳以表殊禮復出留守東都請老以司徒致仕歸金陵馮延魯代爲留守會周師陷廣陵延魯自髡而逃見執于周人束縛桎梏僅得免死時人益以宗享福終始爲異俄而宗病卒年七十餘宋齊丘時以太傅奉朝請撫其棺哭曰君大黠來亦得時去亦得時元宗聞之不平宗二女皆爲後主后

徐鍇字楚金會稽人父延休字德文風度淹雅故唐乾符中進士昭宗狩石門無學士草詔延休來調官適在旁近逆旅左右言其工文詞即召見命視草昭

宗善之及還長安不得用梁蔣玄暉辟爲其佐延休
弃去依鍾傳於洪州吳取江西得延休仕至光祿卿
江都少尹卒二子鉉鍇遂家廣陵鍇四歲而孤母方
教鉉就學未暇及鍇鍇自能知書稍長文詞與鉉齊
名昇元中議者以文人浮薄多用經義法律取士鍇
恥之杜門不求仕進鉉與常夢錫同直門下省出鍇
文示之夢錫賞愛不已薦于烈祖未及用而烈祖殂
元宗嗣位起家祕書郎齊王景達奏授記室時殷崇
義爲學士草軍書用事謬誤鍇竊議之崇義方得君
誣奏鍇泄禁省語貶烏江尉歲餘召還授右拾遺集
賢殿直學士論馮延魯有罪無才人望至淺不當爲
巡撫使重忤權要以祕書郎分司東都然元宗愛其
才復召爲虞部員外郎後主立遷屯田郎中知制誥

集賢殿學士改官名拜右內史舍人賜金紫宿直光政殿兼兵吏部選事與兄鉉俱在近侍號二徐初鍇久次當遷中書舍人游簡言當國每抑之鍇乃詣簡言簡言從容曰以君才地何止一中書舍人然伯仲並居清要亦物忌太盛不若少遲之鍇頗快快簡言徐出妓佐酒所歌詞皆鍇所爲鍇大喜乃起謝曰丞相所言乃鍇意也歸以告鉉鉉歎息曰汝癡絕乃爲數闋歌換中書舍人乎鍇凡四知貢舉號得人後主裒所製文命爲之序士以爲榮鍇酷嗜讀書隆寒烈暑未嘗少輟後主嘗得周載齊職儀江東初無此書人無知者以訪鍇一一條對無所遺忘其博記如此旣久處集賢朱黃不去手非莫不出少精小學故所讎書尤審諦每指其家語人曰吾惟寓宿于此耳江

南藏書之盛爲天下冠鍇力居多後主嘗歎曰羣臣勤其官皆如徐鍇在集賢吾何憂哉李穆來使見鍇及鉉歎曰二陸之流也嘗夜直召對論天下事因及用人才行孰先後主曰多難當先才鍇曰有人才如韓彭而無行陛下敢以兵十萬付之乎後主稱善時國勢日削鍇憂憤鬱鬱得疾謂家人曰吾今乃免爲俘虜矣開寶七年七月卒年五十五贈禮部侍郎諡曰文著說文通釋方輿記古今國典賦苑歲時廣記及他文章凡數百卷鍇卒逾年江南見討比國破其遺文多散逸者

查文徽歙州休寧人幼好學能自刻苦手寫經史數百卷稍長任氣好俠聞人困乏雖不識必濟之家本富坐是窮空不悔也或遺以金帛一夕盜入其家盡

取去文徽不言雖隣里莫知者久之盜敗于旁邑移
文訊驗人始知之咸推其量烈祖輔政初入謁烈祖
召與語偉其論宋齊丘亦稱薦之徐知誥領浙西以
文徽爲其判官或獻玉盃知誥喜酹以錢百萬趣開
宴出盃行酒至文徽偶墮地碎一坐皆驚而文徽自
若烈祖受禪入爲監察御史元宗立進諫議大夫中
書舍人樞密副使閩主延羲與其兄延政相攻延政
以建州建國稱殷而延羲爲其下所殺推立大將朱
文進元宗欲討文進文徽以爲延政首亂當先致討
有翰林待詔臧循者與文徽同里巷少嘗爲賈入閩
習知其山川險易爲陳進兵之策文徽本好言兵遂
請行元宗乃以爲江西安撫使令至境上審觀可否
文徽銳于成功至上饒復命盛言必克詔發洪州屯

兵以邊鎬爲將從文徽攻建州建人厭王氏之亂伐
木開道迎我師行次蓋竹遇建州兵至又聞泉漳汀
州皆歸延政恐懼退保建陽時臧循亦爲别將屯邵
武延政襲破之獲循斬于建州軍聲大劉元宗遣何
敬洙等來援敬洙鎬與建州兵相持文徽得建之降
將孟堅使潛師出其後擊之建州兵大敗潰去遂傳
其城雖下建州諸軍無紀律殺掠不禁民始失望有
叛志矣元宗知而置不問策功遷撫州觀察使又拜
建州留後由是文徽益自用時李弘義挾吳越兵據
福州僞遣諜來告福州亂文徽喜率劍州刺史陳誨
赴之誨將舟師至福州城下擊敗其兵執吳越將馬
先進等三人文徽以步騎繼至弘義陽遣卒數百人
出迎而設伏西門以待文徽傳令徑入其城陷伏中

大敗墜馬被執送錢塘將士死者萬人元宗遣使歸馬先進于吳越而求文徽吳越王遣還將發爲置酒寘毒歸至金陵毒始作元宗使醫視之醫以珠置口中有頃珠色變黑醫曰疾不可爲然猶十年乃死文徽遂病瘖以工部尚書致仕朱元降周坐親黨安置宣州卒年七十距遇毒之歲正十年云謚曰宣子元方元規元素元範元賞元方事後主爲水部員外郎吉王從謙掌書記從謙朝京師太祖命知制誥盧多遜燕從謙於館多遜弈棋次顧元方曰江南竟何如元方斂衽曰江南事大朝十餘年極君臣之禮不知其他多遜推枰媿謝曰勿謂江南無人使還通判建州盧絳據歙州傳檄至建元方立斬其使及絳平太祖聞元方所爲大悅擢殿中侍御史知泉州卒官元

方子道龍圖閣待制始徙家海陵純厚長者以文行稱於時道從兄陶及事後主國亡入朝仕至祕書少監知審刑院與道尤極友愛自金陵破士族流離多貧困失職惟道兄弟盡力收恤聚食常數十百人得任子恩皆以與族人以少長爲先後無親疎之間異姓亦分俸給之時其婚姻由是常苦貧而查氏至今爲海陵望族許國籥皆其後也

邊鎬金陵人少事烈祖爲通事舍人以通敏稱保大初循州人張遇賢本羅縣小吏有神降於縣之刻杉鎮語人曰張遇賢非常人當事我遇賢往事之會州境羣盜起各擁衆數百無所統相與禱於神神又大言曰張遇賢汝主也遇賢遂稱王改元置百官度嶺襲虔州節度使賈浩閉門登陴不敢出遇賢據白雲

洞衆十餘萬元宗遣洪州營屯都虞候嚴思率所部討之鎬爲監軍虔有書生白昌裕沉密有謀鎬引與定計刋木開道襲白雲洞會遇賢所事神棄去不復降語賊衆遂潰其裨將李台執之以降策功遷洪州營屯諸軍都虞候二年查文徽以樞密副使出師伐建州詔鎬爲行營招討洪撫饒信歙等州諸指揮都虞候從文徽行然衆纔數千戰敗退舍元宗聞之遣何敬洙祖全恩姚鳳來援敬洙與鎬進兵奪其險要自崇安進次赤嶺與建兵方相持爲背水陣文徽使騎繚出建兵之後與敬洙鎬夾擊大破之遂取建州降王延政復取漳州事平諸將皆爭功鎬獨無一言七年楚馬氏兄弟相攻希蕚雖勝而尤無道元宗知楚難方殷以鎬爲信州刺史領屯營兵兼湖南安撫

使駐袁州萍鄉有警許便宜從事楚人果復廢立鐃自萍鄉帥師入潭州遷馬氏之族及文武將吏于金陵遂拜潭州節度使南漢將潘崇徹攻郴州鐃出兵爭之敗績遂失郴州鐃懼南漢寇邊未已請除道全二州刺史詔以廖偃爲道州刺史張巒權知全州然湖湘之憂實不在南漢也自馬氏廢立以來帑藏空竭土地既歸我馮延己爲相矜平楚之功不欲取費於國專掊歛楚人以給經費人心已離鐃柔而無斷日飯沙門希福紀綱頹弛不之問初成師朗來歸以其所部爲奉節軍從鐃入楚廩給薄于楚之降卒偶語怨望而糧料使王紹顏每給奉節糧輒刻削之軍校孫朗欲殺紹顏紹顏匿囷下得免官屬請斬紹顏以謝將士鐃不聽朗乃謀殺鐃及紹顏據湖南歸中

原夜率所部取草燒府門火輒不發良久傳漏者覺之以告鎬出衙兵與鬪勝負未決鎬命吹角亂兵少以爲將旦亟斬關奔朗州盡以潭州虛實告劉言言久懷叛志得朗言大喜遣其將王進逵周行逢來攻鎬亦備言已而聞人謂忠順傾意信之及言兵已拔益陽遂夜棄城出奔列城皆潰盡喪楚地坐削官流饒州而他將棄城者皆斬湘中謠言馬去不用鞭至是而驗十四年周師大入齊王景達爲元帥出兵援壽州起鎬爲大將戰敗被執世宗命爲右千牛衛上將軍及元宗劃淮南地請盟世宗乃歸鎬卒于金陵

南唐書卷第六

周柴何王張馬游刁列傳第三

周本舒州宿松人漢南郡太守瑜之後瑜葬宿松卽墓爲祠子孫居其旁者猶數十家本少孤羈貧有勇力嘗獨格虎殺之吳武王起隸帳下勇冠三軍每奮躍先登攻堅摧鋒蒙犯矢石身無完膚戰罷輒自燒鐵烙其創食飲言笑自如累遷至淮南馬步使武王取江西撫州刺史危全諷率諸州兵十萬來爭其地屯象牙潭楚人圍高安以援全諷江西守將劉威警書至武王謀可將者列官嚴可求薦本時本從軍取蘇州不能下恥之稱疾臥家可求自往强起本本曰吳門之役非賊果强徒以我將帥權輕下皆專命故無功今必見起勿用偏裨乃可許之得精卒七千晨

夜兼行武王初命之解高安圍本曰楚人非欲下高
安第爲全諷聲援爾今先取全諷楚人必棄高安走
何足擊哉乃馳至象牙潭急擊之大破其軍擒全諷
楚人亦遯吉州刺史彭玕信州刺史危仔昌皆棄城
去江西之地始定本之初至也即揮兵進劉威欲留
宴犒不許或曰敵兵盛宜審觀形勢何遽如此本曰
賊衆加我十倍使我兵知之戰先奪氣矣急乘其鋒
用之乃可有功已而果如所料武王奇其能遂用爲
信州刺史吳越將陳璋據衢州歸款越人圍之武王
遣本迎璋越人解圍出璋而列兵不動本遂以璋還
裨將呂師造曰越有輕我心必怠請擊之本不可越
人躡我軍至中道宿夜半本陽驚棄輜重走而設伏
于旁越人果急追伏發前後夾擊盡殲其衆唐莊宗

入洛吳遣司農卿盧蘋往聘還言莊宗知本名由是召爲雄武統軍俄出鎭壽州改廬州加安西大將軍大尉中書令西平王本不知書然能尊禮儒士遇僚屬以禮士民愛之性朴拙無他才惟軍旅之事若生知者烈祖將受吳禪徐玠周宗等以本及李德誠名位隆重諷之使率羣臣勸進本已昏老其子祚懼家禍代署表上之本初不知猶謂所親曰我受吳室厚恩老矣復能推戴異姓乎吳宗室臨川王濛廢居歷陽聞將傳禪乃殺監守者與親信兩人走詣本本郎欲出見之祚固執不可本怒曰我家郎君也奈何不使我一見祚拒閉中門令外人執濛告之濛遂誅死本愧恨屬疾數月卒年七十七本晚好飲酒樂施予或曰公春秋已高宜少儲積爲子孫計本曰吾繫芒

屬事吳武王位至將相何人所遺乎旣卒太常言準令廢朝三日烈祖以本舊將命有司講求優典禮官言前朝嘗爲汾陽王郭子儀廢朝五日詔用之謚恭烈葬給鹵簿子鄴
鄴本長子也少驍勇每從其父征討本爲信州刺史略地至建州道經嶮阨被圍垂困鄴躍馬救之手殺數十人翼本而出建人駭懼潰去事烈祖典親軍出爲滁州刺史暴猛狠戾常蓄飛揚之志烈祖以本故優容之聞歷陽公楊濛被執歎憤逾月國人亦以此稱其好義本卒後仕至廬州節度使昇元六年卒
柴克宏父再用事吳有功至德勝軍節度使克宏以父仕爲郎將嘗爲宣州巡檢使初至城塹皆堙圮不治吏云自田頵王茂章李遇相繼叛無敢爲守備者

克宏嘻笑曰豈有是哉大加營繕後吳越兵至賴以得全積遷泗州刺史罷歸爲龍武軍都虞候好施予不事產業故家常窮空然性豪舉博弈縱酒自若世時元宗自謂唐後規取中原復舊業羣臣多爲大言以迎合主意克弘獨未嘗一語及軍旅人亦不以爲知兵以故不遷久之出爲撫州刺史時淮南交兵吳越伺閒來寇克宏乃請効死行陣元宗嘉之授右衞將軍遣與右衞將軍袁州刺史陸孟俊同救常州精兵悉在江北克宏所將財羸卒數千樞密副使李徵古給戈甲皆朽鈍克宏言於徵古曰卒已非素練得器械堅利猶可用奈何所給乃此等徵古嫚罵之見者皆忿克宏知徵古狂生不足與較是非怡然不少動至潤州徵古終不快白召克宏歸以神武衞統軍

朱匡業代之燕王弘冀獨以爲克宏可任卒遣行克宏帥師至常州徵古猶遣使趣其歸克宏曰吾計日破寇爾何爲者必錢氏所遣奸人也命斬之使者曰受李樞密命來克宏曰李樞密來吾亦斬之遂斬使者以狗然後勒兵進大破吳越兵于常州斬萬級獲其將數十人自保大來邊事大起克敵之功莫先克宏者拜奉化軍節度使復上疏請援壽春行至泰與發瘍數日卒國人莫不痛惜謚威烈或云初克宏母自表其子可爲將徵古抑之母又言克宏有父風苟不勝任分甘孥戮元宗始用焉及徵古誅死詔暴其罪亦以折辱克宏爲言云

何敬洙廣陵人幼遇亂吳將楚州刺史李簡得之給事左右簡酷暴僕使有小過率置之死不少貸敬洙

與其伍戲小廳下有持簡所寶硯過焉顧曰孰敢毀此者敬洙時被酒奮曰死生有命何不敢之有奪硯擲石階上碎之翼日簡視事退聞硯毀詰主者具以實對卽命擒至皆謂必死矣簡妻素奇敬洙匿之堂奧旬日簡謂已逃去亦置不問會有烏逐簡而噪避之亦隨至大怒曰恨何敬洙不在此敬洙善射命中無所遺故思之語未畢敬洙挾朱彈鐵丸拜于前拜起一發斃之簡大喜不復詰毀硯事有善相者簡使相諸子曰雖皆善然無及公者獨指敬洙曰此人殆過公簡由是益愛之及長用爲軍校簡卒事烈祖爲裨將進天威軍都虞候建州之役爲行營招討長步軍都指揮使會查文徽進討敬洙堅謂閩地僻陋不足勞大兵文徽開譬之不得已而行及平建州敬洙

功最諸將然以功推王建封無吝色拜楚州團練使
敬洙自以初事李簡於是州尤自感勵常微服遊里
巷察民疾苦有科調輒先爲經畫民不知勞坐聽事
與賓佐譚讌民有訴事者立引入親自剖折曲直皆
厭服而出保大八年楚朗州節度使馬希蕚來附且
乞師元宗命敬洙援之遷武昌軍節度使周人侵淮
南命武安軍節度使王進逵領所部州師入江南境
進逵奉詔行且遣部將潘叔嗣爲先鋒取鄂州長山
寨殺三千人元宗命敬洙清野入保敬洙格詔出城
除地爲戰場曰敵至吾與丘民俱死於此丈夫豈能
惴惴閉門自守邪會叔嗣自長山回戈襲朗州進逵
狼狽而去人重其決加鎮國將軍中書令後主嗣位
以病足乞解官授右衛上將軍芮國公致仕給全俸

第門列戟乾德二年二月卒年七十七廢朝三日命
樞密使中書侍郎朱鞏持節冊贈鄂州大都督左衛
上將軍謚威烈
王會廬州廬江人本名安少事吳武王王嘗臨戰升
高冢望敵安捧唾壺侍側左右皆注目前視忽有卒
持矟徑趨王莫能禦者會置壺于地引弓射之一發
而殪徐納弓弢中復捧壺立色不變王喜撫其背曰
汝器度如此他日必富貴積功至袁州刺史烈祖代
吳用爲百勝軍節度使虔州與嶺南地接南漢使者
往來節度使當燕勞問遺而會故名犯漢王祖諱乃
賜今名昇元五年卒年七十三
張延翰字德華宋州睢陽人故唐之末任爲陝州司
馬從父愼思擢徐州留後延翰往省之告以北方將

亂欲避地江淮以全家祀慎思是其言慨然遣之入
吳爲鹽城令有治績烈祖以平章事領江州封潯陽
侯表延翰爲江州觀察巡官通判軍府事烈祖代吳
入爲侍御史判臺事張宣爲左衛使恃功驕暴延翰
廷劾之强豪屏跡進禮部侍郎自以起踈遠遭時被
知得盡己才感槩自盡時未設貢舉士有獻書論事
者第其優劣選用烈祖悉以委延翰號爲精覈稱職
兼選事務進孤貧吏不敢爲姧利元宗輔政謂人曰
張君議論公正處事悉有條理吾得傾心聽之由是
六司綜領殆遍時望歸重拜中書侍郎同平章事時
年財五十餘人猶以爲柄用晚屬疾㿃侵不復能治
事烈祖以爲國器方一意任之不許其去遣使勞問
賜良藥旁午于道卒年五十七贈太傅

馬仁裕徐州人唐北平王燧裔孫世爲武寧軍校仁裕母方娠夢傳呼北平王來歸及生紫氣充庭數歲學兵法通解若素習遇亂南奔事烈祖爲昇州牙吏烈祖領潤州仁裕監蒜山渡首聞朱瑾之亂馳入白之烈祖卽日渡江定亂以功遷左領軍將軍歷楚州刺史右金吾衛大將軍烈祖代吳拜潤州節度使徙廬州爲政寬簡廉平甚得民心昇元六年卒于鎭初烈祖左右小臣親信者惟周宗及仁裕兩人任遇略等宗力贊禪代事遂輔政其後富盛冠一時仁裕資長者獨退然安于外鎭晚益貧窶不悔也卒年六十三謚曰匡

游簡言字敏中建安人父恭吳駕部員外郎知制誥簡言少孤力學起家祕書省正字烈祖鎭金陵以爲

戶曹參軍典元帥府書檄遷觀察推官烈祖代吳爲中書舍人元宗嗣位遷翰林學士禮部侍郎貞介獨不附權要元宗頗重其爲人命判中書省兼吏兵部選事裁抑僥倖憎疾者衆選人邵唐試判不中上書言簡言父恭嘗爲鄂州林洪掌書記洪擬成朱溫篡弑恭預其謀簡言逆臣子當斬請正國法元宗怒唐挾私忿謗讟決杖流饒州及淮南交兵吳越亦伺釁攻常州執團練使趙仁澤歸于錢塘仁澤見吳越王責以敗盟吳越王怒抉其口至耳方議遣使詰責吳越羣臣畏懾莫敢往元宗以命簡言簡言不辭見其子懋爲千牛備身將發拜中書侍郎未出境召還及遷都豫章立吳王爲太子留西都監國以簡言爲輔簡言力辭言久備近臣不忍去帷幄元宗嘉其一心

事主無徼後福意即從其請更用嚴續而後主亦由
是賢之拜吏部尚書知省事簡言親治簿書督責嚴
峻人或以事請托必固違咈雖直亦不得伸議者譏
其過拜左僕射兼門下侍郎同平章事疾已篤不及
視事卒年五十七
刁彥能字德明上蔡人父禮遇亂徙家宣州彥能少
孤事母篤孝家貧無以養乃事節度使王茂章茂章
叛吳歸吳越彥能以帳下當從乃使家人扶其母俟
于道左彥能泣告茂章曰彥能有老母在此不能捨
而從公敢請死茂章哀其意許之乃馳還宣州而城
中已亂彥能登城以劍招之曰我從王府來大軍已
近爾輩無妄動衆信之稍定義祖聞而嘉之以爲軍
校事其子知訓于廣陵知訓狂恣彥能每切諫不聽

然亦不加罪牙將馬謙以衆擁吳主登宮門將殺知訓彥能從朱瑾入手斬謙以獻賞賚甚厚然彥能警敏觀知訓必敗而人望在烈祖心常附焉知訓忌烈祖數欲害之嘗與烈祖飲酒而伏劍士室中彥能行酒以爪語烈祖烈祖悟亟起去又嘗從知訓宴烈祖於山光寺復欲加害弟知諫摘語烈祖烈祖亦馳去知訓取佩刀授彥能使追殺之及于途舉刀示先主乃還以不及告及知訓死義祖見彥能諫書歎異復使事知諫于潤州遷裨將烈祖代吳入爲環衛遷至天威軍都虞候左衛使金陵數大水秦淮溢東關尤被害彥能請築隄爲斗門疏導之水患稍息元宗嗣立出爲饒州節度使徙信州又徙建州留後撫州節度使彥能好讀書在鎮委任文吏頗有治稱好作詩

嘗與李建勳相答贈建勳因燕見及之元宗笑曰殊不知彥能乃西班學士也性矜莊燕居容服不少惰時貴宴飲或蓬首裸袒彥能在坐則皆肅然保大末卒年六十八子衎事後主爲祕書郎集賢校理以文翰見知擢直清輝殿閱中外章奏國亡入朝仕至兵部郎中直祕閣崇文院撿討淳淡夷粹恬於仕進暇日鼓琴圍碁不交人事衎孫約亦名士久在三館晚築室潤州號藏春塢王安石蘇軾皆尊愛之

南唐書卷第七

徐高鍾常史沈三陳江毛列傳第四

徐玠字蘊圭彭城人事帥崔洪爲軍吏洪避朱全忠南奔遣玠先見吳武王因得事吳累居右職師出江西爲糧料使江西平授吉州刺史玠初爲小校以幹敏稱及治郡貪猥不治烈祖輔政罷之而義祖悅其善事人引以爲副使遂見親狎玠挾宿怨且希義祖意每與嚴可求言烈祖疎財結士不宜久執國權請以嫡子知詢代之事垂行而義祖殂知詢繼立玠本詭譎多智善揣摩非能爲徐氏計也至是察知詢必敗反持其長短自結於烈祖烈祖亦遂愛之盡忘前事鎮金陵以爲行軍司馬與周宗李建勳孫忌等參代吳秘計遂以佐命拜右丞相出爲宣州節度使徙

洪州兼中書令復召爲司徒右丞相然徒崇以名位不復預政老而益貪鄙所至人患苦之好神仙之說嘗以下價市丹砂惡者治丹人以爲笑保太元年五月卒年七十六贈高平郡王

高審思失其家世鄉里少以饒勇事吳武王從劉信平虔州有功爲人重厚沉默烈祖愛之用爲神武統軍出鎭壽州兼侍中在鎭治守備常如有警或曰以公威略守堅城何太懼邪審思曰事變無常不可不過爲之備及保太末周人來侵諸郡往往一鼓而下惟壽州能堅守以世宗英武將士皆精練然逾年極兵力不可取雖劉仁贍善守亦審思之遺績也卒於鎭年七十五廢朝三日贈太師謚曰忠初術者悉言審思位不至刺史嘗受命刺常州固辭不敢行而其

後位兼將相終始富貴術之不足信有如此
鍾謨字仲益會稽人徙建安李德明失其家世鄉里
保大中俱爲尚書郎敏於占對元宗愛之而天資皆
浮躁沾沾自衒反覆嶮巇朝士側目號爲鍾李時魏
岑已斥復用姦諛彌甚謨德明雖與岑若不同至爲
惡則合若符券戶部員外郎范沖敏擿使軍帥王建
封上書歷詆之請選用正人元宗大怒謂建封武人
握兵不當輒議國政流建封池州未至殺之沖敏棄
市謨德明自謂君寵可怙愈縱肆旁若無人德明嘗
奏事別殿取元宗所御筆記事元宗不能堪曰卿宅
日自可持筆來德明亦自若謨遷翰林學士戶部侍
郎德明遷工部侍郎文理院學士元宗雅稱兩人有
詞辨欲令說周罷兵遣如壽州城下貢御服及犒軍

牛酒世宗前知其欲以口舌游說大陳兵衛戈戟以見之謂曰江南自謂唐室苗裔衣冠禮樂異於它國與朕隔一水未嘗遣使修好惟航海通北虜此何禮也今又比朕六國愚主謂可說使罷兵何其不知朕也歸語若主必臣事我則兵可罷不然徑往金陵借府庫犒軍若君臣得無悔乎兩人股栗不敢出言惟曰寡君震畏天威願獻壽濠泗楚光海六州及歲輸方物世宗以淮南諸州繼陷欲盡取江北地不許德明見周師急攻壽州度旦暮且下乃曰寡君未能知大國兵力乃爾願寬臣數日之誅歸國取表盡獻江北郡縣世宗遣德明歸以書諭江南君臣語多詆讓陵肆國人已不堪而德明方盛稱世宗威德請必割地元宗惡其言宋齊丘力詆割地爲亡益陳覺言德

明賣國以悅敵不可赦德明佻薄語多過實知割地之說不行攘袂大言謂周師必克元宗益怒遂斬德明於都市不復議割地謨因留不得歸及孫忌之死也謨亦在召中得不死貶爲耀州司馬及元宗割地稱臣如謨德明初議世宗乃召謨至京師授衞尉卿賜黃金五百兩遣諭指於元宗往復數四謨旣矜肆以爲世宗聽其言江左可籍以無恐元宗亦方賴其力心雖憾之體貌皆厚以爲禮部侍郎判尚書省而三省之事靡不預之勢焰赫然宋齊丘陳覺李徵古之死皆出其計又自請雪德明之罪贈光祿卿謚曰忠太子弘冀參總庶政謨薦其客閻式爲司議郎百司關啓必由之俄而世宗崩謨自揆無所恃頗若有失元宗遇之亦寖薄初李德明被誅唐鎬預其事至

是鎬懼修怨不自安會鎬以納賄聞謨面詰其狀鎬愈懼信州刺史張巒入爲天威軍都虞候謨素與之善每屏人共語或至中夜又嘗請使巒帥帳下兵巡都城鎬廉得之因密言謨往來兩國挾周人以脅制朝廷今與典兵者交結又請令巡徼輦下其包藏殆不可測謨徼聞之念無以爲奇貨會弘蘘卒後主以母弟當立而謨嘗與元宗愛子從善同使周相與親厚乃言後主器輕志放無人君之度因盛稱從善才不知元宗建儲之意已決更以此忤旨乃暴其交結張巒等罪貶國子司業又貶著作佐郎安置饒州遣中使領侍衞軍十人卽日督促乘驛而去謨時方病風眩在途賦詩十章語皆悽愴巒出爲宣州副使建隆元年正月元宗聞太祖受周禪乃遣使如饒州賜

謨死問曰卿昔與孫忌使周忌死而卿獨生還何也謨頓首伏罪遂縊殺之巒亦坐誅謨有女感家禍不嫁爲道士名守一博通孔老書尤善講說端拱中京師建洞真宮召守一爲道職云

常夢錫字孟圖扶風人或曰京兆萬年人也岐王李茂貞不貴文士故其俗以狗馬馳射博弈爲豪夢錫少獨好學善屬文累爲秦隴諸州從事茂貞死子從儼襲父位承制補竇雞令後唐長興初從儼入朝以夢錫從及鎮汴爲左右所譖遂來奔烈祖輔吳召置門下薦爲大理司直及受禪擢殿中侍御史禮部員外郎益見獎遇遂直中書省參掌詔命進給事中時以樞密院隸東省故機事多委焉夢錫重厚方雅多識故事數言朝廷因楊氏霸國之舊尚法律任俗吏

人主親決細事煩碎失大體宜修復舊典以示後代
烈祖納其言頗議簡易之法元宗在東宮有過失夢
錫盡言規正無所撓始雖不悅終以諒直多之及即
位首召見慰勉欲用爲翰林學士以自近宋齊丘黨
惡其不附己坐封駁制書貶池州判官及齊丘出鎮
召爲戶部郎中遷諫議大夫卒以爲翰林學士復置
宣政院於內庭以夢錫專掌密命而魏岑已爲樞密
副使善迎合外結馮延己等相爲表裏夢錫終日論
諍不能勝罷宣政院猶爲學士如故乃稱疾縱酒希
復朝會鍾謨李德明分掌兵吏諸曹以夢錫人望言
於元宗求爲長史拜戶部尚書知省事夢錫恥爲小
人所推薦固辭不得請惟署牘尾無所可否延己卒
文致其閨門罪貶饒州團練副使夢錫時以醉得疾

元宗憐之留處東都留守周宗力勸夢錫止酒治疾從之乃少瘳召爲衞尉卿改吏部侍郎復爲學士交泰元年方與客坐談忽奄然卒年六十一卒後財逾月齊丘黨與敗元宗嘆曰夢錫平生欲去齊丘恨不使見之贈右僕射諡曰康夢錫文章典雅有承平之風歌詩亦清麗然絕不喜傳於人剛褊少恕每以直言忤物嘗與元宗苦論齊丘輩元宗辯博曲爲解釋夢錫詞窮乃頓首曰大姦似忠陛下若終不覺悟家國將爲墟矣元宗不答而心善之及割地降號之後公卿在坐有言及周以爲大朝者夢錫大笑曰汝輩嘗言致君堯舜何故今日自爲小朝邪衆皆默然散去每公卿會集輒喑嗚大咤驚其坐人以故不爲時所親附然既沒皆以正人許之雖其仇讎不敢訾也

史虛白字畏名世家齊魯虛白隱居嵩少著書中原喪亂與北海韓熙載來歸時烈祖輔吳方任用宋齊丘虛白誦言曰吾可代彼齊丘不平欲窮其技能召與宴飲設倡樂奕棊博戲酒數行使製書檄詩賦碑頌虛白方半醉命數人執紙口占筆不停綴俄而衆篇悉就詞采磊落坐客驚服虛白數爲烈祖言中原方橫流獨江淮豐阜兵食俱足當長驅以定大業毋失事機爲他日悔烈祖不能從虛白乃謝病去南遊至九江落星灣因家焉常乘雙犢版轅掛酒壺車上山童總角負一琴一酒瓢以從往來廬山絕意世事保大初熙載爲史館修撰薦虛白可用元宗召見訪以國事對曰草野之人漁釣而已安知國家大計賜宴便殿醉溺於殿陛元宗曰眞隱者也賜田五頃放

還山及元宗南遷豫章次蠡澤虛白鶴裘藜杖迎謁道旁元宗駐蹕勞問曰處士居山亦嘗有所賦乎曰近得谿居詩一聯使誦之曰風雨揭却屋渾家醉不知元宗變色厚賜粟帛上樽酒徐鉉高越謂之曰先生高不可屈肯使二子仕乎虛白曰野人有子賢則立功業以道事明主愚則負薪捕麋以養其母僕未嘗介意也不敢以累公鉉越媿歎卒年六十八將終謂其子曰官賜吾美酒飲之略盡尚留一榼吾死置藜杖及此酒於棺中四時勿用祭享無益死者吾亦不歆子皆從之孫溫天聖中仕爲虞部員外郎獻虛白文集仁宗皇帝愛之追號虛白沖靖先生

沈彬洪州高安人唐末浪迹湖湘隱雲陽山好神僊喜賦詩句法清美烈祖輔吳表授祕書郎與元宗遊

俄懇求還山以吏部郎中致仕元宗遷南都彬年八十餘來見曰臣久處山林不預世事臣妻曰君主人郎君今爲天子何不一往臣遂忘衰老而來元宗命毋拜厚賜粟帛以其子爲祕書省正字彬先歲嘗策杖郊原手植一樹識之語其子曰吾當藏骨於此及卒伐樹掘地至丈餘得一石槨製作精麗光潔可鑑蓋上有篆云開成二年壽槨舉棺就之廣袤中度次子廷瑞有道術嗜酒却粒寒暑一單褐數十年不易跣行日數百里林棲路宿多在玉笥浮雲二山老而不衰後不知所終

陳況閩人性夷澹隱於廬山四十年衣食乏絕不以動心苦思於詩得句未成章已播遠近元宗聞其名召見時方祁寒元宗見其衣單薄降手札曰欲以綾

綺衣賜卿卿必不受今賜朕自服紬縑衣三十事俄
授江州士曹掾固辭歸卒於山中年七十餘
陳曙蜀人嘗舉進士唐末避地淮南多遯於蘄州山
中鄉人有會集或祭神曙不待召而至醉飽乃辭去
由是人多設虛座陳酒肴以俟之同日或至數家舍
中惟一榻素書數卷與蛇虎雜居不設牕戶雨雪滿
室亦自若人有乘其出往闚之者曙必自外來凡數
十年顏鬢不少異元宗命中書舍人高越召之不肯
起後徙居鄂渚及洪之西山不知所終
陳陶嶺南人少學長安昇元中南奔將求見烈祖自
度不合乃隱洪州西山歎曰世豈無麟鳳國家自遺
之耳保大末有星孛於參芒指東南陶語人曰國其
幾亡乎果失淮南元宗南遷豫章至落星灣將訪以

天象恐陶不肯盡言以其素嗜鮓乃使人僞言賣鮓至門陶果出啗鮓喜甚賣鮓者曰官舟至落星矣處士知之乎陶笑曰星落不還元宗聞之不懌遂不復問是歲果晏駕西山產靈藥陶與妻日斸而餌之不知所終開寶中南昌市有一老翁丫結被褐與老嫗賣藥得錢則沽酒市鮓相對飲啗既醉歌舞道上其歌曰藍采和藍采和塵世紛紛事更多何如賣藥沽美酒歸去青崖拍手歌或疑爲陶夫婦云

江夢孫字聿修潯陽人烈祖輔吳表爲祕書郎夢孫數自言迂儒無裨益平生讀書欲小試於治民求爲縣令方是時士之客於烈祖者率以功名富貴自許而夢孫言獨如此烈祖以爲不情不之許也求不已乃補天長令烈祖先持告身示之曰今日受此明日

趨走庭下矣曰此素志矣庸何傷乃授之至天長吏白縣署正寢有淫厲不可居夢孫不從是夕果有怪並出夢孫起焚香曰夢孫受命爲令常治事於此鬼神有祠廟丘壟胡不各歸其所吾行不欺暗室奚畏君等語訖皆斂迹夢孫治縣寬簡吏民安之逾年棄官去縣人號泣送之數十里還家事繼母盡孝早暮潔衣冠視膳羞母食既徹爲諸生講禮凡至疑義輒斂衽曰此科先儒猶多異同夢孫安敢輕言諸君自擇所長可也保大中卒年八十五贈國子司業

毛炳洪州豐城人隱居廬山時爲諸生講得錢卽沽酒嘗醉臥道旁有里正披起之炳瞋目呵之曰醉者自醉醒者自醒亟去毋撓予睡後徙居南臺山數年忽書齋壁曰先生不住此千載惟空山因大醉一夕

卒與炳同時又有酒禿者焉酒禿姓高氏駢族子棄
家祝髮博極羣書善講說而脫略跌宕無日不醉後
主召講華嚴梵行一品賚金帛甚厚玄寂即日盡送
酒家日夜劇飲醉則從小兒數十浩歌道中歌曰酒
禿酒禿何榮何辱但見衣冠成古丘不見江河變陵
谷一日醉死石子岡

南唐書卷第八

三徐三王二朱胡申屠喬睦列傳第五

義祖生六子知訓知詢知誨知諫知證知諤及烈祖開國惟知證知諤在餘皆前卒

徐知證義祖第五子也事吳歷州刺史至節度使烈祖初尊義祖爲太祖復姓改義祖封拜徐氏與李氏同知證王江改王魏元宗嗣位尤見尊禮內宴用家人禮起舞拜跪爲壽知證亦以叔父自處無所讓卒年四十二

徐知諤義祖第六子在吳亦爲節鎭代知詢爲金陵尹烈祖初封饒王進王梁鎭潤州兼中書令好奇寶怪物所蓄不可計有蜀估持鳳首至自言得之徼外蠻夷狀如雄雞廣五寸冠上正平可用爲枕朱冠金

喙文彩煥爛如生人咸異之一日遊蒜山除地爲場
連虎皮爲大幄號虎帳與賓僚會飲其中忽暴風至
裂帳盡碎如飛蝶知諤懼而歸屬疾數日卒平生常
語客曰人生七十爲大限吾生長王家窮極歡樂一
日可敵世人二日年三十五其死乎至是如其言廢
朝七日烈祖悲悼復詔不視朝者七日斂以衮冕及
上方秘器謚曰懷十子皆貴顯國中所著文賦歌詩
十卷號閣中集
徐遊知誨子也初名景遊避元宗名去景字知誨於
元宗有舊恩故元宗待遊及兄汝南郡公遼尤親厚
出入宮省備顧問預籌畫專典宮室營繕及浮屠事
當時言蠹政者以兩人爲首後主嗣位好爲文章遊
復以能屬文見昵封文安郡公燕飲則流連酣咏更

相倡和雖后妃在席不避也昭惠后好音時出新聲或得唐盛時遺曲遊輒從旁稱美有三閣狎客之風閑居講論古今得失後主設問遊具以所聞對或遊有疑以請後主亦引經義或古事稱制答之君臣相矜至國亡不悟也遊有巧思敧器之制久不傳人無知者遊獨以意創製皆合古法太平興國中蘇易簡爲學士得之暇日試於玉堂太宗皇帝聞而取視之歎賞不已方金陵之將亡也徐鍇屬疾忽夢巨人持大鐵篴取己及兄鉉幷遊同納篴中篴之鍇與遊皆墜地而鉉獨否俄鍇遊皆以疾卒云

王建封上元人少從軍以任俠驍勇知名元宗取建州建封爲先鋒橋道使焚建州外郛克之王延政降何敬洙功最諸將建封忿曰我縱火先登克城諸軍

乃能入我功當第一敬洙因推之曰君言是也具以聞諸朝第賞拜信州刺史人皆多敬洙而薄建封陳覺馮延魯魏岑攻福州李弘義圍之敗吳越援兵福州援絶危蹙且拔矣而覺延魯岑各欲功在己不相應接偏裨莫肯用命故未能克覺奏請建封濟師建封率五千人會之破福州版寨入東武門而建封亦與諸將爭功遽斂兵先退弘義乘之我軍復敗遂潰而歸元宗深銜建封顧方治覺等擅興未及治也建封內不自安元宗懼其作亂召爲天威軍都虞候付以親軍建封遂泰然恃恩僭侈無復顧憚戶部員外郎范冲敏疾魏岑鍾謨李德明用事訹建封上書歷詆岑等請更用正人元宗遂發怒謂建封武臣握精兵敢干國政謀進退柄臣其漸不可長流池州未至

殺之沖敏棄市未幾岑見沖敏爲厲請道士上章訴天數月竟死云

王彥儔蔡州上蔡人少爲州軍校唐同光末諸郡多亂彥儔亦樂禍思奮會同列六人者來與謀曰四郊恟恟能者得富貴我輩不可後人彥儔許諾且曰今夕吾直府中公等可持兵來吾亦擐甲爲內應既夜六人者如約俱至彥儔伏壯士盡捕斬之持其首叩帳門告刺史曰姦盜竊發幸已伏誅懼有佚黨爲變願公亟號令以安衆心刺史驚喜而出彥儔卽斬之歸其罪於六人者翼日悉族六家據蔡州無敢動唐兵來討彥儔自計不能守匿其妻子於村舍奉父母來奔烈祖輔吳以爲都押衙歷和州刺史始遣閒使迎妻子南歸彥儔有政績善撫境內和遂爲富州入

拜統軍自以發迹兇亂於是務爲恭謹烈祖嘉之嘗
陞堂拜其父開國以爲池州節度使常夢錫自給事
中以直諫貶判官彥儔事之如在朝廷人士稱之卒
於鎮
朱匡業廬州舒城人父延壽以姊爲吳武王夫人故
自少得幸從征討摧堅陷陣功冠諸將好以寡擊衆
不勝而返者必盡戮之嘗與梁戰遣二百人持大劒
斫陣將行指一卒留之卒請行延壽以違命立斬之
其令出必行皆類此然每得賞賜悉分賚其下無以
入家者唐昭宗在岐下聞其名遣使間道授延壽蔡
州節度使武王疑其難制誘殺之出夫人使更嫁然
猶以舊功貸其妻子時匡業尚幼稍長授以官烈祖
輔吳拔爲軍校積功至諸軍都虞候嗜酒使氣烈祖

優容之出爲歙州刺史有政績改建州留後還朝授
神衛統軍周侵淮南中外震駭盜投罅多竊發以匡
業爲內外巡撿使嚴而無私犯令無所貸中外肅然
夜戸不閉正陽喪師朱元叛元宗議親征召匡業及
統軍劉存中問以方略匡業輒對曰運數之興天地
皆助大事若去雖英雄亦無如之何存中從旁贊之
元宗怒貶匡業撫州團練使流存中饒州後主襲位
召拜神武統軍加中書令卒子崇俊短陋羸瘠而妙
於騎擊馳突若神早卒
朱令贇大將軍業從子少從軍椎額鷹目趫捷善射
積遷至鎭南節度使開寶中後主見討王師兵已圍
金陵召令贇赴難軍至湖口與諸將謀曰今爲前進
則北軍據我後上江阻隔進未破敵退絶餽饟奈何

乃檄南都留守柴克貞赴軍欲俟其至使代拒湖口
及發而後主危急飛書督兵者接踵令贇不能守初
議乃與戰棹都虞候王暉乘流而前自潯陽湖編木
爲大栰長百餘丈大艦至容千人將突下斷采石浮
梁會江水涸舟栰艱阻王師得設備比至虎蹲洲合
戰令贇所乘艦尤大建大將旗鼓王師舟小聚攻之
令贇以火油縱燒王師不能支會北風反焰自焚水
陸諸軍十五萬不戰皆潰令贇惶駭赴火死糧米戈
甲俱焚無孑遺烟焰不止者旬日自是金陵外援遂
絶以至於亡是時王師上露布稱生獲令贇則非也
論曰金陵之被圍也以守備任皇甫繼勳以外援付
朱令贇繼勳既懷貳心而令贇孺子復非大將才其
亡宜矣使林仁肇不以間死盧絳得當攻守之任胡

則申屠令堅輩宣力圍城中雖天威臨之豈易遽亡哉然則江南雖弱曹彬等所以成功者獨乘其任人乖剌而已吾以此知伐國之難也

王崇文父綰吳大將崇文以門地選尙烈祖妹廣德公主歷百勝永安二鎮廬陵民尙氣喜訟以先止爲怯素號難治崇文一以法治之不少貸訟爲衰息建州初平崇文安集之民忘其亂又涉武昌自南唐與崇文內典禁兵出更藩任位兼將相終始富貴而平居被服儒雅風度夷曠在武昌方閱騎士於鞠場傍古屋數十間崩壞聲震數里聞者莫知所爲崇文指揮使令訖事不失常度竟亦不問後主初立上疏歷陳朝政賜書褒之加中書令卒

胡則不知其世家後主末爲江州指揮使金陵陷曹

彬喻後主以手書命郡縣悉以城降書至江州刺史
謝彥賓集將佐視之謀納款則憤形於色亟出謂其
下曰吾屬世受李氏恩安可負之且都城久受圍此
書眞僞不可知刺史不忠欲汚吾州爾輩能從我死
忠義乎衆皆曰善乃帥同列宋德明等大譟入攻彥
賓彥賓懼逃簷霤中執而殺之衆推則爲刺史號令
肅然莫敢不聽則嘗爲壽州裨將從劉仁贍城守累
年盡得其方略乃日夜閱丁壯勒部伍爲堅壁死守
計太祖命南面行營招安巡撿使曹翰攻之城帶江
負山樓櫓高險堅不可破屢遣使諭降則誓死不從
翰軍死傷者衆詔書切責督戰會則疾革不能起城
始陷衆猶巷鬭雪涕奮擊不少退翰軍尤多死則臥
牀上翰執之數其違命之罪對曰犬吠非其主爾何

怪也即舁置木驢上將磔之俄死腰斬其屍以狥弁殺宋德明而隳其城七尺使後不可守時右補闕張霽被命知江州與翰偕行旣入城翰軍士掠民家民訴於霽霽按誅軍士翰因發怒屠城死者數萬人取其屍投井坎皆滿溢餘悉投江流因誣奏霽太祖薄霽罪徙知饒州民家貲貨鉅萬翰悉取之初太祖聞江州城垂破遣使持詔賜翰使勿多殺使者至獨樹浦大風斷渡比至已無噍類矣

申屠令堅山東人少無賴勇敢絕人晉漢閒嘗爲盜被獲以計脫來歸保大末禦周師於壽春破城南大砦有功擢神武都虞候劉茂忠吉州安福人本名徹或謂之曰劉徹乃漢武帝也非人臣所能名乃改焉少亦爲羣盜會赦書募盜爲兵茂忠出應募且請擒

盜自洗湔乃詐亡命入盜中自言工風雲占盜信之
乃密約吏爲內應悉擒戮無遺者惟廬陵鷓鴣洞賊
帥吳先狡有謀且據巖險不可捕茂忠鞭二卒使佯
爲得罪奔先示以鞭創先乃納之月餘斬先其黨皆
潰積功爲吉州兵馬都押衙開寶中令堅爲吉州刺
史茂忠爲袁州刺史金陵破後主歸京師兩人者相
約不以主存亡易節誓死報國前二年令堅寐則夢
與人鬬大呼而寤乃聚侍婢歌舞喧笑達旦始能寐
至是若與人搏擊於帳中者踰時而卒茂忠度不能
獨奮遂降將行悉燔州縣軍興料歛文籍所留田稅
簿而已袁人德之入朝舟次淮口謁關吏稱袁州刺
史吏擲刺於地曰此亡國之俘何刺史也叱令執杖
庭參至京師授登州刺史關吏抵罪適編管登州茂

忠見之曰乃汝耶日責拜謁兩衙必令植立庭下吏慚憤死茂忠還朝病金瘡卒
喬匡舜字亞元高郵人弱冠能屬文以典贍稱烈祖輔吳用爲秘書省正字開國宋齊丘辟置幕中十餘年歷大理評事屯田員外郎齊丘喜人諛己而匡舜貞率故雖賞其文藝未嘗薦拔烈祖獨知之嘗詔公卿舉可親民者意齊丘且舉匡舜奏上竟不及烈祖喟然謂常夢錫曰吾不意其捨匡舜也夢錫與韓熙載素惡齊丘每相語曰宋公誤識亞元正可怪也久之齊丘出鎮豫章始表爲節度掌書記保大中召爲駕部郎中知制誥進中書舍人周侵淮南諸將無功元宗議親率六軍拒之匡舜上疏切諫帝怒坐以沮國動人心流撫州然亦卒不能親行也後主嗣位復

起爲司農少卿歷殿中監修國史給事中兼獻納使知貢舉放及第樂史輩五人多久滯名場者時稱得人而少年輕薄子嘲之謂之陳橘成牓遷刑部侍郎老病乞骸骨歸後主憫其貧給俸終身開寶五年卒年七十五謚曰貞

睦昭符金陵人不知所以進保大中爲常州縣刺史當吳越之衝屢交兵城邑荒殘昭符爲政寬簡招納逋亡未幾遂富實一日坐廳事雷雨暴至電光如金蛇遶案吏卒皆震仆昭符不懾撫案叱之雷電遽散及舉案惟得鐵索重百斤昭符亦不變色徐命舉索納庫中顯德五年元宗既稱藩於周秋八月命昭符爲進奏使置邸大梁太祖受周禪昭符乃更名後主嗣位御宮門立金雞竿降赦如天子禮太祖聞而怒

召昭符詰之色甚厲昭符徐以鄙語對太祖爲笑因
置不問然昭符常往來金陵時後主數貢奉帑藏空
竭昭符市於富民石守信家得絹十萬後主大悅太
祖已遣李穆召後主入朝因問昭符曰汝度汝主來
否對曰君命召不俟駕安有不來及後主稱疾王師
致討昭符又言於太祖曰臣主必死社稷已而後主
降罷奏邸不得調卒初名匡符建隆初改以避上名
云

南唐書卷第九

劉高盧陳李廖列傳第六

劉彥貞兗州中都人父信初爲羣盜戰敗奔吳事武王數有功王遇之厚嘗召信計事醉不能言王嫚罵之信即仗一劍棄去左右請追之王曰信醉耳醒當復來明日果至積功至鎮南軍節度使宣王建國加征南大將軍唐莊宗滅梁遣諫議大夫薛昭文使閩假道洪州信燕勞之謂昭文曰皇帝知有信否昭文曰主上新平河南未知公之名信曰漢有韓信吳有劉信一等人也因指牙旗銀首舉酒屬昭文曰幸而中此願爲我飲一發中之烈祖受禪以舊故贈太師彥貞信第四子以父任爲大理評事遷屯田員外郎父喪起復將軍連刺海楚二州善騎射矢不虛發軍

中號曰劉一箭吏事亦以强濟見稱遷濠州節度使
移壽州始黷貨自殖市肆不問貧富槩出資助之而
收其嬴州有安豐塘漑田萬頃以故無凶歲彥貞託
以浚城濠決水入濠中民田皆涸而督賦益急皆賣
田去彥貞擇尤膏腴者以下價售之乃復瀦塘水如
初歲入不可勝計時南唐政衰用事者多貪墨彥貞
廣賂遺以致聲譽於是魏岑等雜然推倡其用兵治
民之能以爲一面長城在鎭久疑當受代輒妄造邊
遽以固其位久之乃入爲神武統軍及周師侵淮南
拜北面行營都部署帥三萬人援壽州次來遠鎭兵
車旗幟亘數百里戰艦銜尾蔽淮而上周將李穀慮
我師斷浮橋腹背受敵燒營退保正陽彥貞雖名將
家子生長富貴初不練兵事裨將武彥暉張延翰成

師朗皆鬬將無籌略見周師退以爲快惟恐不得速戰士未及朝食卽督以進遇周將李重進於正陽東彥貞置陣橫布拒馬聯貫利刃以鐵繩維之刻木爲猛獸攫拏狀飾以丹碧立陣前號揵馬牌又以革囊貯鐵蒺藜布於地周兵望而笑其怯銳氣已增一戰我師大敗師朗等皆被擒彥貞死于陣南唐喪地千里國幾亡其敗自彥貞始雖死王事議者不與也後數年贈中書令謚曰壯亦不復錄其孤云

高越字沖遠幽州人精詞賦有名燕趙閒盧文進鎮上黨具禮幣致之初以客從及文進徙安州越又從之遂爲其掌書記文進仲女有才色能屬文號女學士因以妻越文進奔吳亦與俱行吳以爲祕書郎烈祖受禪遷水部員外郎改祠部浙西營田判官與江

文蔚俱以能賦擅名江表時人謂之江高保大初文
進卒有欲傾其家者越上書訟之黜爲蘄州司士參
軍語在文進傳就遷軍事判官與隱士陳曙爲物外
交淡然不志榮利久之仍徙廣陵令還判吏部歷事
御史知雜元帥府掌書記起居郎中書舍人淮南交
兵書詔多出越手援筆立成詞采溫麗元宗以爲稱
職不徙官者累年後主立始遷御史中丞勤正殿學
士左諫議大夫兼戶部侍郎修國史卒年六十二謚
曰穆貧不能葬後主爲給葬費世歎其清兄子遠
遠字攸遠父操袁州別駕遠少孤爲人夷雅冲淡而
遇事有奇節杜門力學不交人事烈祖受禪招來四
方秀傑得遠以爲祕書省正字保大初遷校書郎兼
太常修撰遂爲太常博士淮南兵興元宗召見賜金

紫使典戎府書樞歷禮部員外郞樞密判官侍御史知雜史館修撰起居郞知館事遂爲勤政殿學士國初命兵部尙書陳濬修吳史未成而卒其後頒史職者多貴游或新進少年纂述殆廢遠自保大中預史事始撰烈祖實錄二十卷敘事詳密後主嗣位遠猶在史館與徐鉉喬匡舜潘佑共成吳錄二十卷遠又自撰元宗實錄十卷未及上會屬疾取史稿及他所著書凡百餘卷悉燔之卒年五十七贈給事中謚曰良後主欲修國史訪稿于其家無復在者遠有精識方邊鎬入潭州湖南悉平百官入賀遠獨曰我棄楚亂取之甚易觀諸君之才守之實難聞者愕然以爲過及後如所料乃皆服其先見

盧文進字大用幽州人事後唐明宗至安州節度使

事具五代史晉高祖起晉陽與契丹耶律德光約爲父子文進少嘗事契丹娶虜公主爲其平州刺史明宗時率衆數萬來歸至是不自安且本燕人尚氣不能屈於晉乃決計歸吳時烈祖輔吳爲齊王將受禪吳遣將祖全恩以兵二千陣於安州近境俟文進出殿之而至拜天雄統軍宣潤節度使委任賓佐政績甚美潤州市大火文進使馬步使救之益熾文進怒自出府門斬馬步使傳聲而火止人皆異之召還以左衛上將軍兼中書令范陽郡王奉朝請猶給藩鎮俸卒馮延己惡文進文進亦以素貴不少下及卒乃誣以陰事盡收文進諸子欲籍其家文進以女妻高越越乃上書訟文進寃指延己過惡詞氣甚厲時延己方用事人頗壯之元宗怒以越屬吏貶蘄州司士

參軍而盧氏亦賴以得全文進在金陵爲客言昔陷契丹嘗獵於郊遇晝晦如夜星緯燦然大駭偶得一胡人問之曰此謂之笪日何足異頃自當復良久果如其言日方午也又嘗至無定河見人脛骨大如柱長可七尺云

陳覺揚州海陵人烈祖以東海王輔吳作禮賢院聚圖書萬卷及琴奕游戲之具以延四方賢士政事之暇多與之講評古今覺亦預焉烈祖居金陵以次子景遷留東都爲同平章事知左右軍使輔政命覺爲之佐謂曰吾蚤莫與賢士相接今老矣尚未達天下事景遷年少當國故屈君子無憚也景遷卒還朝爲宣徽副使烈祖晚多暴怒近臣多得譴罰覺心懼稱疾家居累月以宣遺詔日入朝判大理寺蕭儼劾之

元宗不從還光政院副使太僕少卿覺有兄居鄉里時海陵已爲泰州覺兄犯法刺史褚仁規笞之覺挾私怨密譖仁規貪殘侍御史王仲璉亦劾之元宗薄其罪止罷刺史仁規忿上章自訴元宗命覺馳往鞫之仁規惶恐伏罪覺還條其罪狀甚衆詔賜死覺之竊弄威福蓋始于此覺與李徵古皆宋齊丘客徵古者袁州宜春人於齊丘有中外事齊王景達爲宮官齊丘告歸九華逾年不召徵古使其僚謝仲宣諷景達言于元宗曰齊丘先帝布衣之舊雖不用不當棄之齊丘既召歸益以腹心寄覺欲使立功以取柄任時唐兵初得建州諸將請用其鋒攻取福州齊丘獨薦覺爲宣諭使召節度使李弘義入朝可不勞寸刃盡得閩地元宗意方向覺遂遣之既至弘義倨甚覺

氣折不敢言歸至劍州恥于無功矯詔召弘義自稱權福州事擅興汀建撫信州兵及戍卒命馮延魯將之攻福州敗績衆潰而歸死者萬計亡失金帛戈甲之類不可勝數朝論謂必死元宗亦怒欲寘軍法齊丘上表待罪實營救覺等馮延己助之於是財貶蘄州逾年復起任事始與徵古爲死黨相倡和如出一口淮南兵興我師屢北度不可復支元宗遣鍾謨李德明孫忌王崇質使周世宗請獻壽濠泗楚光海六州以罷兵世宗不許而壽州日危蹙德明懼乃白世宗言願寬臣數日之誅歸白寡君盡獻淮南地周乃遣德明王崇質先還德明至金陵盛稱周兵之彊請必割地元宗不悅齊丘覺徵古素惡忌及德明擿語王崇質使異其詞覺徵古因極言德明賣國德明褊

忿知見排擯袂大言周師必克元宗遂斬德明于都市覺徵古勢熖益熏灼道路以目德明旣誅不復議請盟乃命齊王景達率大兵拒周而以覺爲監軍使軍政皆出覺聚兵五萬無決戰意朱元數有功覺忌之奪其兵元遂叛降周諸軍悉潰覺歸爲樞密使如故而徵古爲副使不以敗事自咎方相與挾齊丘爲耐久計議事元宗前橫甚元宗嘗言及家國感慨泣下徵古輒曰陛下當以兵力拒敵涕泣何爲飲酒過量耶乳保不至耶帝色變左右股栗而徵古驁然自若司天言天文變異人主宜避位祈禳元宗曰此固吾意第不知孰可付耳覺徵古遽以爲誠言輒曰天命如此宜使宋公攝政陛下深居禁中俟國事定歸政未晚元宗亟召中書舍人陳喬草詔實出于憤怒

喬固陳不可元宗嘻笑而止周師益進世宗駐迎鑾鎮元宗遣覺奉表貢方物覺至迎鑾見周之戰艦陳列江津且南渡矣大懼請遣人取本國畫江爲界表世宗可之覺頓首謝退遣其屬劉承遇南還以告畫江稱藩奉正朔之議遂決周亦班師遣覺還錫賚豐渥覺將發獻詩一首敘感別賜金器百兩初覺徵古以德明請割地爲賣國誅死及是覺身自爲之使還以兵部尚書致仕徵古先出爲洪州節度副使時晉王景遂爲帥不堪徵古之傲狠常欲斬之自拘於有司左右力諫乃已鍾謨自周還屢言齊丘覺徵古之罪不可容覺嘗傳世宗之語告元宗曰聞江南拒命謀出其相嚴續當殺續以謝我元宗知覺與續有宿怨疑之謨請至周覆實其事元宗遣謨行以手表引

咎且言非續之罪世宗省表大驚曰嚴續能拒命乃忠臣朕爲天下主其肯教人殺忠臣乎謨還具奏之元宗大怒齊丘既斥覺亦責授國子博士饒州安置遣殺之徵古削奪官爵賜自盡于洪州

李德誠廣陵人少事宣州節度使趙鍠爲給使吳攻宣州鍠出降德誠與韓球俱從之不去城中復推立裨將周進思以拒吳鍠使德誠入城說進思降將行暴得瘖疾委頓不克往乃改命球球既至進思斬之擲其首城外德誠是日卽愈人皆異之鍠死事吳武王常從征討積功爲江南馬步軍使與諸將圍潤州安仁義諸將每見仁義臨城督戰必嫚駡之德誠獨否及城破仁義操弓矢坐城上衆莫敢近德誠至仁義忽顧曰汝見我獨不失禮且有奇相他日將大貴

吾以爲汝功卽擲弓矢就執武王卽拜德誠潤州刺史歷撫虔洪三鎭節度使平南大將軍中書令烈祖受禪拜太師封南平王進封趙王德誠事吳最久至南唐之興又爲佐命首與周本勸進初無大勳勞特以際會至高位富貴壽考世罕及者然爲人謙恭沉厚終始如一自洪州入覲烈祖命宮人逆勞于途百官班謁于都門入對日朝堂設次以待之昇元四年卒年七十八廢朝五日謚忠懿子二十八人第四子建勳

建勳字致堯少好學能屬文尤工詩德誠在潤州嘗秉燭夜出候者以告義祖疑有變徙江州德誠猶慮讒閒遣建勳入謁義祖見之釋然妻建勳以女所謂廣德公主也建勳家世將相又娶于徐氏爲其國貴

游然杜門不預世事所與交皆寒畯褻馬取具而已烈祖鎮金陵用爲副使預禪代之策拜中書侍郎同平章事加左僕射監修國史領滑州節度使自開國至昇元五年猶輔政比他相最久烈祖鑒吳之亡由權在大臣意頗忌之而建勳無引退意會建議政事當更張者且言事大體重不可自臣下出請以中旨行之烈祖雖從之未有命也建勳遽命舍人草制給事中常夢錫劾奏建勳擅造制書歸怨于上烈祖得奏適會本意乃降制放還私第廣德宮主剛果有智入謂烈祖曰吾父亡恙時兄亦嘗求見與李郎書今何見負烈祖曰此自國事吾與李郎骨肉之情固無間也召見慰勉焉未幾復相元宗嗣立以開國勳勞又聯姻戚尊遇之與宋齊丘埒每謂爲史館而不名

聽朝之暇多開延英殿召公卿議當世事人皆欣然望治建勳獨謂所親曰上寬仁大度優於先帝但性習未定宜得方正之士朝夕獻替不然恐未必能守先朝基業也出爲撫州節度使建州之役諸將無復紀律建勳請官出金帛贖俘掠還其家見聽及出師平湖南國人相賀建勳獨以爲憂曰禍始於此矣召拜司空稱疾乞骸骨以司徒致仕賜號鍾山公嘗別墅於山中放意泉石或謂之曰公未老又無大疾恙遽爲此舉欲復爲九華先生耶建勳曰吾平生笑宋公輕出處何至效之自知不壽欲求數年閑適爾疾革遺令曰時事如此吾得全歸幸矣勿封樹立碑貽他日毀斵之禍保大十年五月卒贈太保謚曰靖及南唐亡公卿冢墓鮮不發者惟建勳不知葬所宋齊

丘當國深忌同列少所推遜然獨稱建勳曰李相清談不待潤色自成文章

論曰李建勳非不智也知湖南之師必敗知其國且亡皆如蓍龜然其智獨施之一己故生則保富貴死猶能全其骸於地下至立於羣枉間一切無所可否唯諾而已視覆軍亡國君父憂辱若己無與者方區區請出金帛以贈俘虜真婦人之仁哉

廖居素將樂人仕烈祖元宗之間爲人堅正不爲當國者所喜困校書郎二十年始得大理司直後主嗣位稍遷至瓊林光慶使檢校太保判三司後主孱昏而羣臣方充位保富貴國益削居素獨慷慨驟諫冀後主一悟終不見聽乃閉門却食服朝衣冠立死井中已而得手書大字于篋笥曰吾之死不忍見國破

也徐鍇爲文弔之以比屈原伍員後幾百年將樂父
老猶叩頭稱之盱江李覯爲之傳云

南唐書卷第十

張李皇甫江歐列傳第七

張義方不知其所以進烈祖代吳用爲侍御史義方旣就職卽上疏曰古之任御史者非止平獄訟肅班列也有怙威侮法棄忠賊義樹朋黨蔽聰明者得以糾彈至於人主好遊畋聲色說奢侈佞媚賞非功罰非罪得以論爭使諸侯不敢亂法百司不得盜權則御史爲不失職今文武材行之士固不爲乏而貪墨陵犯傷風教棄仁義者猶未革心臣欲奉陛下德音先舉忠孝潔廉請頒爵賞然後繩糾乖戾以正典刑小則上疏論列大則對仗彈奏臣每痛國家之敗非獨人君不明蓋官卑者畏罪而不言位尊者持祿而不諫上下苟且至于淪亡今臣誠不忍忘君親之義

有所不盡惟陛下幸赦之疏奏烈祖親札曰孤始受禪任義方以風憲乃能力振朝綱詞皆讜切可宣示朝野賜義方衣一襲以旌直言義方始名元達烈祖方倚以肅正邪慝取前朝王義方名以易之故義方得盡忠焉後之議者謂義方爲御史彈劾奸邪諫正過失則可若請舉善頒爵賞則爲奪輔相權矣然所言凜然守正有漢唐名臣之風惜其事跡散落不得盡載云

李金全其先吐谷渾人事唐明宗爲廝養以戰功貴事具五代史晉高祖時爲安州節度使任中門使胡漢榮漢榮貪戾專政失軍民心高祖遣賈仁沼代歸京師金全奏漢榮病不任行仁沼至酖殺之事聞高祖乃以馬全節代金全鎮安州漢榮懼紿告曰邸吏

劉珂密遣人馳報朝廷召公有異處分金全懼使其從事張緯奉表詣金陵請降烈祖命鄂州屯營使李承裕段處恭帥兵三千人逆金全陳于城外俟金全出殿之而東承裕等至之夕金全帥數百人來奔而承裕違命輒大掠城中得金帛不可計數乃還晉將安審輝追敗之于馬黄谷處恭死於陣承裕帥餘兵扼雲夢橋復爲審輝所敗執而殺之金全至拜天威統軍出爲潤州節度使漢隱帝時李守貞以河中叛來乞師魏岑查文徽議宜爲出師劉彥貞以攻取自任元宗欲籍金全宿將威望以爲北面行營招討使救河中彥貞副之文徽爲監軍使岑爲沿淮巡檢使師出沭陽次沂州金全曰諸君以河中在何處而欲自此轉戰以前耶勢必不相及徒爲國生事爾嘗會

食帳中候騎告北兵數百竝澗皆羸弱諸將欲掩擊之金全下令曰敢言過澗者斬及莫伏兵四起旗幟蔽日金鼓聲聞十餘里諸將乃服金全善料敵逾月退保海州遂引歸金全曰吾全軍而還不得爲無功矣拜右衛聖統軍領義成軍節度使兼侍中保大八年八月卒於金陵年六十多內寵子男女凡三十二人元宗命少府監王仲連持節冊贈中書令謚曰順金全卒後閩楚之役興用事者皆少年不更軍旅覆敗相踵周人乘我罷弊攻取淮南國遂衰削不復能振人始思金全恨其已卒云

皇甫暉魏州人事唐晉事具五代史契丹入中原暉時爲密州刺史與棣州刺史王建俱來奔元宗遣使具舟檝逆之將至暉念本起盜賊不自安至秦淮赴

水不死舟人援出之自言如履大石入朝歷歙州刺
史神衞軍都虞候江州節度使加同中書門下平章
事周師攻淮南爲北面行營應援使會劉彥貞姚鳳
兵以行彥貞舉動躁撓人測其必敗暉獨持重部分
甚整士亦樂爲用周人頗憚之及彥貞敗死暉鳳退
保清流關周世宗親帥衆盡銳攻壽州而分兵襲清
流暉陳山下周兵出山後要擊暉大敗猶收兵且戰
且行入滁州滁州刺史王紹顏已委城遯暉無所歸
方斷橋自守周兵涉水踰城而入執暉鳳送壽州行
在見世宗曰臣力憊欲暫坐及坐曰欲暫臥不俟命
而臥神色自若曰臣非不盡力國事南北勇怯不敵
臣在晉屢與契丹戰安能如今日大朝兵甲之盛昨
退保滁州城不意大軍攀堞如飛而入臣智力俱殫

故被擒耳世宗賜之馬及衣帶數日創甚暉不肯治
而死子繼勳
繼勳少從暉兵間爲軍校以父死難擢將軍歷池饒二州刺史頗以吏事稱入爲神衛統軍都指揮使諸老將繼死繼勳雖尚少且無戰功徒以家世遂爲大將資產優贍名園甲第冠于金陵多蓄聲妓厚自奉養及開寶中大兵傅城繼勳保惜富貴無効死之意第欲後主亟降聞諸軍敗績則幸災見于詞色偏裨有募死士謀夜出奮擊者輒鞭而囚之自度罪惡日聞稀復朝請後主召議事亦辭以軍務不至內結傳詔使一切蔽塞及後主登城見王師旌旗壘柵彌徧四郊始大駭失色繼勳從還至宮乃以屬吏始出宮門軍士雲集臠之斯須皆盡

江文蔚字君章建安人博學工屬文後唐明宗時擢第爲河南府館驛巡官坐秦王重榮事奪官南奔烈祖輔吳用爲宣州觀察巡官歷比部員外郎知制誥國初改主客郎中拜中書舍人烈祖殂元宗以喪亂之後因恤舊典散亡命文蔚以給事中判太常卿事與韓熙載蕭儼共加討論時稱其精練保大初遷御史中丞持憲平直無所阿枉馮延己當國與弟延魯魏岑陳覺竊弄威福及伐閩敗績詔斬覺及延魯以謝國人而延己岑置不問文蔚對仗彈奏曰賞罰者帝王所重賞以進君子不自私恩罰以退小人不自私怒陛下踐阼以來所信重者馮延己延魯魏岑陳覺四人皆擢自下僚驟升高位未嘗進一賢臣成國家之美陰狡圖權引用羣小陛下初臨大政常夢錫

居封駁之職正言讜論首罹譴逐棄忠拒諫此其始
也奸臣得計欲擅威權於是有保大二年正月八日
敕公卿庶僚不得進見履霜堅冰言者恟恟再降御
札方釋羣疑御史張緯論事忤傷權要其貶官敕曰
罔思職分傍有奏論御史奏彈尚爲越職況非御史
孰敢正言嚴續國之戚里備位大臣不附奸險尚遭
排斥張義方上疏僅免嚴刑自是守正者得罪朋邪
者信用上之視聽惟在數人雖日接羣臣終成孤立
陛下深思遠慮始信終疑復常夢錫宥密擢蕭儼侍
從授張緯赤令羣小疑懼與酷吏司馬正彝同惡相
濟迫脅忠臣高越之于盧氏義兼親故受其寄托痛
其侵陵訴於君父乃敢蔽陛下聰明枉法竄逐羣凶
勢力可以回天在外者握兵居中者當國師克在和

而三凶邀利迭爲前卻天生五材國之利器一旦爲小人忿爭妄動之具使精銳者奔北饋運者死亡穀帛戈甲委而資寇取弱鄰邦貽譏海內同列之中有敢議論則馮魏毀之於中正彝持之於外搆成罪狀死而後已今陳覺延魯雖已伏辜而魏岑猶在本根未殄枝榦復生馮延己善柔其色才業無聞憑恃舊恩遂階任用蔽惑天聰斂怨歸上高審知累朝宿將墳土未乾遂其子孫奪其居第使輿臺竊議將率狐疑陛下方以孝理天下而延己母封縣太君妻爲國夫人與弟異居捨棄其母作爲威福專任愛憎咫尺天威敢行欺罔以至綱紀大壞刑賞失中風雨由是不時陰陽以之失序傷風敗俗蠹政害人蝕日月之明累乾坤之德天生魏岑道合延己蛇豕成性專利

無厭逋逃歸國鼠姧狐媚讒疾君子交結小人善事延己遂當樞要面欺人主孩視親王侍燕諠譁遠近驚駭進俳優以取容作淫巧以求寵視國用如私財奪君恩爲己惠上下相蒙道路以目征討之柄在岑折簡帑藏取與繫岑一言先帝卑宮勤儉陛下守之勿失而岑營建大第廣役丁夫孽子之居過于內殿亭觀之侈踰于上林前年建州勞還文徽入覲西苑會燕捨爵策勳岑披猖無禮狂悖妄言與延己用意多私行恩不當俾軍士懷恨怒之志受賞無感勵之心將校爭功諠動京邑姧謀詭計誑惑國朝致漳州屠害使者福州違拒朝命百姓肝腦塗地國家帑藏空虛福州之役岑爲東南面應援使而自焚營壁縱兵入城使窮寇堅心大軍失勢軍法逗遛畏懦者斬

律云主將守城爲賊所攻不固守而棄去及守備不設爲賊掩覆者皆斬昨敕赦諸將蓋以軍威政令各非己出岑與覺延魯更相違戾互肆威權號令並行理在無赦烈祖孝高皇帝櫛風沐雨勤勞二紀成此慶基付之陛下比諸鄰邦我爲强國奈何賞罰大柄肆姦宄之謀軍國資儲爲凶狡所散昨天兵敗衂統內震驚將雪宗廟之羞宜醢姦臣之肉已誅二罪未塞羣情盡去四凶方袪衆怒今民多饑饉政未和平東有伺隙之鄰北有霸强之國市里訛言遐邇危懼陛下宜軫慮殷憂誅鉏虺蜮延己不忠不孝在法難原魏岑同罪異誅觀聽疑惑請行典法以謝四方文蔚將上疏先具小舟載老母以待左降元宗果怒貶江州司士參軍而覺延魯以宋齊丘救解復皆不死

延己雖暫罷旋復柄用方宣延己制百官在廷常夢錫大言曰白麻雖佳要不如江文蔚疏耳逾年召還南唐建國以來憲度草創言事遇合卽隨材進用不復設禮部貢舉至是始命文蔚以翰林學士知舉略用唐故事放進士廬陵王克貞等三人及第元宗問文蔚卿知舉取士孰與北朝文蔚曰北朝公薦私謁相半臣一以至公取才元宗嘉歎中書舍人張緯後唐應順中及第大銜其言執政又皆不由科第進相與排沮貢舉遂復罷矣保大十年卒年五十二謚曰簡

歐陽廣吉州吉水人保大中詣闕上書曰臣近遊潭州伏見節度使邊鎬偶逢聖代初非將才措置乖剌大失人心致奉節兵桀夜呼譟共焚譙門會明而遁

不然幾致大變是仁不足惠下也朗陵近在肘腋曾不爲虞乃圖桂林以取奔敗是智不足謀遠也與監軍使昌延恭不相協和動輙疑阻是義不足和衆也幕府無賢才是禮不足得士也號令朝出夕改是信不足使人也五者無一長考之前古未或不敗請擇帥濟師以全境士書入不省及失湖南元宗思廣言命授以官執政請召試廣言非人主尊賢待士之意不肯就試乃授本縣令亦辭不受而卒

南唐書卷第十一

馮孫廖彭列傳第八

馮延己字正中一名延嗣廣陵人父令頵事烈祖至吏部尚書致仕嘗爲歙州鹽鐵院判官刺史滑言病篤或言已死人情頗詾詾延己年十四入問疾出以言命謝將吏外賴以安及長以文雅稱白衣見烈祖起家授祕書郎元宗以吳王爲元帥用延己掌書記與陳覺善因覺以附宋齊丘同府位高者悉以計出之於是無居己右者元宗亦頗悟其非端士而不能去延己負其材藝狎侮朝士嘗詣孫忌曰君有何所解而爲丞郎忌憤然答曰僕山東書生鴻筆藻麗十生不及君詼諧歌酒百生不及君諂媚險詐累劫不及君然上所以寘君於王邸者欲君以道義規益非

遺君爲聲色狗馬之友也僕固無所解君之所解者適足以敗國家耳延己慚不得對給事中常夢錫屢言延己小人不可使在王左右烈祖感其言將斥之會晏駕元宗立延己喜形於色未聽政屢入白事元宗方哀慕厭之謂曰書記自有常職餘各有司存何爲不憚煩也乃少止保大初拜諫議大夫翰林學士遷戶部侍郎翰林學士承旨又進中書侍郎四年同平章事集賢殿大學士罷爲太子少傅頃之拜撫州節度使以母憂去鎮起復冠軍大將軍召爲太弟太保領潞州節俄以左僕射同平章事延己數居柄任揣元宗不能察其姦遂肆爲大言謂己之才略經營天下有餘而人主躬覽庶務大臣備位安足致理元宗果謂然悉委以政凡事奏可而已延己初以文蓺

進實無他長紀綱頹弛吏胥用事軍旅一切以委邊帥無所可否愈欲以大言蓋衆而惑人主至譏笑烈祖戢兵以爲齷齪無大略嘗曰安陸之役喪兵數千輟食咨嗟者旬日此田舍翁安能成天下事今上暴師數萬於外宴樂擊鞠未嘗少輟此眞英雄主也九年湖南平而朗州劉言叛勢張甚元宗亦知用兵之難謂延己與孫忌曰湖湘之役楚人求息肩吾之出師不得已耳今若授劉言旄節使和其民吾亦得休養衡湘之民國其庶幾乎忌卽欲奉行延己方以克楚爲功乃曰本朝出偏帥平一國寓縣震動今一旦三分棄其二傷威毀重非所以示天下且諸將行奏功矣持不下又不欲緣軍興取資于國以損其功遣使于長沙調兵賦苛征暴斂重失民心言遂取長沙

盡據故楚地周人亦伺釁而動朝論籍籍延己力求
去而元宗待之如初及周師大入盡失江北地始罷
延己猶爲太子少傅數月復相會疾改太子太傅建
隆元年五月乙丑卒年五十八謚忠肅延己工詩雖
貴且老不廢如宮瓦數行曉日龍旗百尺春風識者
謂有元和詞人氣格尤喜爲樂府詞元宗嘗因曲宴
內殿從容謂曰吹皺一池春水何干卿事延己對曰
安得如陛下小樓吹徹玉笙寒之句時喪敗不支國
幾亡稽首稱臣于敵奉其正朔以苟歲月而君臣相
謔乃如此延己晚稍自厲爲平恕蕭儼嘗廷斥其罪
及爲大理卿斷軍使李甲妻獄失入坐死議者皆以
爲當死延己獨揚言曰儼爲正卿誤殺一婦人即當
以死君等今議殺正卿他日孰任其責乃建議儼素

有直聲今所坐已更赦宥宜加弘貸儼遂免人士尤稱之弟延魯

延魯字叔文一名謐少負才名烈祖時與兄延己俱事元帥府元宗立自禮部員外郎爲中書舍人勤政殿學士有江州觀察使杜昌業者聞之歎曰封疆多難駕御賢才必以爵祿延魯一言合指遽寘高位後有立大功者當以何官賞之然元宗愛其才不以爲躐進嘗內宴出寶器貯龍腦數斤賜羣臣延魯曰臣請效陳平均分之比遍賜猶餘其半輒曰敕賜錄事馮延魯拜舞懷之元宗爲驩笑而罷保大中師出平建州以延魯爲監軍使諸將欲乘勝遂取福州樞密使陳覺欲自爲功乃請銜命宣慰召李弘義入朝既見弘義不敢發還至劍州矯詔起邊兵命延魯將之

元宗雖怒覺之專兵業已行因命延魯爲南面監軍
使陳覺及王崇文魏岑會攻福州取其外郛會吳越
將余安援兵自海道至白蝦浦將捨舟而濘淖不可
行方布竹簀登岸我軍曹射之簀不得施延魯曰弘
義不降恃此援耳若麾我軍稍退使吳越兵至半地
盡勦之城立降矣裨將孟堅爭曰援兵已陷死地將
盡力與我戰勝負殆未可知延魯不聽頃之吳越兵
至岸鼓噪奮躍而前與城中夾擊我延魯敗走俘馘
五千人孟堅戰死諸軍遂大潰死者萬計委軍實戎
器數十萬國帑爲之虛耗延魯引佩刀自刺人救之
不殊朝廷議卽軍中斬延魯及覺既有命矣會宋齊
丘以嘗薦覺使福州自効乃詔械延魯覺還金陵屬
吏皆止流竄延魯流舒州會赦復少府監元宗擇廷

臣爲巡撫使分按諸州延魯在焉右拾遺徐鍇上疏論其多罪無才不足辱臨遣不聽使還遷中書舍人以工部侍郎出爲東都副留守周師南侵分兵下東都延魯窘蹙自髠衣僧服而逊被執世宗釋之賜衣冠授給事中問江南事占奏詳華賜予加厚留大梁累年還刑部侍郎得還拜戸部尚書宋興揚州節度使李重進叛伏誅元宗遣延魯朝于行在太祖將棄兵鋒南渡旌旗戈甲皆列江津厲色詰延魯曰爾國何爲敢通吾叛臣延魯色不變徐曰陛下徒知其通謀未知其事之詳也重進之使館于臣家國主令臣語之曰大丈夫失意而反世亦有之但時不可耳方宋受禪之初人心未定上黨作亂大兵北征君不以此時反今內外無事乃欲以數千烏合之衆抗天下

精兵吾寧能相助乎太祖初意延魯必恐懼失次及
聞其言乃大喜因復問曰諸將力請渡江卿以爲何
如延魯曰重進自謂雄傑無與敵者神武一臨敗不
旋踵況小國其能抗天威乎然亦有可慮者本國侍
衞數萬皆先主親兵誓同死生固無降理大國亦損
數萬人乃可況大江天塹風濤無常若攻城未下饟
道不繼事亦可虞太祖因大笑曰朕本與卿戲耳豈
聽卿遊說哉會捕重進叛卒日戮數十人延魯因奏
事言曰叛者獨一重進乎亦衆人乎謂衆人則陛下
應天順人烏有此理獨一重進則脅從者何罪太祖
感悟後獲者皆貸不誅厚賜遣延魯歸南渡之師由
是亦輟後主嗣位延魯頗自伐奉使之功嘗晏內殿
後主親酌酒賜之飲固不盡誦詩及索琴自鼓以侑

之延魯猶自若後主優容不責也楚國公從善入朝太祖授旄節留之闕下後主復遣延魯入謝疾作不能朝太祖待之素厚至是尤憐之遣使挾太醫護視詔放還金陵卒于家子僎韓熙載知貢舉放及第覆試被黜後與其弟侃儀价伉入宋繼取名第南唐公卿家莫能及者价仕至殿中丞知福州至道咸平間歷典藩郡以政績聞延魯銳于仕進然喜言高退事嘗早朝集漏舍歎曰元宗賜賀監三百里鏡湖非僕所敢望得賜玄武湖亦遂素意徐鉉笑荅曰上於近臣豈惜一玄武湖恨無知章爾延魯不能對

孫忌高密人一名鳳又名晟少舉進士始濟陽爲進士者例修邊幅尚名撿忌豪舉跌宕不能蹈繩墨遂亡去渡河客趙魏間唐莊宗建號以豆盧革爲相革

雅知忌辟爲判官遷著作郎明宗天成中與高輦同
事秦王從榮從榮敗忌亡命至正陽未及渡追騎奄
至亦疑其狀偉異覘之忌不顧坐淮岸捫弊衣齧蝨
追者乃捨去渡淮至壽春節度使劉金得之延與語
忌陽瘖不對授館累日忽謁漢淮南王安廟金先使
人伏神座下悉聞其所禱乃送詣金陵時烈祖輔吳
四方豪傑多至忌口吃初與人接不能道寒暄坐定
辭辯鋒起人多憎嫉之而烈祖獨喜其文辭使出教
令輒合指遂預禪代祕計每入見必移時乃出尤務
謹密人莫窺其際烈祖受禪歷中書舍人翰林學士
中書侍郎元宗立齊王景遂排之出爲舒州節度使
治軍嚴有歸化卒二人正晝挺白刃入府求忌殺之
入自西門吏士倉卒莫能禦適忌閒行在東門聞亂

得民家馬棄之奔桐城叛卒不得忌乃殺都押衙李建崇而逸忌坐貶光祿卿元宗素重之不以爲罪累遷右僕射與馮延已竝相每鄙延已侮誚之卒先罷保大十四年周師侵淮南圍壽州分兵破滁州擒皇甫暉江左大震以忌爲司空使周奉表請爲外臣忌見延已曰此行當屬公然忌若辭則是負先帝也旣行知不免中夜歎息語其副禮部尙書王崇質曰吾思之熟矣終不忍負永陵一坏土周世宗以樓車載忌于壽州城下使招仁贍仁贍望見忌戎服拜城上忌遙語之曰君受國恩不可開門納寇世宗詰之忌謝曰臣爲唐大臣豈可敎節度使外叛於是遣王崇質歸而留忌會暑雨班師忌亦從至大梁館都亭驛遇入閤使班東省官後屢召見飲以醇酒問江南事

忌但言寡君實北面無二心周將張永德與李重進不相能倡言重進且反唐人聞之以爲有閒可築遣蠟丸書招重進重進表其書于世宗皆斥讀反閒之言世宗遂發怒時鍾謨亦奉使在館俱召見責讓忌正色請死無撓辭又問江左虛實終不肯對比出命都承旨曹翰護至右軍巡院猶飲之酒數酌翰起曰相公得罪賜自盡忌怡然整衣索笏東南望再拜曰臣受恩深謹以死謝從者二百人亦皆誅死于東相國寺世宗性暴急莫敢救者忌已死乃始追悔元宗聞之流涕贈太傅追封魯國公謚文忠厚恤其家擢其子爲祠部郎中賜名魯嗣

論曰南唐之衰劉仁贍死于封疆孫忌死于奉使皆天下偉丈夫事雖敵讎不敢議也區區江淮之地有

國僅四十年覆亡不暇而後世追考猶爲國有人焉蓋自烈祖以來傾心下士士之避亂失職者以唐爲歸烈祖於宋齊丘字之而不敢名齊丘一語不合則挈衣笥望秦淮門欲去追謝之乃已元宗接羣臣如布衣交間御小殿以燕服見學士必先遣中使謝曰小疾不能着幘欲冠帽可乎於虖是誠足以得士矣苟含血氣名人類者爲得不以死報之耶傳曰君之視臣如手足則臣視君如腹心詎不信夫

廖偃彭師暠皆楚馬殷之臣偃虔州虔化人祖爽父匡圖仕皆至刺史偃少倜儻喜奇節通左氏春秋班固漢書馬殷有國自祕書郎爲裨將戍衡山縣殷子希蕚與弟希崇爭國希蕚敗見執師暠不知其世家自殷時爲將與希蕚有舊怨希崇避殺兄名於是命

師暠幽希蕚於衡山使甘心焉師暠歎曰留後欲使我弒君耶吾豈爲是哉至衡山偓在焉相與護視希蕚甚謹未嘗失人臣禮希崇意不快復遣召希蕚歸長沙終欲加害偓擇勇士百人執兵衞希蕚晝夜擊柝以警非常遂築行府與師暠奉希蕚爲衡山王請命于金陵元宗爲出師定楚亂希蕚遂入朝偓師暠俱從行而偓爲部署輜重指揮使尤勤瘁希蕚流涕曰吾逐於逆豎非偓盡忠豈能免禍至金陵元宗召見兩人嘆獎之授偓左殿直軍使萊州刺史師暠殿直都虞候而使偓守道州以備南漢會朗州叛潭州亦潰偓所部多潭人中夜作亂偓率親卒力戰不能支極罵而死元宗下制哀悼贈右領衞大將軍寧州刺史謚曰節而師暠不見用卒於金陵後主時徐鉉

爲史官有豐城令劉虛己移書明偓大節云
論曰史之失傳者多矣廖偓彭師暠之事可謂盡忠
所事者而五代史則以爲馬希崇遣師暠偓因希蕚
而師暠奉希蕚爲衡山王是偓亦同受因希蕚之指
而師暠獨能全之也江表志則以爲師暠且從希崇
害希蕚偓百計誘諭而寢其謀及衞希蕚也師暠之
計乃無所施是師暠實欲害希蕚獨賴偓以全耳嗚
呼何其異也惟十國紀年言兩人者俱有功差可考
信故多采之大抵忠于故君兩人實同而偓功爲多
不可誣也張巡許遠之事著若日星兩家子弟猶有
異論況偓師暠耶

南唐書卷第十二

孟陳韓朱列傳第九

孟堅始事建州王延政爲將保大初查文徽討王氏之亂堅來降文徽卽以兵付之出奇鏖擊有功及馮延魯之攻福州也堅亦在兵間吳越援兵自海道至阻淖不得登岸延魯不知兵急於破敵欲歛兵誘而殲之堅諫曰吳越兵進退俱不能方致死于我使得至平地未見可勝也延魯大言曰吾自擊之無預君事吳越兵得平地果不可制李弘義兵自城中出盡銳夾擊延魯大敗棄軍遯堅力戰以死延魯雖貶而其黨方盛故堅之死事不見錄國人哀之

陳誨建州人生數月蹻健能馳走其父異之名之曰阿鐵長事王延政爲將唐師攻建州傳其城誨數出

挑戰先鋒橋道使王建封克外郛擒誨將斬之已解衣伏鑽忽脫身絶馳追者數十百輩莫能及自歸大將查文徽文徽駭異用爲戰棹指揮使領故部曲從攻福州馮延魯敗走諸營皆潰死者萬計委軍實戎器不可勝計誨獨殿後收所棄金帛二十萬以歸文徽鎮建州誨爲劍州刺史諜者告吳越戍兵棄福州遯文徽暗而貪功卽率誨俱進誨以戰艦入閩江適春雨江水暴漲一夕七百里抵城下擊敗福州兵獲其將馬先進葉仁安鄭彥華始知福州未嘗有變誨親故多在城中方遣間使招之文徽勒步騎亦至福州來迎文徽傳令入城誨以所聞告且曰僕閩人也豈不能料閩人之情宜先立寨整衆俟所招親故來得其實徐圖之文徽曰狐疑且生變棄機據城上策

也遂入誨知其必敗植旗鳴鼓列兵江干以須之文徽果敗被執誨全軍還劍州獻馬先進于金陵用鄭彥華爲將唐兵兩敗福州皆大取塗地誨在兵間皆有功號名將遂爲建州節度使兼侍中訓兵積穀隱然爲大鎭嘗破福州兵于南臺江軍聲大震由是朝廷委以南方事而名其軍曰忠義及周兵入淮南誨遣子德誠率鎭兵赴難諸將多敗惟德誠頗有戰功拜和州刺史建隆三年六月誨引病求罷朝論難其代乃以弟劍州刺史謙爲留後召誨還都後主親臨視七月卒謚忠烈閩之亂士民幾殲焉惟誨之宗族益盛謙與德誠後亦繼領建州旄節諸子悉至顯官

韓熙載字叔言北海人少隱嵩山唐同光中擢進士第父光嗣平盧節度副使軍中逐其帥符習推光嗣

爲留後明宗即位討亂光嗣坐死熙載來奔時烈祖
輔吳方修明法令熙載年少放蕩不守名撿補和常
滁三州從事時人士自中原至者多已擢用熙載在
京洛早負才名乃獨落魄不偶亦不以介意烈祖受
禪召爲祕書郎使事元宗於東宮諭之曰以卿早奮
名場疎雋未更事故使歷州縣之勞今用卿矣宜善
自修飭輔吾兒也熙載亦不謝在東宮談燕而已不
嬰世務元宗即位拜虞部員外郎史館修撰兼太常
博士乃慨然曰先帝知我而不顯用是以我爲慕容
紹宗也始數言朝廷事所當施行者展盡無所回隱
宋齊丘馮延己等皆側目元宗意獨嘉之命權知制
誥書命典雅有元和之風與徐鉉齊名時號韓徐契
丹入汴晉少帝北遷熙載上疏曰陛下有經營天下

之志今其時矣若戎主遁歸中原有主則不可圖矣不省陳覺馮延魯福州喪師初議寘軍法齊丘爲之請止削官遷外郡熙載上疏請無赦又數言齊丘黨與必基禍亂熙載不能飲酒齊丘誣以酒狂貶和州司士參軍徙宣州節度推官復入爲虞部郎中史館修撰遷中書舍人周太祖有天下用事者猶議北伐熙載曰北伐吾本意也但今已不可耳郭氏奸雄曹馬之流雖有國日淺守境已固我兵妄動豈止無功耶言雖切而朝廷闇於機會經營中原之意終不已周人果以籍口兵入淮南齊王景達以兵馬元帥臨邊陳覺爲監軍使熙載言出師大事也當先正名莫信於親王莫重於元帥安用監軍使哉亦不從熙載才氣逸發多藝能善談笑爲當時風流之冠尤長於

碑碣他國人不遠數千里輦金幣求之然性忽細謹
老而益甚蓄妓四十輩縱其出與客雜居物議閧然
熙載密語所親曰吾爲此以自污避入相爾老矣不
能爲千古笑端坐託疾不朝貶右庶子分司南都熙
載盡斥諸妓後主喜留爲祕書監俄復故官欲遂大
用之而去妓悉還後主歎曰孤亦無如之何矣宿直
宮中賜對多所弘益後主手教褒之進中書侍郎卒
年六十九後主謂侍臣曰吾竟不得相熙載欲贈平
章事古有是否或對曰晉劉穆之贈開府儀同三司
即故事也乃贈右僕射同平章事廢朝三日謚文靖
命葬梅嶺岡謝安故墓側著格言及後述三卷擬議
集十五卷定居集二卷初熙載嘗使周及歸元宗歷
問周之將相熙載曰趙點檢顧視非常殆難測也及

太祖受禪人服其識
朱元潁州沈丘人本姓舒少倜儻通左氏春秋與楊訥同爲河中李守貞客守貞叛俱來乞兵楊訥者李平也語在平傳元旣留事南唐以駕部員外郎待詔文理院數上書論事言今幸中原多故苟支歲月非所以爲國當取湖湘閩越錢塘以固基本且請專任軍旅以次討定用事者嫉其言共譖之以爲遠人謀握兵包藏莫測遂罷待詔元失意縱酒不事事朝廷亦優容之保大末周師入淮南元請對言兵事元宗大悅命從齊王景達救壽州元善撫士卒與之同甘苦每臨戰誓衆詞指慷慨流涕被面聞者皆有効死赴敵之意破舒和二州以功加淮南西北面行營應援都監與邊鎬許文縝柵紫金山軍聲頗振益柵且

及壽州元恃功時或違景達節制監軍使陳覺與元素有隙且嫉其能屢表元本學縱横不可信不宜付以兵柄元宗乃命楊守忠代之守忠至元帥府景達檄元計事元憤怒欲自殺其客宋均曰丈夫何往不可乃爲妻子死耶遂舉寨萬餘人降周由是諸軍皆潰邊鎬許文縝楊守忠皆被擒壽州不守遂畫江請盟矣元在江南娶查氏文徽女至是伏誅文徽累表乞貸死不從以珠襧覆尸於市哭之隕絶觀者皆爲垂泣元歸周復姓舒世宗愛其驍果以爲蔡州團練使其母猶在沈丘遂迎養焉太祖受禪遷汀州防禦使太平興國初卒

論曰亡國之君必先壞其紀綱而後其國從焉方是時疆埸之臣非皆不才也敗於敵未必誅一有成功

讒先殺之故强者玩寇弱者降敵自古非一世也南唐如陳覺馮延魯查文徽邊鎬輩喪敗塗地未嘗少正典刑朱元取兩州於周兵將遯之時固未爲售功而陳覺已不能容此元之所以降也元降諸將束手無策相與爲俘纍以去而唐遂失淮南臣事于周雖未即亡而亡形成矣欲知南唐之亡者當於是觀之

南唐書卷第十三

劉潘李嚴張龔列傳第十

劉仁贍字守惠淮陰洪澤人父金事吳武王有戰功至濠州團練使長子仁規娶武王女貴於其國嘗爲清淮軍節度使仁贍略通儒術好兵書有名於國中事烈祖歷黃袁二州刺史入爲龍衛軍都虞候拜鄂州節度使元宗伐楚仁贍帥州師克巳陵撫納降附甚得人心保大中湖湘戍兵潰歸復失故楚地上書者多謂周人有南侵之謀淮上石偶人言元宗聞而惡之斷其首自六月至冬不雨長淮可涉民流入周邊城遮殺之不能禁唐亦興屯田修邊備以壽州最爲要地十三年徙仁贍爲清淮軍節度使自楊氏有吳歲暮淮涸輒增戍以備侵軼謂之把淺監軍吳廷

紹以爲無事徒費糧糗罷之仁贍表陳不可罷未及行周已遣將李穀王彥超韓令坤等帥師大入詔書暴我納李金全援李守貞慕容彥超結契丹太原之罪報至上下失色仁贍獨部分號令宴勞吏士閑暇如平時十一月出兵破城南大栅殺周兵數千人元宗遣神武統軍劉彥貞將三萬人救壽州十四年正月彥貞至來遠鎮距壽州二百里軍容甚盛李穀燒營夜遁保正陽彥貞率戰艦數百艘泝淮而上仁贍曰敵已畏君矣當持重養盛以俟閒若遽求戰而不能勝則大事去矣彥貞不從仁贍曰周人遯必設伏遇之將敗績乃率勵其下益兵固守彥貞果大敗没於陣伏尸三十餘里亡戈甲三十萬周世宗自將攻城屯於城西北淝水之陽徵宋亳陳潁許秦徐宿州

丁夫數十萬備攻城雲梯洞屋下臨城中數道同時進攻填塹陷壁晝夜不少休如是者累月每鼓角四發聲震牆壁皆動我援兵在外者見利輒進常陷伏中以故屢敗而終不悟仁贍雖知外援之敗意氣益壯覘世宗在城下據胡牀督攻城仁贍素善射自引弓射之箭去胡牀數步輒墮世宗命進胡牀於箭墮處後箭復遠數步而墮仁贍知之投弓於地曰若天果不佑唐耶吾有死於城下耳終不失節於是世宗遣中使來諭曰知卿忠義然士民何罪又親駕臨城招之皆不從自正月至四月不可下世宗還京師楊泰滁和舒蘄諸州皆復爲唐守渦口定遠周兵戍守者亦皆爲我師襲破江左幾復振而壽州之圍獨不解元宗遣元帥齊王景達以兵數萬來援分重兵據

紫金山列寨十餘處與城中傳烽相應築甬道抵城通餽餉六月仁贍出兵殺周兵數百焚攻城洞屋甚衆周將李重進等兵力頗屈仁贍因請乘世宗之歸以邊鎬守城自出決戰景達畏懦又方任陳覺固不許仁贍憤鬱得疾少子崇諫夜泛小舟渡淮謀紓家禍爲軍校所執仁贍命腰斬之監軍使文德殿使周廷構哭於中門又求救於仁贍妻薛氏薛氏曰崇諫幼子固所不忍然貸其死則劉氏爲不忠之門促命斬之然後成喪聞者皆爲出涕十五年二月世宗復親征屢戰皆克唐軍被俘馘者四萬人餘衆不能復整朱元朱仁裕孫璘皆降周仁贍聞之扼吭憤歎世宗知壽州且下心獨嘉仁贍之忠恐城破殺之乃下詔諭使自擇禍福三月甲辰又耀兵城北而仁贍已

困篤不知人監軍周廷搆營田副使孫羽等爲仁贍表請降戊申世宗次城北受之舁仁贍至幄前撫勞嘉歎拜天平軍節度使兼中書令命還城養疾辛亥晝晦雨黃沙如霧世宗在下蔡疑有變馳騎覘之乃仁贍卒年五十八州人皆哭偏裨及士卒自剄以狥者數十人世宗遣使弔祭追封彭城郡王錄其子崇讚爲懷州刺史賜莊宅各一區元宗聞仁贍死哭之慟贈太師中書令謚忠肅嘆曰仁贍有知其肯捨我而受周命耶是夕夢仁贍若拜謝庭中加封衞王後主立進封越王開寶中仁贍子崇諒爲進奉使太祖嘉其忠臣之後特命爲都官郎中仁贍至今廟食壽春不絕

論曰政和中先君會稽公爲淮西常平使者實請於

朝列仁贍於典祀且名其廟曰忠顯後又嘗寓家壽
春方世宗攻下壽州廢爲壽春縣而徙壽州於下蔡
故壽春父老喜言仁贍死時事言其夫人不食五日
而卒今傳記所不載廟在邑中歲時奉祀甚盛乾道
淳熙之間予遊蜀在成都見梓潼令金君所藏周世
宗除仁贍天平軍節度使告身白紙書墨色印文皆
如新金君言仁贍獨一裔孫賣藥新安市客死無後
故得之其詞與王溥所修周世宗實錄皆合若歐陽
氏五代史所稱盡忠所事抗節無虧前代名臣幾人
可比予之南伐得汝爲多蓋摘取制中語載之本不
相聯屬又頗有潤色也以仁贍之忠天報之宜如何
而其後於今遂絕天理之難知如此可悲也夫
潘佑幽州人祖貴事劉仁恭爲將守光殺之父處常

脫身南奔事烈祖爲散騎常侍佑生而狷潔閉門苦學不交人事文章議論見推流輩陳喬輩薦于元宗起家祕書省正字後主在東宮開崇文館以招賢佑預其間及嗣位遷虞部員外郎史館修撰議納后禮援據精博遷知制誥召草勸南漢書文不加點遷中書舍人後主以潘鄉稱之酷喜老莊之言嘗作文曰莊周有言得者時也失者順也安時處順則哀樂不能入也僕佩斯言久矣夫得者如人之有生自一歲至百歲自少得壯自壯得老歲運之來不可卻也此所謂得之者時也失之者亦如一歲至百歲暮則失早今則失昔壯則失少老則失壯行年之去不可留也此所謂失之者順也凡天下之事皆然也達者知我無奈物何物亦無奈我何也其視天下之事如奔

車之歷蟻蛭也值之非得也去之非失也燕之南越
之北日月所生是爲中國其間含齒戴髮食粟衣帛
者是爲人剛柔動植林林而無窮者是爲物以聲相
命是爲名倍物相聚是爲利彙首而芸芸是爲事事
往而記於心爲喜爲悲爲怨爲恩其名雖衆實一心
之變也始則無物終復何有而於是强分彼我彼謂
我爲彼我亦謂彼爲彼彼自謂爲我我亦自謂爲我
終不知孰爲彼耶孰爲我耶而世方狥欲嗜利繫心
於物局促若轅下駒安得如列禦寇莊周者焚天下
之轅釋天下之駒浩浩乎復歸於無物歟此吾平昔
所言也足下之行書以贈別開寶五年更官名改內
史舍人初與張洎親厚及俱在西省所趨旣異情好
頓衰每歎曰堂堂乎張也難與並爲仁矣時南唐日

衰削用事者充位無所爲佑憤切上疏極論時政歷詆大臣將相詞甚激訐後主雖數賜手札嘉歎終無所施用佑七疏不止且請歸田廬乃命佑專修國史悉罷他職而佑復上疏曰三軍可奪帥也匹夫不可奪志也臣乃者繼上表章凡數萬言詞窮理盡忠邪洞分陛下力蔽姦邪曲容諂僞遂使家國愔愔如日將暮古有桀紂孫皓者破國亡家自己而作尚爲千古所笑今陛下取則姦回敗亂國家不及桀紂孫皓遠矣臣終不能與姦臣雜處事亡國之主陛下必以臣爲罪則請賜誅戮以謝中外詞既過切張洎從而擠之後主遂發怒以潘佑素與李平善意佑之狂直多平激之而平又以建白造民籍爲所排乃先收平屬吏併使收佑佑聞命自剄年三十六徙其家饒州

處士劉洞賦詩弔之國中人人傳誦爲泣下及王師南征下詔數後主殺忠臣蓋謂佑也子華仕宋至屯田員外郎以疾致仕景德中真宗皇帝憐佑之忠起華於家授故官

論曰佑學老莊齊死生輕富貴故其上疏縱言訐若惟恐不得死者雖激於一時忠憤亦少過矣後主非強愎雄猜之君而陷之於殺諫臣使佑學聖人之道知事君之義豈至是哉不幸既死同時諸臣已默默爲降虜矣猶醜正嫉言視之如仇誣以狂愚惑溺淫祀左道之罪至斥爲人妖雖後之良史有不能盡察其說者於戲悲夫

李平本姓名曰楊訥少爲嵩山道士與汝陰布衣舒元共學數年業成同游蒲中客於節度使李守貞守

貞叛漢使兩人懷表間行乞師於金陵元宗爲出師數萬爲之聲援甫出境而守貞叛兩人無所復命且唐遇之厚因留事唐而訥始自稱李平元亦易姓朱元宗皆以爲尚書郎吳越侵常州欲以平爲將固辭還衞尉少卿周兵取蘄州不能有復棄而歸乃以平爲刺史朱元叛元宗以平本與元同歸唐慮其不自安召還金陵使者失指械平以歸元宗大驚慰勉之拜建州節度使召爲衞尉卿潘佑好老莊平少爲道士習其說因相與遊平請復井田法造民籍復造牛籍課民種桑後主本好古務農甚悅其言使判司農寺平急於成功施設無漸人不以爲便後主亦中悔罷之而佑歷詆一時公卿獨稱薦平請以判司會府羣議益不平會佑以直諫得罪因坐以與平淫祀鬼

神事繫平大理獄縊死獄中
嚴續字興宗馮翊人祖實仕故唐爲江淮水陸轉運
判官徙家廣陵父可求爲吳武王謀臣及景王宣王
嗣立又皆有功宣王建國可求爲尚書左僕射同平
章事大和二年卒續十餘歲以父蔭補千牛備身遷
祕書郎尚烈祖女生長富貴而性恭謹歷兵部侍郎
尚書左丞元宗卽位進禮部尚書中書侍郎出牧池
州復拜中書侍郎兼三司使又出爲江州節度使數
年復入知尚書省遂爲門下侍郎同平章事初續之
未出池州也宋齊丘專國公卿多附之惟續持正不
爲屈翰林學士常夢錫嘗指言齊丘過咎元宗語之
曰大臣惟嚴續能自立然才短恐不能勝其黨卿宜
助之夢錫退諭指於續續因與夢錫親厚然不能盡

用其言也卒爲黨人所排與夢錫俱補外及爲相雖
自以肺附盡忠不貳然寡學識聽用多非其人不能
稱職或作螃蟹賦以譏切之是時以軍興百司政事
往往歸樞密院續言多不見用求罷拜鎮海軍節度
使屬疾還都已革猶不亂與客言論如平時後主使
內夫人問之歷陳羣臣邪正某當進某當退辭氣慷
慨不及其私翼日卒年五十七謚曰懿初續以不學
見輕同列遂力教子弟諸子及孫舉進士者十餘人
張易字簡能魏州元城人高祖萬福故唐金吾將軍
後徙萊州掖縣易性豪舉尙氣少讀書於長白山又
徙王屋及嵩山苦學自勵食無鹽酪者五歲齋有高
士王逵靈居海上博學精識少許可易從之遊數年
入洛舉進士不中以昇元二年南歸授校書郎大理

評事時方重赤縣拜上元令元宗立以水部員外郎
通判歙州刺史朱匡業平居甚謹然醉則使酒陵人
果於誅殺無敢犯者易至赴其宴先已飲醉就席酒
甫一再行擲杯推案攘袂大呼詬責鋒起匡業尙醒
愕然不敢對惟曰通判醉甚不可當也易巍峨喑嗚
自若俄引去匡業使吏掖就馬自是見易加敬不敢
復使酒郡事亦賴以濟太弟景遂初立高選官僚召
爲贊善大夫景遂召飮以玉杯行酒因與坐客傳玩
至易忽大言曰殿下有重寶輕士之意何耶抵於柱
礎碎之坐皆失色其他規正皆類此景遂不爲忤待
易益厚遷刑部郎中判大理寺周人南侵時江淮久
安人不知戰我師屢北上下震恐易獨揚言朝路曰
國家被山帶海守奕世之業昔者夫差以無道之兵

威陵齊晉孫權以草創之國勢遏曹劉今若上下併力敵何足畏哉元宗聞而異之召使宿直禁中議事然亦不能用也陳覺李徵古方用事朝野側目易一日朝退歎曰吾忝廷尉職誅邪孽當手斃二豎以謝曠官俄以吳越犯邊出爲宣歙招諭使判宣州前刺史方築州城役徒數萬一切罷遣之曰自守者弱遠圖者强何以城爲吳越聞之懾服不敢復犯後主封吳王召易爲吳王司馬東宮建又爲左庶子後主即位遷右諫議大夫復判大理寺尋乞解大理改勤政殿學士判御史臺采武德至寶曆君臣問對及臣下論奏骨鯁者七十事爲七卷曰諫奏集上之註太玄未成卒年六十一

龔愼儀後主時爲給事中開寶三年高祖欲封南漢

未決詔後主諭劉鋹令奉正朔後主乃遣愼儀持書使南漢書曰僕與足下叨累世之盟雖疆畿阻闊休戚實同敢奉尺書敬布腹心昨大朝伐楚足下疆吏弗靖遂成釁隙初爲足下危之今弊邑使臣入貢皇帝幸以此宣示曰彼若能幡然改圖單車之使造廷則百萬之師不復出矣不然將有不得已者僕料大朝之心非貪土地也怒人不賓而已且古之用武不計强弱小大而必戰者有四父母宗廟之讐一也彼此烏合民無定心二也敵人進不捨我退無守路戰亦亡退亦亡三也彼有敗亡之勢我乘進取之機四也今足下與大朝無是四者而坐受天下之兵決一旦之命有國家利社稷者固如是乎夫彊則南面而王弱則玉帛事大屈伸在我何常之有違天不祥好

戰危事天方相楚尙未可爭而況今日之事耶地莫險於劒閣而蜀亡矣兵莫强於上黨而李筠失守矣竊意足下國中必有矜智好謀之臣獻尊主强國之策以謂五嶺之險非可遽前堅壁淸野絕其饟道依山阻水射以强弩彼雖百萬之兵安能成功不幸而敗則輕舟浮海猶足自全豈能以萬乘之主而屈於人哉此說士之常談可言而不可用異時王師南伐水陸並舉百道俱進豈暇俱絕其饟道盡保其壁壘或用吳越舟師自泉州航海不數日至足下國都矣人情恟恟則舟中皆爲敵國忠義效死之士未易可見雖有巨海孰與足下俱行乎敢布腹心惟與大臣熟計之史館修撰潘佑之辭也鋹得書怒因愼儀不遣後主表聞太祖遂決興師南漢平乃得歸後主之

士也愼儀爲徽州刺史會昭武留後盧絳聞國破提兵自宣州欲入福建過歙愼儀閉城拒守絳怒曰愼儀吾故人何爲見拒遣裨將馬雄攻之愼儀朝服而出爲雄所害

南唐書卷第十四

郭張林盧蒯二陳列傳第十一

郭廷謂字信臣彭城人父全義仕爲濠州觀察使廷謂幼好學善書札騎射補殿前承旨出爲濠州中門使全義卒擢莊宅使卽爲州監軍周侵淮南廷謂與州將黃仁謹約以死守籍州民不逞者聚於僧寺嚴兵守之日給食隨所能使造守具故周師終不知城中虛實久不可下元宗歎其忠因大發戰櫂命與林仁肇援壽州周世宗聞之徙下蔡浮橋於渦口築壘夾淮東西以護橋扼濠壽之衝暑雨淮漲廷謂掩不備輕舟泝流急趨渦口將麾兵斷笮周人覘知設伏待之廷謂將至揣得其情駐軍不進襲敗周將武行德周務勍於定遠斬首數百行德挺身遯卒焚浮橋

周兵死者不可計遂盡焚軍資取良馬數百進武功殿使就遷州刺史猶以爲賞薄又遷團練使兼上淮水陸應援使及紫金山戰唐將帥多降於周廷謂獨還軍守濠州治壁壘繕戈甲爲守備世宗復南征廷謂表金陵請援且言周師日張願卑辭請和以俟機會夜出敢死士千餘襲破周營焚雲梯洞屋周人大驚相蹂踐死者甚衆然援師不至世宗親攻城焚戰艦數百艘殺二千人進攻羊馬城又殺數百人遣諜持詔諭降廷謂廷謂度不能支奉表於周懇言世受本國爵命家在江南欲遣使禀命國主世宗許之爲緩攻及廷謂使還知金陵卒不能救集將士於壘門南嚮慟哭再拜乃降世宗見廷謂賜宴勞之曰兵興以來江南敗亡相踵惟卿能犯渦口浮橋破定遠寨

足報國矣濠州小城使汝主自守豈能固哉賜襲衣金帶良馬及器皿萬餘拜亳州防禦使以其弟廷讚爲和州刺史因命帥濠州兵東攻天長下之還樓櫓戰櫂左右廂都監入朝官至靜江軍節度觀察留後知梓州代歸賜第東都卒年五十四廷謂事母孝朝夕東帶立侍寒暑不變爲政亦有惠愛方廷謂降周時令其錄事參軍鄱陽李延鄒草降表延鄒責以忠義不爲具草廷謂愧其言然業已降必欲得表以兵脅之延鄒投筆曰大丈夫終不負國爲叛臣作降表遂遇害元宗聞之召見延鄒子命以官

張彥卿史失其鄉里世家保大末周世宗南侵彥卿爲楚州防禦使周師銳甚旬日閒海泰州靜海軍皆破元宗亦命焚東都官寺民廬徙其民渡江世宗親

御旗鼓攻楚州自城以外皆已下發州民濬老鸛河
遣齊雲戰艦數百自淮入江勢如震霆烈熖彥卿獨
不爲動及梯衝臨城鑿城爲窟室實薪而焚之城皆
摧圮遂陷彥卿猶列陣城內誓死奮擊謂之巷鬭日
暮轉至州廨長短兵皆盡彥卿取繩牀搏戰及兵馬
都監鄭昭業等千餘人皆死之無一人生降者周兵
死傷亦甚衆世宗怒盡屠城中諸民焚其室廬然得
彥卿子光祐不殺也元宗下詔贈彥卿侍中天長縣
時陞爲雄州刺史建武軍使易文贇亦固守聞楚州
陷遂降彥卿馬元康書以爲彥能亦莫知孰是也
論曰彥卿守楚州孤壘無援當百倍之師身可碎志
不可踰雖劉仁贍殆不能過而史家傳載獨略至其
名亦或不同於虖何其重不幸也

林仁肇建陽人事閩爲裨將沉毅果敢文身爲虎軍中謂之林虎子閩亡久不見用會周侵淮南元宗遣使至福建募勇士得仁肇及陳德誠鄭元華皆拔爲將仁肇率偏師援壽州攻城南大寨有功又破濠州水柵推淮南屯營應援使時周人正陽浮橋初成扼援師道路仁肇率敢死士千人以舟實薪芻乘風舉火焚橋周將張永德來爭會風回火不得施我兵少却永德鼓譟乘之遂敗仁肇獨騎一馬爲殿永德引弓射之屢將中仁肇輒格去永德驚曰此壯士不可逼也遂捨之而還及割地元宗以爲潤州節度使徙鄂州又徙南都留守開寶中密言於後主曰宋淮南諸州戍守單弱而連年出兵滅蜀平荆湖今又取嶺表往返數千里師旅罷弊此在兵家爲有可乘之勢

請假臣兵數萬出壽春渡淮據正陽因思舊之民以復故境彼縱來援吾形勢已固必不得志兵起之日請以臣舉兵外叛聞事成國家饗其利不成族臣家明陛下不預謀後主懼不敢從時皇甫繼勳朱全贇掌兵柄忌仁肇雄略謀有以中之會朝貢使自京師回擿使言仁肇密通中朝見其畫像於禁中且已爲築大第以待其至後主方任繼勳等惑其言使人持酖往毒之仁肇少病風口氣常臭醫云肺掩不正及遇酖家人怪其不臭俄卒初仁肇尤爲陳喬所知至是喬歎曰國勢如此而殺忠臣吾不知所稅駕也然不能白其誣仁肇卒逾年後主遂見討又逾年國爲墟矣

盧絳字晉卿宜春人自言唐中書舍人歙州刺史肇

之後初名兗慕晉魏絳更焉讀書略通大指喜論當世利病然脫略繩撿每以博弈角觝爲事舉進士不中爲吉州回運務計吏盜庫金事覺當伏法乃更儒服亡去至新淦客於土豪陳氏與其子弟共學絳好縱橫兵書日夜讀之陳氏察其非士流謂曰朝廷方求賢豪吾子其可久留此乎因厚具裝遣行絳將還宜春中途飲博盡費其裝比至家母及兄弟皆鄙誚之絳乃入廬山白鹿洞書院猶亡賴以屠販爲事多脅取同舍生金又持擢貨誣山中浮屠以邀賄謝人皆患苦之與諸葛濤蒯鼇號廬山三害朱弼爲國子助教將捕治其罪復亡去往來金陵丹陽間遇大寒平地躍起折簷桷爲薪以自濟守倉吏召歸使躍倉簷自氣樓入倉中盜米一夕往返數十久之乃上

書論事未報詣樞密使陳喬口陳所上書詞辨從橫喬聳然異之用爲本院承旨授沿江巡撿募士命習水戰使馬雄王川軍等分將之要吳越兵於海門屢獲舟艦以善戰聞開寶中密說後主曰吳越仇讎腹心之疾也他日必爲北兵鄉導以攻我臣屢與之角知其易與不如先事出不意滅之後主曰然則大朝且見討奈何絳曰臣請詐以宣歙叛陛下聲言伐叛且賂吳越乞兵吳越之兵勢不得不出俟其來拒擊之而臣躡其後國可覆也滅吳越則國威大振北兵不敢動矣後主不聽及王師來討以絳爲凌波都虞候沿江都郡署守秦淮水柵戰屢勝諸將忌其能共說後主遣絳出援潤州乃授昭武軍節度留後帥八千人陣於潤州城下北軍不敢逼入城拒守而節度

使劉澄謀因討事斬絳以城降絳覺之澄乃謂絳曰都城危甚萬一不守守此何爲絳曰君爲守不可棄城宜赴難者絳也是夕澄遣裨將出送降款絳帥部下馳出欲冒圍入金陵圍堅不可入乃走保宣州金陵城陷諸郡皆下絳獨不降謀南據閩中過歙州怒刺史龔愼儀不出迎殺之而行太祖使絳弟龔招絳絳初欲殺龔以明不屈已而卒降至京師授冀州團練使遇龔愼儀兄子贊善大夫頴於朝詬絳曰是殺我叔父者執至殿陛訴冤詔屬吏樞密使曹彬言其才略可用願宥其死使自効太祖曰是貌類侯霸榮何可留也斬於西市絳臨刑大呼曰陛下不記以鐵券誓書招臣乎霸榮河東將嘗來降已而復叛歸弑其主劉繼恩者故太祖深惡之

蒯鼇宣城人舍屬文南唐承唐末文體纖麗之弊士
率不能自振鼇獨不事華藻以理趣爲本有承平餘
風然居鄉飲博無行不爲人士所容迺去入廬山國
學士賴尤甚晚乃勵風操尚信義一言之出必復而
後已嘗蓄龍尾硯友人欲之而不言鼇亦心許之末
及予也一日友人不告而歸鼇悔恨徒步數百里追
及授硯而還猶以素行爲有司所擯終國亡不仕久
之遊京師擢進士第仕至殿中丞樊若水欲薦於朝
鼇恥之亟致仕歸隱廬山數年卒
陳喬字子喬廬陵玉笥人父濬事吳爲翰林學士烈
祖時以兵部尚書卒喬幼敏悟文辭清麗事親以孝
聞濬死撫恤族黨均財給之親疏無閒起家爲太常
寺奉禮郎歷屯田員外郎中書舍人淮南兵興元宗

憂蹙不知所爲陳覺李徵古請以宋齊丘攝政元宗怒度羣臣必持不可乃促召喬草詔如覺徵古言喬請對未報排宮門入頓首曰陛下既署此則百官朝請皆歸齊丘尺地一民非陛下有陛下縱脫屣萬乘獨不念先帝中興大業之艱難乎讓皇幽囚丹陽宮陛下所親見也他日垂涕求爲田舍翁不可得矣元宗笑而止引喬入見后及諸子曰此忠臣也及齊丘黨與皆斥喬與齊丘尤親厚獨得不坐遷都豫章以喬輔太子留金陵後主嗣位歷吏部侍郎翰林學士承旨樞密副使遂以門下侍郎兼樞密使貶制度改右內史侍郎兼光政院使輔政喬風度淹雅小心守法度然短於才略吏胥多交通權倖侮文法不能察也太祖遣使召後主入朝後主欲往以喬爲介喬曰

往必見留如社稷何後主懼見討喬曰陛下不得已當以臣爲解及兵圍金陵太祖又遣進奉使江國公從鎰諭指欲後主自歸且命曹彬緩攻以俟之而喬堅持不可劉澄以潤州降後主方惶惑欲置其家不問喬憤切曰人臣受重寄一旦開門迎敵此豈可容悉取其父母妻子斬之於是人皆知喬必死國事矣及城將陷後主自爲降款命喬與清源郡公仲寓詣曹彬喬持款歸府投承霤中復入見云自古無不亡之國降亦無由得全徒取辱耳請背城一戰而死後主握喬手涕泣不能從喬曰如此則不如誅臣歸臣以拒命之罪後主又不從乃掣手而去至政事堂召二親吏解所服金帶與之曰善藏吾骨遂自縊二吏徹榻瘞之金陵平家人謀改葬求尸不獲或見一丈

夫衣黃半臂舉手障面及發瘞如所見云
陳起蘄州人性剛硬尤惡妖異昇元中以進士起家爲黃梅令時縣境獨木村有妖人諸佑挾左道自言數世不食肉能使富者貧貧者富俚民稍稍從之初有徒數十人積數年從者至數百男女無別號曰忍辱夜行晝伏取資於盜相與倡言佑有神術能升虛空入水火州縣亦憚之不敢問起到官邑人畢賀佑獨偃蹇不至起乃按戶籍取佑爲里正不服嫚言曰吾且斷令頭起告巡撿使周鄴出兵捕佑等獲之不能神皆就執縛搜其家得乘輿服器遂斬之鄴欲宥其婦女童稚起曰此皆瀆亂人倫不可使有遺育乃併斬之起由是知名官至監察御史卒

南唐書卷第十五

周鄭李三劉江汪郭伍蕭李盧朱王魏列傳第十二

周惟簡鄱陽人隱居明易後主聞其名召至金陵起布衣爲集賢殿侍講以虞部郎中致仕還山金陵受圍間道召還入後苑講否卦後主思得奇士能使兵間者張洎薦惟簡可以譚笑和解乃授給事中副徐鉉使京師後主手疏言惟簡託志妙門存心道典伴臣修養不預公途蓋爲之聲價冀動朝聽比至太祖召見詰責鉉猶懇奏不已惟簡惶恐反言曰臣本野人未嘗仕宦李煜强遣來未嘗預聞使指伏聞終南山多靈藥願得棲隱太祖許之金陵平命爲國子周易博士判監事或謂曰終南之言不訹且得罪惟簡

不得已上表求解官以遂初志改虞部郎中致仕授其子繕京兆鄠縣主簿使就養太平興國中復表求仕授太常博士遷水部員外郎卒繕後舉進士中第仕亦至尚書郎

鄭彥華福閩人祖父世爲福建諸州刺史彥華少隸節度使李弘義帳下常射殺乳虎以勇聞元宗出師攻福州大將王崇文遣卒李興登樓車罵弘義弘義不勝憤募生得興者彥華請行夜縋出城外伏壕傍興猶慢罵不已彥華操長鉤鉤得興挾以登城城上皆鼓譟弘義得興而甘心焉崇文不能下城遯去歲餘劍州刺史陳誨以水軍來攻彥華適出屯候官以所部降誨誨與語奇之署軍校南唐與周師相拒淮南彥華大小百餘戰身被五十餘創累遷至鎮海軍

節度使加同平章事後主見討王師自采石作浮梁渡江後主命彥華督舟師萬人又遣別將杜貞率步兵萬人同逆戰後主親遣行戒之曰水陸兩軍相表裏則吾事濟矣比與王師遇貞以所部力戰彥華擁兵不救貞敗而潰金陵聞之喪氣遂閉壘自守以至國破亦不能正彥華之罪矣彥華從後主入朝爲右千牛衞將軍太宗征太原及幽州用彥華爲將無功猶歷諸衞將軍至左千牛衞大將軍卒年七十三子文寶初仕後主以文學選爲清源公仲寓掌書記遷校書郎歸朝南唐故臣皆許錄用文寶獨不自言後主以環衞奉朝請不納客謁文寶乃被簑荷笠作漁者以見寬譬久之後主嘆其忠後中進士第仕至兵部員外郎國史有傳

李貽業故唐時平章事蔚從曾孫父戴唐末第進士奔吳爲起居郎貽業事烈祖至翰林學士烈祖晏駕大臣欲奉宋后臨朝命中書侍郎孫忌草遺制貽業獨奮曰此姦人所爲也大行常謂婦人預政亂之本也安肯自爲此若果宣行貽業當對百官裂之會宋后亦不許於是臨朝之議遂寢元宗語貽業曰疾風知勁草於卿見之保大中以兵部侍郎卒謚曰簡初戴爲人簡率無威儀貽業又甚於父平居頽然不言是非國有大議必首斷之尤好飲酒常折簡招親友曰今夕佳月能相過乎比客集貽業已大醉指酒壺曰本用相待酒興忽來自倒之矣其疎豁大抵如此

劉崇俊字德修楚州山陽人祖全以功臣爲濠州刺史有威名全卒子仁規繼其任爲政苛虐及卒崇俊

繼之盡反仁規之政人懷其惠數年漸專恣不法多畜不逞使過淮剽掠獲美女良馬以自奉元宗陞濠州爲定遠軍因拜崇俊節度使以其子節尚太寧公主然元宗亦惡其爲人會壽州姚景卒崇俊厚賂權貴求兼領壽州元宗乃陽若不解其意命移鎭壽州而遣楚州刺史劉彥貞馳入濠州代之崇俊自悼失計頗革心循法度未幾得疾卒年四十贈太尉謚曰威

劉洞廬陵人隱居廬山二十年能詩長於五字唐律自言得賈島法後主嗣位尤屬意詩人或以洞言者洞遂獻詩百篇卷首石城篇其詞石城古渡頭一望思悠悠幾許六朝事不禁江水流後主讀之感愴不怡者久之因棄不復觀洞亦不復見省金陵受圍洞

猶在城中國亡洞過故宮闕徘徊賦詩多感慨悲傷不以不遇故有怨懟語未幾卒與洞同時有夏寶松者亦隱廬山相與爲詩友洞有夜坐詩寶松有宿江城詩皆見稱一時號劉夜坐夏江城云

江爲宋人避亂徙閩元宗初設貢舉爲屢爲有司所黜嘗有題白鹿寺詩元宗南遷過而愛之爲由是愈自負傲睨一時卒無薦引者居懷憤憤束書欲東走吳越爲同謀者所發按得其狀伏誅

汪召符歙人能屬文烈祖初嘗上書論事合指宋齊丘頗抑之召符貽齊丘書誚其疾己才齊丘大怒密使人誘召符乘舟痛飲至石頭蚵蚾磯下沉殺之

郭昭慶廬陵人博學能自力嘗著唐春秋三十卷保大中獻所著治書補揚子尉辭不受後主時復獻經

國治民論擢著作郎時方奉中朝凡歲慶賀貢方物牋表及廷勞宴餞之辭率命昭慶爲之一日方晨起造朝暴卒

伍喬廬江人居廬山國學數年力於學詩調寒苦每有瘦童羸馬之歎山中浮屠夢仰視見一大星芒色甚異旁有人指之曰此伍喬星也既覺訪得喬乃傾資奉之使入金陵舉進士及試畫八卦霽後望鍾山詩故事中選者主司必延之陞堂置酒時有宋貞觀者首就坐張泊續至主司覽其文揖貞觀南坐引泊坐於西酒至數行喬始上卷主司歎其傑作乃徙貞觀處席北泊處席南以喬居賓席及覆考牓出喬果爲首泊貞觀次之時稱主司精於衡鑑元宗亦大愛喬程文命勒石以爲永式仕至考功員外卒

蕭儼廬陵人㓜舉童子中其科稍長命爲祕書省正字烈祖初歷大理司直刑部郎中以平恕稱烈祖晚服金石藥多暴怒近臣數被譴罰宣徽副使陳覺不自安稱疾在告者數月及聞遺詔即以其日造朝儼劾奏覺傾耳私室以幸禍變宜重置於法不報烈祖輔吳設法禁以良人爲賤至是馮延己延魯欲廣置妓妾輒矯遺制託稱民貧許賣子女儼駁曰昔延魯爲東都判官已有此請大行以訪臣臣對曰陛下納麓之初出庫金贖民孰不歸心今寳運中興人仰德澤奈何欲使鬻子資豪家役使乎大行以臣言爲然將罪延魯臣曰此但智識淺陋耳非有他也罪之且塞言路大行乃斜封其奏抹三筆持入宮願求之宮中既而果得留中章奏千餘皆斜封有一抹至三抹

者遂得延魯奏然大臣亦方以豪侈相高利於廣聲色因共謂遺制已宣行不當追改遂已元宗初以國讓景遂羣下持不可乃以景遂爲諸道兵馬元帥景達副之宣告國中以兄弟相傳之意儼極諫謂夏殷以來天下爲家父子相傳不易之典也景遂景達亦固讓不敢當然元宗意愈確不之聽江文蔚韓熙載典太常禮儀議烈祖稱宗儼獨建言帝王己失之己得之謂之反正非己失之自己復之謂之中興中興之君廟宜稱祖先帝興已墜之業不應屈而稱宗文蔚亦以儼議爲當遂用之保大二年元宗終欲傳位景遂下詔命總庶政惟樞密使魏岑查文徽許奏事餘非特召不得對儼上疏力爭會宋齊丘賈崇皆以爲不可遂收所下詔其後元宗於宮中作大樓召近

臣入覲皆歎其宏麗儼獨曰比景陽但少一井耳元宗怒貶舒州副使孫忌爲觀察使遣州兵給儼實防衞之儼謂忌曰僕以言獲罪耳顧命之日君持異議幾危社稷君之罪豈不重於僕乎反見防何也忌慚即撤去俄召還後主初嗣位數與嬖倖奕棊儼入見作色投局於地後主大駭詰之曰汝欲效魏徵耶儼曰臣非魏徵則陛下亦非太宗矣後主爲罷奕南唐士儼以老病歸鄉里杜門數年卒年七十餘

劉承勳失其鄉里以善心計事烈祖爲糧料判官遷德昌宮使德昌宮者蓋南唐內帑別藏也自吳建國有江淮之地比他國最爲富饒山澤之利歲入不貲烈祖勵以節儉一金不妄用其積如山太子嘗欲一杉木作版障有司以聞烈祖書奏後曰杉木不乏但

欲作戰艦以竹代之可也然德昌宮簿煩委無由勾
校承勳獨任其事盜用無筭保大後貢奉事興倉猝
取辦愈得以爲姦利畜妓樂數十百人每置一妓價
數十萬教以藝又費數十萬而服飾珠犀金翠稱之
又厚以寶貨賂遺權要故終無發其罪者太祖平荆
湖詔江南具舟漕其米入京師承勳狡黠計後主終
不能有其國欲預自結中朝爲異時計乃請行督巨
艦自長沙抵迎鑾千柁相銜太祖覺其意而惡之及
國亡承勳歸京師首自陳漕米事太祖曰此汝主勤
王耳汝安得有勞叱出特命勿敘用久客無資祼袒
乞食不勝凍餒而死
李元清濠州人徙金陵趫徤善走能及奔馬常步入
梁宋刺事開寶中後主以吉州永新與湖南隣命元

清爲永新制置使每數月一託疾不坐衙輒微服入
湖南境人無知者以故敵人動息皆知之累年邊障
晏然國亡歸京師元清心不欲仕二國僞稱失明召
驗之揮刃將及頸而目不瞬乃放歸濠州卒
盧郢金陵人工屬文有勇力好吹鐵笛乾德中後主
命韓德霸爲都城烽火使警察非常怙權暴横國人
望其前驅莫不奔避郢嘗遇之調笛自若德霸叱左
右捕執郢奮臂擊十餘人皆顛躓乃直前捽德霸墜
馬毆之敗而傷目德霸入訴後主叱之出顧近侍笑
曰我帥遇一措大不能自全面目尚敢訴耶遂罷其
職從郢舉進士試王度如金玉賦擢第一徐鉉娶郢
姊嘗受後主命撰文累日未就郢曰當試爲君杼思
適庭下有石千夫不得舉郢戲取弄之有頃索酒頓

飲數升復弄如初忽顧筆吏口占使書不竄易一字
鉉伏其工後主亦以爲遒俊可愛國亡歸朝知金州
卒
朱弼字君佐建州人舉明經第一授國子助教知廬
山國學盧絳蒯鼇諸葛濤飲博不逞恚苦諸生學官
依違無敢問者及弼至一切繩以禮法每升堂講說
座下肅然絳等亦愧服引去徒自四方來者數倍平
時國亡補衡山縣主簿秩滿求爲南嶽廟令卒
王輿合淝人少與兄綰俱事吳武王輿初爲小校從
周本攻危全諷臨戰本視賊水柵部分諸將指旁山
頭一小營謂輿曰爾往爲我取彼輿唯唯而色不欲
行本曰爾憚往耶輿曰公必不以輿爲不武請得此
柵破之捨而趨彼何爲本大喜曰爾亦知此爲必爭

之地耶吾本自行今爲爾功勞而遣之輿乘輕舟襲
破其前鋒遂排柵入諸軍繼進賊大潰積功遷至諸
軍都虞侯烈祖輔吳以腹心所寄進控鶴都虞侯持
重有謀甚見倚任久乃出爲光州刺史初輿兄子爲
海州刺史叛附梁聞輿在光山遣閒使通問輿執以
歸金陵因求罷郡入爲左宣威統軍歷鎮海節度留
後金吾衛大將軍武昌節度使與監軍甄廷堅不相
得會廷堅被誣告有貳志烈祖遣使械廷堅屬吏未
至輿刺知之密告廷堅因爲謀曰今獨可卽日乘輕
舟歸闕待罪毋與中使遇廷堅恐懼不暇爲他謀卽
從其計至金陵遇赦且以其先自歸得免入推其長
者元宗嗣位加同平章事保大二年卒年七十四輿
少從軍攻潤州爲巨弩所射中右耳矢自左耳出又

中旁一人猶立死輿扶歸營臥百餘日復起耳至老不瞶亦無瘢痍攻潁州倚營門仗劍驅士卒登城城上機石發中營門及鎧之半皆虀碎而輿不傷莫不異之兄綰亦至虔州節度使

魏岑字景山鄆州須城人善詔諛學揣摩尤爲宋齊丘所知薦授校書郎保大中驟進至諫議大夫元宗自以唐子孫慨然有定中原復舊都之意有司請行南郊禮元宗曰俟天下爲一然後告謝天地岑遂與陳覺馮延己延魯更相倡和爲拓境事嘗侍燕自言臣少遊元城樂其風土陛下還長安日乞爲魏博節度使元宗欣然許之岑趨下殿再拜謝侍衛皆竊笑覺延魯攻福州岑爲監軍應援使三人者暗懦專恣如一軍敗元宗初欲按軍法誅覺延魯而貸岑御史

中丞江文蔚對仗彈奏請并岑誅之於是貶太子洗
馬俄復還故官李守貞叛漢來乞師岑乃力請出兵
赴救於是元宗從之因以岑爲沿淮廵撿使無功而
還岑自復進姦謟彌甚鍾謨李德明亦用事其趨向
與岑雖異而迷國則均戸部員外郎范沖敏懷不平
怵大將王建封上疏請盡逐之更用正人元宗怒併
置沖敏建封於死岑自謂得主眷愈無所憚壽州節
度使劉彥貞以厚賂結岑爲奧援岑所得不可數知
遂肆言稱彥貞爲將如韓白治民如龔黄其敢爲誕
欺如此元宗方倚以柄任會見沖敏爲厲召道士上
章訴天未幾卒

南唐書卷第十六

后妃諸王列傳第十三

烈祖元敬皇后宋氏小名福金父韞江夏人后幼流離亂兵中昇州刺史王戎得后烈祖娶戎女后爲媵得幸生元宗王氏早卒義祖命烈祖以爲繼室封廣平郡君晉國君治內有法不妄言笑義祖殂於金陵烈祖在東都將奔喪后密以大計諫止焉烈祖爲齊王封正妃及受禪立爲后從容裨贊多所弘益烈祖嘗曰吾思有未達后已悟矣昇元末烈祖服金石藥多暴怒賴后以免譴者甚衆及殂中書侍郞孫忌懼魏岑馮延己延魯以東宮舊僚用事欲稱遺詔奉后臨朝聽政后不許曰此武后故事吾豈爲之元宗卽位尊后爲皇太后保大三年十月卒祔葬永陵

烈祖後宮种氏名時光性警惠年十六入宮列樂部中俄得幸生景遏烈祖以受禪後所得子甚愛之种氏寵日盛烈祖性嚴整嘗大怒聲如乳虎殿門環爲震動左右皆喪魂魄种氏左手持食右手進七從容如平時烈祖怒亦頓解他日烈祖幸齊王宮遇王親理樂器大怒數日未解种氏負寵輒乘閒言景遏才過齊王烈祖正色曰子有過父教之常禮也若何敢爾叱下殿去簪珥幽於別宮數月命度爲尼景遏愛亦弛終烈祖世獨不加封爵元宗卽位始封景遏保寧王許种氏就養於景遏宮中封王太妃宋后挾舊怨屢欲加害元宗力解之乃止

元宗光穆皇后鍾氏父太章事吳爲義祖禆將義祖謀誅張灝令嚴可求喻太章伏死士二十輩斬灝於

府太章許諾義祖疑其怯夜半往止之曰僕毋老懼事不成欲徐圖之如何太章勃然曰言已出口豈有可已之理明日遂誅灝後頗恃功頡頏烈祖疑其難制義祖曰昔者吾赤族之禍間不容髮使無太章豈有今日富貴耶奈何以薄物細故疑之乃命以太章次女配元宗卽后也昪元中封齊王妃元宗卽位立爲皇后後主卽位爲太后以父名改稱聖尊后后寢疾後主朝夕侍側衣不解帶藥必親嘗乃進乾德三年十月卒是日雨沙於金陵後主毀瘠骨立扶而後能起哀動左右葬順陵

後主昭惠國后周氏小名娥皇司徒宗之女十九歲來歸通書史善歌舞尤工琵琶嘗爲壽元宗前元宗歎其工以燒槽琵琶賜之至於采戲奕棋靡不妙絕

後主嗣位立爲后寵嬖專房創爲高髻纖裳及首翹鬢朶之妝人皆効之嘗雪夜酣燕舉杯請後主起舞後主曰汝能創爲新聲則可矣后即命牋綴譜喉無滯音筆無停思俄頃譜成所謂邀醉舞破也又有恨來遲破亦后所製故唐盛時霓裳羽衣最爲大曲亂離之後絶不復傳后得殘譜以琵琶奏之於是開元天寶之遺音復傳於世內史舍人徐鉉聞之於國工曹生鉉亦知音問曰法曲終則緩此聲乃反急何也曹生曰舊譜實緩宮中有人易之非吉徵也後主以后好音律因亦躭嗜廢政事監察御史張憲切諫賜帛三十疋以旌敢言然不爲輟也未幾后臥疾已革猶不亂親取元宗所賜燒槽琵琶及平時約臂玉環爲後主別乃沐浴粧澤自內含玉卒於瑤光殿年二

十九葬懿陵後主哀甚自製誄刻之石與后所愛金屑檀槽琵琶同葬又作書燔之與訣自稱鰥夫煜其辭數千言皆極酸楚或謂后寢疾小周后已入宮中后偶褰幔見之驚曰汝何日來小周后尚幼未知嫌疑對曰既數日矣后恚怒至死面不外向故後主過哀以揜其迹云

後主國后周氏昭惠后妹也昭惠卒未幾後主居聖尊后喪故中宮久虛開寶元年始議立后爲繼室命太常博士陳致雍攷古今沿革草具婚禮又命學士徐鉉史官潘佑參定文安郡公徐遊評其異同遊多是佑議遂施用之逾月遊病疽鉉懟其不主己議戲語人曰周孔亦能爲厲乎后少以戚里間入宮掖聖尊后甚愛之故立焉被寵過於昭惠時後主於羣花

閤作亭雕鏤華麗而極迫小僅容二人每與后酣飲其中國亡從后主北遷封鄭國夫人太平興國二年後主殂后悲哀不自勝亦卒

後主保儀黃氏江夏人父守忠事湖南馬氏爲偏裨邊鎬入長沙得黃氏納後宮後主見其美選爲保儀以工書札使專掌宮中書籍二周后相繼專房燕暱故保儀雖見賞識終不得數御幸也元宗後主俱善書法元宗學羊欣後主學柳公權皆得十九購藏鍾王以來墨帖至多保儀實掌之城將陷後主謂之曰此皆先帝所寶城若不守汝卽焚之無爲他人得及城陷悉焚無遺者保儀亦從北遷卒於大梁又有宮人流珠者性通慧工琵琶後主演念家山破及昭惠后所作邀醉舞恨來遲二破久而忘之後主追念昭

惠問左右無知者流珠獨能追憶無所忘失後主大喜後不知所終

烈祖五子宋皇后生元宗楚王景遷晉王景遂齊王景達种氏生江王景逷

景遷字子通幼警敏讀書一覽輒不忘烈祖輔吳景遷尚吳公主爲駙馬都尉歷衙内馬步軍都指揮使海州團練使左右軍都軍使遂以左僕射參政事留東都輔政時甫成童尋加同平章事知左右軍使寢疾罷歸金陵爲諸道副都統以景遂代輔政景遷病逾年竟卒年十九謚曰定無子初術士皆謂景遷貴不可言故烈祖在諸子中尤愛之及是始悟術士之妄

景遂仕吳爲門下侍郎烈祖受禪封壽王純厚夷淡

有士君子之操讓皇之喪景遂受命往護喪事埜柩
哀慟觀者聳歎烈祖殂元宗以位讓景遂大臣固持
之而止明年又命景遂總庶政已降詔僉謂不可乃
收所下詔久之又以爲太弟凡太子官屬皆改爲太
弟官屬景遂固辭雖不得命終恐懼不敢安處乃取
老子功成名遂身退之意自爲字曰退身以見志平
居好客善屬文燕集無虛日贊善大夫張易峭直喜
盡言景遂嘗賦詩頗纖麗易面規之景遂敬納又嘗
怒碎玉杯於坐景遂亟推謝無迕色及易出使契丹
景遂上言力諫以爲易國士也宜夙夜納誨今使航
不測之淵報聘遠夷非國之利元宗報之曰易固奇
士海神當畏之竟遣行景遂在東宮十三年屢乞歸
藩交泰元年三月始改授天策上將軍江南西道兵

馬元帥洪州大都督太尉尚書令晉王以樞密副使李徵古爲鎮南節度副使佐之徵古習驕嫚至鎮專恣尤甚景遂積久不能堪欲斬之而自拘有司左右諫止初景遂之出鎮也弘冀爲太子弘冀嘗被譴於元宗有復立景遂之意景遂在鎮亦頗忽忽多忿譟嘗以忤意殺都押衙袁從範之子弘冀刺知之乃使親吏持酖遺從範使毒景遂景遂擊鞠而渴索漿從範毒漿以進之暴卒年三十九未歛體已潰元宗素友愛聞訃悲悼左右欲少慰釋之因妄曰太弟初得疾忽語人曰上帝命我代許旌陽元宗始少解故被酖之事竟不之知廢朝七日贈太弟謚文成

景達生於吳順義四年是歲大旱烈祖方輔政極於焦勞七月既望雩而得雨景達以是日生烈祖喜故

小名雨師稍長神觀爽邁異於他兒烈祖深器之受禪封信王烈祖欲以爲嗣難於越次故不果烈祖殂景遷已前死元宗稱疾固讓景遂欲以次及景達承先帝遺意既迫於羣下之議不得行乃立景遂爲太弟景達自燕王徙封齊王爲諸道兵馬元帥中書令景達孝友純至嘗從遊後苑泛舟池中元宗舟覆景達在他舟初不善泅遽躍入水中負元宗出人以爲精誠所感性剛正疾惡朝廷嚴憚之帝每召宗室近臣曲宴馮延己延魯魏岑陳覺輩憑寵笑呼旁若無人景達屢訶詰之復極諫元宗他日宴於東宮延己愧二弟之命不出於己欲以虛辭爲德陽醉撫景達背曰爾勿忘我景達不勝其忿拂衣入奏請斬延己元宗諭解久之乃已張易語景達曰殿下力未能去

羣小而數面折之使之懼而自謀豈易測哉景達悟自是畏禍遇曲燕輒以疾辭保大末淮南交兵景達以元帥督師陳覺爲監軍使軍政皆决於覺景達署牘尾而已朱元叛壽州陷皆覺爲之景達亦不能詰初出師五萬而俘死亡叛者四萬景達及覺引殘兵歸金陵上還印綬元宗恐其無功自愧乃拜天策上將軍浙西節度使景達不敢當要鎮力辭改撫州大都督臨川牧在鎮十餘年後主嗣位加太師尚書令甚尊禮之卒於鎮年四十八在烈祖諸子中最爲壽矣贈大弟謚昭孝遺命留葬江州廬山初景達好神仙道家之說記室徐鉉獻述仙賦以諷行於世

景遏字宣遠烈祖初受禪以十二月二日爲仁壽節景遏以是日生故小名仁壽烈祖甚愛之母种氏得

譴宋皇后鞠養景逷如己出元宗嗣位封保寧王徙
封信王出爲虔州節度使簡易節儉虔人安其政贛
令卒尉邵繼昆攝令以令成喪日張樂宴飲景逷立
奏黜之每有小過掌書記孫峴苦言規正之景逷大
重之峴卒言及必流涕厚卹其孤後主立進封江王
加兼中書令元宗後主皆酷好浮屠羣臣化之政事
日弛景逷獨尊六經名教排斥浮屠不少撓在鎮十
一年卒年三十一贈中書令謚昭順
元宗十子弘冀弘茂後主從善從鎰從謙從慶從信
凡八人可見而從慶從信失其官封又二人并逸其
名鍾皇后生弘冀後主從善從謙自弘茂以下皆不
知其母
弘冀元宗長子故唐之末民閒相傳讖曰東海鯉魚

飛上天而烈祖果育於徐氏因信符讖又有讖曰有一真人在冀川開口張弓向左邊元宗欲其子應之乃名之曰弘冀初封東平公徙王南昌元宗嗣位以弟景遂爲兵馬元帥景達爲副元帥誓於烈祖梓宮前約兄弟相傳而出弘冀留守東都及景遂爲太弟又徙鎮潤州封燕王弘冀爲人沉厚寡言周師陷廣陵吳越亦攻我常州元宗念弘冀尚少不習軍旅事遣使召還都部將趙鐸曰王雖富於春秋然元帥之重衆心所恃忽棄其師而歸則部下必亂歸欲何之弘冀善其言聞於元宗即日大爲戰守之備部分諸將皆愜服士心元宗使龍武都虞候柴克宏右衞將軍陸孟俊救常州至潤州樞密副使李徵古白以神衞統軍朱匡業代克宏歸弘冀察克宏有才略謂曰

君第前戰吾當拒守表言克宏决可破賊常州危在旦暮臨敵易將兵家所忌臣請以身保其功克宏亦感激思奮馳至常州果大破吳越兵斬首萬級獲其將佐數十人俘於潤州弘冀以時方艱危悉驅出轅門斬之人壯其决然元宗以其專誅殺不悅者久之及太弟景遂力請歸藩而景達爲元帥奔潰南歸獨弘冀有功遂立爲太子參决政事元宗仁厚羣下多縱弛至是弘冀以剛斷濟之紀綱頗振起而元宗復怒其不遵法度一日怒甚以打毬杖笞之曰吾行召景遂矣弘冀大懼故景遂遇酖語在其傳元宗既請盟於周以在位久恥於降屈屢遣使請於世宗欲傳位弘冀使爲大國附庸世宗賜書力止之其詞曰皇帝致書敬問江南國主茲睹來章備形縟旨敘此日

傳讓之意述向來高尙之心仍以數載以來交兵不息備陳追悔之事無非克責之辭雖古者省咎責躬因災致懼亦無以過也況君血氣方剛春秋鼎盛爲一方之英主得百姓之驩心豈可高謝君臨輕辭世務與其慕希夷之道孰若懷康濟之誠且天災流行國家代有昔之聖哲所不能逃苟盛德之日新斯景福之彌遠諒惟英敏必照誠懷書詞溫潤略似敵國元宗乃已世宗遣使至亦別賜弘冀國信以爲常顯德六年七月弘冀屬疾數見景遂爲厲九月丙午卒有司謚曰宣武句容尉張洎上書謂世子之德在侍饍問安今標顯武功垂示後世非所以防微杜漸也洎知元宗猶銜弘冀專殺事其說蓋出於揣摩元宗果大以爲然改謚曰文獻而洎由此進用

弘茂字子松元宗第二子幼穎異善歌詩格調清古年十四爲侍衛諸軍都虞候封樂安公騎射擊刺皆精習又領兵職然不喜戎事每與賓客朝士燕遊惟以賦詩爲樂初弘冀剛嚴人多憚之故時望歸弘茂保大九年七月卒追封慶王弘茂之幼有異僧言人壽夭禍福多驗元宗使視弘茂僧書九十一字以獻及卒年一十九

從善字子師元宗第七子器度凝遠封紀國公使周會帝卽位厚其禮遣翰林學士王著送之初從善與鍾謨相附結謨輒請以從善爲嗣元宗雖不從然意亦自愛從善其還南都也使主扈從諸軍元宗殂未御梓宮從善輒從徐遊求遺詔遊厲色拒之至金陵具以事聞後主素友愛略不以介意愈加輯睦進封

韓王及貶制度降南楚國公開寶四年遣朝京師太祖已有意召後主歸闕卽拜從善泰寧軍節度使留京師賜甲第汴陽坊封其母凌氏吳國太夫人後主聞命手疏求從善歸國太祖不許以疏示從善加恩慰撫幙府將吏皆授常參官以寵之而後主愈悲思每憑高北望泣下霑襟左右不敢仰視由是歲時遊燕多罷不講常製却登高文曰玉斝澄醪金盤繡餻茱房氣烈菊蕊香豪左右進而言曰惟芳時之令月可藉野以登高矧上林之伺幸而秋光之待褒乎予告之曰昔予之壯也意如馬心如猱情槃樂恣驩賞志勞悄心志於金石泥花月於詩騷輕五陵之得侶陋二秦之選曹量珠聘妓紉綵維艘被牆宇以耗帛論丘山而委糟年年不負登臨節歲歲何曾捨逸遨

小作花枝金翦菊長裁羅被翠爲袍豈知萑葦乎性
忘長夜之靡靡宴安其毒累大德於滔滔兮予之齒
老矣心悽焉而忉忉愴家艱之如燬縈離緒之鬱陶
陟彼岡兮跂予足望復關兮睎予目原有鴒兮相從
飛嗟予季兮不來歸空蒼蒼兮風淒淒心躑躅兮淚
連洏無一驩之可作有萬緒以纏悲於戲噫嘻爾之
告我曾非所宜從善妃屢詰後主號泣後主聞其至
輒避去妃憂憤而卒國人哀憐之國亡改授右神武
大將軍太平興國初改右千牛衛上將軍雍熙四年
卒年四十八

從鎰元宗第八子初封舒國公改封蔣太祖親征揚
州李重進遣從鎰朝行在進封鄧王出鎮宣州後主
宴餞綺霞閣與近臣俱賦詩而後主自爲序及貶制

度降江國公太祖以不朝來討後主遣從鎰貢帛二十萬疋白金二十萬斤大兵悉已南渡從鎰留京師館懷信驛捷奏至百僚稱賀閤門趣隨班入邸吏亦謂當有貢獻其介潘愼修以爲國被討瀕亡而使者旅賀非禮但奉方物以待罪太祖嘉其知禮爲易供帳加賜牲餼上樽命知制誥李穆送從鎰歸國諭指令後主亟自歸仍命曹彬等緩攻以俟之而後主卒不行以至城陷從鎰從後主北歸改名從浦卒

從謙元宗第九子數歲爲奕棋詩有思致後主賞歎之歷封鄂國公宜春王進吉王及貶制度降鄂國公歸朝爲右神武大將軍淳化五年九月以本官出爲安遠行軍司馬後不知其所終

從慶失其官封

從信逸其行實
後主二子仲寓仲宣皆昭惠周后所生
仲寓字叔章初封清源郡公國亡北遷宋授右千牛
衛大將軍居後主喪哀毀逾制太宗臨之遣使勞問
終喪賜積珍坊第一區久之自言族大家貧求治郡
拜郢州刺史在郡以寬簡爲治吏民安之淳化五年
八月卒年三十七子正言好學亦早卒於是後主之
後遂絶初江南聞後主凶問父老皆巷哭及是其嗣
續殄絶遺民猶爲之興悼云
仲宣小字瑞保與仲寓同日受封仲宣封宣城公三
歲誦孝經不遺一字宮中燕侍合禮如在朝廷昭惠
后尤愛之宋乾德二年仲宣纔四歲一日戲佛像前
有大琉璃燈爲猫觸墮地𠜱然作聲仲宣因驚癇得

疾竟卒追封岐王謚懷獻時昭惠后已疾甚聞仲宣
夭悲哀更遽數日而絕

南唐書卷第十七

雜藝方士節義列傳第十四

吳廷紹爲太醫令烈祖因食飴喉中噎國醫皆莫能愈廷紹尚未知名獨謂當進楮實湯一服疾失去馮延己苦腦中痛累日不減廷紹密詰廚人曰相公平日嗜何等對曰多食山雞鷓鴣廷紹曰吾得之矣投以甘豆湯亦愈羣醫默識之他日取用皆不驗或扣之答曰噎因甘起故以楮實湯治之山雞鷓鴣皆食烏頭半夏故以甘豆湯解其毒耳聞者大服

潘扆往來江淮間自稱野客嘗依海州刺史鄭匡國不甚見禮館之馬廄旁一日從匡國獵近郊匡國妻行至廄中因視扆所居四壁蕭然葦席竹笥而已發笥覩二錫丸亦頗怪之扆歸大驚曰何物婦人觸吾

劍賴吾攝其光芒不然身首殊矣或以告匡國匡國竦然曰殆劍客也求學其術展曰姑一試之乃俱至靜院探懷出二錫丸置掌中俄而氣出指端如二白虹旋繞匡國頸有聲錚然匡國汗下如雨曰先生之術神矣觀止矣展笑引手收之復爲錫丸匡國表薦於烈祖召居紫極宮數年卒

李冠善吹洞簫悲壯入雲元宗將召之會軍旅事興不暇司徒李建勳亦知音絕歎賞之冠輒不遇周顯德中北遊梁宋每醉輒登市樓長嘯後不知所終

某御廚者失其姓名唐長安舊人也從中使至江表未還聞崔胤誅北司遂亡命而某留事吳及烈祖受禪御膳宴設賴之略有中朝承平遺風其食味有鷺鷥餅天喜餅駞蹄餤春分餤密雲餅鐺糟炙瓏璁餤

紅頭籤五色餛飩子母饅頭舊法具存
申漸高優人昇元中爲教坊部長時關征苛急屬畿
內旱一日宴北苑烈祖顧侍臣曰近郊頗得雨獨都
城未雨何也得非刑獄有冤乎漸高遽進曰大家何
怪此乃雨畏抽稅故不敢入京爾烈祖大笑明日下
詔弛稅額信宿大雨霑洽周本自吳時有威望烈祖
慮其難制因內宴引鴆酒賜本本覺之輒取御杯均
酒之半以進曰願以此上千萬壽庶明君臣一心烈
祖失色左右莫知所爲漸高託俳戲舞袂升殿曰勑
賜臣漸高併飲之納杯懷中而出烈祖密遣中人持
藥解之不及腦裂而卒至元宗時又有李家明亦優
人宋齊丘止一子輒死悲哭踰月齊王景達勉之不
從家明曰是易喻爾作紙鳶大書其上曰一子不能

捨如讓皇百口何縱之墜其第中齋丘取觀爲拭淚
而止元宗失江北遷豫章龍舟至趙屯舉酒望皖公
山曰好青峭數峯不知何名家明對曰此舒州皖公
山也因獻詩曰皖公山縱好不落御觴中元宗太息
罷酒去
譚紫霄泉州人幼爲道士初有陳守元者亦道士劚
地得木札數十貯銅盎中皆漢張道陵符篆朱墨如
新藏去而不能用以授紫霄紫霄盡能通之遂自言
得道陵天心正法劾鬼魅治疾病多效閩王王昶尊
事之號金門羽客正一先生閩亡遁居廬山棲隱洞
學者百餘人武昌節度使何敬洙嘗殺女奴投尸井
中人無知者遇疾召紫霄中夜被髮仗劍考治見女
厲自訴詰旦屏人以語敬洙乃丹篆符遣之疾即愈

廬山僧闢路有大石堅不可鑱紫霄往視曰此固易爾索杯水噀之命工施鑱應手如粉後主聞其名召見賜官階辭不受俄無疾卒年百餘歲今言天心法者祖紫霄

史守沖潘扆皆不知何許人烈祖嘗夢得神丹既覺語左右欲物色訪求而守沖適詣宮門獻丹方扆亦以方繼進烈祖皆神之以爲僊人使鍊金石爲丹服之多暴怒羣臣奏事往往厲聲色詰讓嘗以其藥賜李建勳建勳乘閒言曰臣服甫數日已覺炎躁此豈可常進哉烈祖笑曰孤服之已久寧有是事諫者皆不從俄而疽發遂至大漸臨終謂元宗曰吾服金石求長年今反若此汝宜以爲戒也

耿先生者父雲軍大校耿少爲女道士玉貌鳥爪常

著碧霞帔自稱比丘先生始因宋齊丘進嘗見宮婢持糞埽謂元宗曰此物可惜勿令棄之取置鐺中烹煉良久皆成白金嘗遇雪擁罏索金盆貯雪令宮人握雪成錠投火中徐舉出之皆成白金指痕猶在又能爛麥粒成圓珠光彩粲然奪真大食國進龍腦油元宗祕愛耿視之曰此未爲佳者以夾縑囊貯白龍腦數斤懸之有頃瀝液如注香味逾於所進遂得幸於元宗有娠將產之夕雷雨震電及霽娠已失矣久之宮中忽失元敬宋太后所在耿亦隱去幾月餘中外大駭有告者云在都城外二十里方山寶華宮元宗亟命齊王景遂往迎太后見與數道士方酣飲乃迎還宮道士皆誅死耿亦不復得入宮中然猶往來江淮後不知所終金陵好事家至今猶有耿先生寫

眞云

古史、官書忠義孝行列女各爲傳南唐偏方短世又史牒放逸不能盡見摭其僅可書者合爲節義傳

段處常失其鄉里家世保大中爲兵部郎中周侵淮南元宗命處常浮海使契丹乞援處常爲契丹陳利害甚辨契丹本通南唐徒持虛辭利南方茶藥珠貝而已至是了無出師意而留處常不遣處常怨其無信誓死國事數面誚虜主虜主亦媿其言優容之以病卒於虜

趙仁澤失其鄉里家世保大中爲常州團練使周人來侵吳越乘間出兵攻常州仁澤戰敗被執歸之錢唐仁澤見吳越王不拜責之曰我烈祖皇帝中興首與先王結好質諸天地王今見利忘義將何面目入

先王廟乎吳越王怒以刀抉其口至耳丞相元德昭
嘉仁澤之忠以艮藥傅瘡獲愈後不知所終
張雄失其鄉里家世周人來侵淮南民自相結爲部
伍以拒周師謂之義軍而雄所將最有功元宗命爲
義軍首領及割地徙之江南歷袁汀州刺史後主見
討保大中舊將無在者乃擢雄統軍使雄謂諸子曰
吾必死國難爾輩不從吾死非忠孝也諸子泣受命
與田欽祚戰於溧水敗績他將皆遁士卒死者萬餘
人雄與其子力戰俱死不同行者亦死於宅陳父子
八人無生存者時金陵已危蹙不復議贈卹國人哀
之
陳褒江州德安縣人唐元和中給事中京之後十世
同居長幼七百人不置奴婢日會食堂上男女異席

未冠笄者別又爲一席畜犬百餘共以一船貯食飼之一犬不至則羣犬皆不食築書樓延四方學者鄉鄰化其德獄訟爲之衰息昇元初州以聞詔復繇役表門閭同時見旌者尚數家皆五世同居云

永興公主烈祖女也嫁吳睿帝太子璉及禪代宋齊丘請離婚烈祖不聽公主自以爲吳室冢婦而國亡中懷憤悒聞人呼之爲公主輒悲傷流涕烈祖愧之乃以璉爲中書令池州節度使璉卒公主哭之過哀亦感疾卒

余洪妻鄭氏洪爲閩將唐師下建州裨將王建封得鄭氏以其有色而自持堅貞不撓不敢犯獻之大將查文徽文徽欲納之鄭大罵曰王師弔伐當褒錄節義以表勵風節建封出行伍尚知見憚君元帥也乃

欲爲禍首耶文徽大慚亟訪其夫歸之

吳媛浚儀人唐史官兢之後父志野義不仕梁南遊吳遂家廬陵媛適段甲生子未晬段卒父母以媛少議嫁之媛剺面自誓事舅姑極備敬謹教所生子爲善士韓熙載使江南表其節云

南唐書卷第十八

浮屠契丹高麗列傳第十五

嗚呼南唐偏國短世無大淫虐徒以寖衰而亡要其最可爲後世監者酷好浮屠也初烈祖輔吳吳都廣陵而烈祖居建業大築其居窮極土木之工既成用浮屠說作無遮大齋七會爲工匠役夫死者薦福俄有胡僧自身毒中印土來以貝葉旁行及所謂舍利者爲贄烈祖召豫章龍興寺僧智玄譯其旁行之書又命文房書華嚴論四十部奩帙副焉并圖寫製論李長者像班之境內此事佛之權輿也然烈祖未甚惑後胡僧爲姦利逐出之國人則寖已成俗矣及其末年溧水大興寺桑生木人長六寸如僧狀右袒而左跪衣械皆備其色如純漆可鑑謂之須菩提縣提

置龕中以仁壽節日來獻烈祖始大驚異迎置宮中奉事甚謹其徒因夸以爲感應而識者按讖氏五行書知且有大喪不三月烈祖殂及元宗後主之世好之遂篤幸臣徐遊專主齋祠事羣臣和附惟恐居後宮中造佛寺十餘出金錢募民及道士爲僧都城至萬僧悉取給縣官後主退朝與后頂僧伽帽服袈裟課誦佛經胡跪稽顙至爲瘤贅手常屈指作佛印僧尼犯姦淫獄成後主每曰此等毀戒本圖婚嫁若冠笄之是中其所欲命禮佛百而捨之奏死刑日適遇其齋則於宮中佛前熒燈以達旦爲驗謂之命燈未旦而滅則論如律不然率貸死富人賂宦官竊續膏油往往獲免上下狂惑不恤政事有諫者輒被罪歙州進士汪渙上封事言梁武惑浮屠而亡陛下所知

也奈何効之後主雖擢渙爲校書郎終不能用其言開寶初有北僧號小長老自言募化而至多持珍寶怪物賂貴要爲奥助朝夕入論天宮地獄果報之說後主大悅謂之一佛出世服飾皆縷金絳羅後主疑其非法答曰陛下不讀華嚴經安知佛富貴因說後主多造塔像以耗其帑庾又請於牛頭山造寺千餘間聚徒千人日給盛饌有食不能盡者明旦再具謂之折倒蓋故造不祥語以搖人心及王師渡江即其寺爲營又有北僧立石塔於采石磯草衣藿食後主及國人施遺之皆拒不取及王師下池州繫浮橋於石塔然後知其爲間也金陵受圍後主召小長老求助對曰北兵雖强豈能當我佛力登城一麾圍城之師爲小却後主眞以爲佛力合掌歎異厚賜之下令

軍民皆誦救苦菩薩聲如江濤未幾梯衝環城矢石亂下如雨倉皇復召小長老稱疾不至始悟其姦殺之羣僧懼併坐誅乃共乞授甲出鬬死國難後主曰教法其可毀乎弗許及國亡後主入朝過臨淮往禮普光王塔施金帛猶以千計其後弟從鎰之子祝髮爲僧名惟淨景德祥符中天下治安西域獻佛書甚衆惟淨博聞通梵學繙譯精審莫能及者積官試光祿卿譯經三藏亦南唐之餘習云

契丹事見唐書本傳及五代史四夷附錄今取其事之繫南唐者爲傳

烈祖昪元二年契丹主耶律德光及其弟東丹王各遣使以羊馬入貢別持羊三萬口馬二百匹來鬻以其價市羅紈茶藥烈祖從之於是翰林院進二丹入

貢圖詔中書舍人江文蔚作贊其詞曰皇帝建西都之歲神功邁於三古皇風格於四裔華夷咸若駿奔結軌粵六月契丹使梅里捺盧古東丹使兵器寺少令高徒煥奉書致貢咸集都邑公卿庶尹拜手稽首稱賀以爲文德所服受命之符也若迺鴻荒以降驟步相侔耀武以信威有所不及任算以御物有所不從詩頌太原之師則用伐矣漢開朔方之地則崇力矣若我宣猷大麓儷德無私刑于朝廷以及于荒服旃裘左衽捧日分光殊方異產充庭納贄曰垂衣裳而天下治斯之謂矣有司紀美烈於續事傳曰主上明聖而德不聞有司之過也臣職在翰墨親覩隆平敢獻贊曰赫矣聖武纂堯之緒要荒之長駿奔臣附伏波之柱單于之臺遺鏃徒費獻琛靡來我后穆穆

我綱恢恢重譯日貢皇哉唐哉四年德光遣使獻馬百匹於是烈祖遣通事舍人副四方館事歐陽遇借鴻臚少卿使契丹假道於晉高祖不可遇及境而復元宗嗣位遣使者公乘鎔航海繼好既至而契丹主兀欲被殺弟述律遣元宗書曰大契丹天順皇帝謹致書大唐皇帝闕下貴朝使公乘鎔等自去秋以達東京海岸適遭國禍今年二月二十六日部署一行并諸儀物兵鎧已至燕京茲蒙敦念先朝踐修舊好既增摧痛又切感銘貴國長直官王朗陳篆取間道先回用附咨報公乘鎔等已遣伴送使陳植等同回止俟便風即令引道而公乘鎔亦以蠟封帛書其詞曰臣鎔自去年六月離礐油七月至鎮東關遣王朗奉表契丹九月乃有番官夷離畢部牛車百餘乘及

鞍馬治路置頓十月至東京留三日契丹主遣閑廐使王廷秀稱詔勞問兼述泰寧王燕王九月同行大事兀欲卽世母妻併命又遼東以西水潦壞道數百里車馬不通今年正月方至幽州館於愍忠寺先迎御容入宮言兀欲識唐皇帝面乃引見如舊儀問國書中機事臣卽述奕世歡好當謀分裂之事契丹主喜問復有何事臣云軍機別有密書契丹主接置袖閒乃云吾與唐皇帝一如先朝往來因置酒合樂又諭臣曰使人遠泛巨海而至不期骨肉閒倐起此事道路所聞必亦憂恐手斟一玉鍾酒先自啜乃以勸臣令飮釂自旦至日晡始罷自是數遣使宣勞三日一賜食謹遣王朗齎骰號子歸聞奏骰號子不知何等語也初宋齊丘謀閒晉會契丹使燕人高霸來聘

歸至淮北唐陰遣人刺殺之霸有子乾從行匿之濠州於是契丹頗信以爲霸之死出於晉人保大十二年述律遣其舅來夜宴清風驛起更衣忽仆於地視之失其首矣厚賞捕賊不得久乃知周大將荊罕儒知契丹使至思遣客刺之以間唐乃下令能得吾枕者賞三百緡俄有劍客田英得之即給賞如約仍屏人語之曰能得江南番使頭賞三千緡英果得之自是唐與契丹遂絕及世宗兵出淮南勑暴我罪曰蠢爾淮甸敢拒大邦跋扈飛揚垂六十載幸累朝多事與北虜交通厚起戎心誘爲邊患所罪狀我雖非一然首以通契丹爲興師之名方石晉以父事契丹而契丹每以兄事南唐蓋戎狄習見唐之威靈故聞後裔在江南猶尊之不敢與他國齒南唐亦頗恃以自

驕其實相結約撓中原皆虛辭非能爲南唐助也
高麗事具唐書及五代史四夷附錄今書南唐所載異聞及高麗通南唐之見於傳記者
高麗至五代初國名曰大封其王高氏名躬乂躬乂晚年果於誅殺吳順義二年當梁之龍德二年爲海軍統帥王建所殺建自立去大封之名復稱高麗以開州爲東京平壤爲西京吳天祚二年當晉之天福元年敗新羅百濟於是倭耽浮驪於羅鐵勒東夷諸國皆附之有二京六府九節度百二十郡內列十省四部官朝服紫丹緋綠青碧青碧以年序遷綠以上選才能賜之俸祿賦以田租尚冠禮略如古制婚姻男女執手自相媒許俗重匾頭生男旦旦按壓其首惟恐不匾也昇元二年遣使來貢方物所上書稱牋

大略云今年六月內當國中原府入吳越國使張訓等回伏聞大吳皇帝已行禪禮中外推戴即登大寶者伏惟皇帝陛下道契三無恩涵九有堯知天命已去即禪瑤圖舜念歷數在躬遂傳玉璽逮夙惟庸陋獲託生成所恨沃日波遙浮天浪闊幸遇龍飛之旦阻申燕賀之儀無任歸仁戴聖鼓舞激切之至儀式如表而不稱臣烈祖御武功殿設細仗見其使自言代主朝覲拜舞甚恭宴於崇英殿出龜茲樂作番戲召學士承旨孫忌侍宴三年又遣其廣評侍郎柳勳律來貢方物其後史冊殘缺來與否不可攷矣

是書凡馬令胡恢陸游三本先輩云馬胡詮次識力相似而陸獨遒邁得史遷家法今馬本盛行胡本不傳放翁書一十八卷僅見于鹽官胡

孝轅秘冊函中又半燼於武林之火庚午夏仲購其焚餘板一百有奇斷蝕不能讀曰簡家藏抄本訂正附梓於全集逸稿之末至若與馬玄康異同繁簡已詳見胡沈兩公跋語云湖南毛晉識

西元二〇二二年一月一日重製一版

陸放翁全集　冊六（宋陸游撰）

平裝六冊基本定價伍仟元正
（郵運匯費另加）

發行人：張敏君
發行處：中華書局
臺北市內湖區舊宗路二段一八一巷八號五樓（5FL., No. 8, Lane 181, JIOU-TZUNG Rd., Sec 2, NEI HU, TAIPEI, 11494, TAIWAN）
客服電話：886-8797-8396
公司傳真：886-8797-8909
匯款帳戶：華南商業銀行西湖分行
179100026931
印刷：維中科技有限公司
海瑞印刷品有限公司

No. N3076-6

國家圖書館出版品預行編目(CIP)資料

陸放翁全集/(宋)陸游撰. -- 重製一版. -- 臺北市 : 中華書局, 2022.01
冊 ; 公分
ISBN 978-986-5512-68-2(全套 : 平裝)

845.23 110021462